简·奥斯丁小说
叙事研究

刘斐◎著

九州出版社
JIUZHOUPRESS

图书在版编目（CIP）数据

简·奥斯丁小说叙事研究 / 刘斐著 . —— 北京：九
州出版社，2024.7

ISBN 978-7-5225-2871-7

Ⅰ . ①简 ... Ⅱ . ①刘 ... Ⅲ . ①奥斯丁（Austen,
Jane 1775—1817）– 小说研究 Ⅳ . ① I561.074

中国国家版本馆 CIP 数据核字（2024）第 090540 号

简·奥斯丁小说叙事研究

作　　者	刘斐　著	
责任编辑	周弘博	
出版发行	九州出版社	
地　　址	北京市西城区阜外大街甲 35 号（100037）	
发行电话	（010）68992190/3/5/6	
网　　址	www.jiuzhoupress.com	
印　　刷	三河市龙大印装有限公司	
开　　本	710 毫米 ×1000 毫米　16 开	
印　　张	18.75	
字　　数	209 千字	
版　　次	2024 年 7 月第 1 版	
印　　次	2024 年 7 月第 1 次印刷	
书　　号	ISBN 978-7-5225-2871-7	
定　　价	98.00 元	

目录 CONTENTS

下篇　奥斯丁小说的"现代社会想象"
——乡村共同体

绪 论

　　"英国文学史上曾发生过几次趣味的革命。文学口味的翻新，影响了几乎所有作家的声望。唯独莎士比亚和简·奥斯丁经久不衰。至今，我们依然赞同司各特对奥斯丁的推崇，正如大家不反对本·琼生对莎翁的评价一样。自从司各特、骚塞、柯尔律治、麦考莱直到吉普林、乔治·穆尔、弗吉尼亚·伍尔夫和爱·摩·福斯特，这位女文豪的魅力迫使所有不同类型的作家为之折服倾倒……英国文学史上怪事不少，怪得出奇的一桩，就是这种喜剧精神居然体现在一个教养良好的英国老处女和乡村牧师女儿的身上。她除了去过伦敦，在巴斯小住几年之外，简直足不出户，而且她主要是在外省姑娘挑选丈夫的问题上寻找题材。"① 这段由美国著名学者艾德蒙·威尔逊针对简·奥斯丁创作做出的评语，早已广为人知。而其中涉及的有关奥斯丁小说的主题选择、叙事风格、评论史等，恰是本书所要讨论的焦点问题。我们不妨从奥斯丁其人说起。

　　被誉为"士绅阶层最伟大艺术家"的奥斯丁出身于18世纪末的一个乡村牧师家庭，在人世间匆匆走过四十二个春秋，创作量也谈不上高产，仅仅创作发表了《傲慢与偏见》《理智与情感》《诺

---

① ［美］艾德蒙·威尔逊：《漫谈简·奥斯丁》，赵一凡译，见朱虹：《奥斯丁研究》，北京：中国文联出版公司，1985：136 页。

桑觉寺》《曼斯菲尔德庄园》《爱玛》《劝导》六部小说却凭此获得了稳固的世界声誉。随着其作品的翻译和广泛传播，奥氏研究已经成为世界性的文学现象，还拥有着"简迷"这一庞大的文学爱好者，受到不同国别、不同时代读者的欢迎和学者的重视。两个半世纪以来，以奥斯丁作为研究对象的著作可谓汗牛充栋，奥氏对当代世界的意义不言而喻。

奥斯丁是一个独具艺术匠心的女作家，深谙自己的优长和不足，囿于女子被束缚在闺阁里不能涉足广阔大千世界的现状，她的艺术领域始终聚焦于"乡村里的三四户人家"① 在这块自己熟悉的象牙上"用一支细细的画笔轻描慢绘"② 描绘了摄政王时期英国略显平静单调的乡村田园生活和家长里短、男婚女嫁的家庭琐事。平淡无奇的场景在其独具慧眼的观察与幽默的描写中显得趣味横生，而对士绅阶层女子在恋爱、精神成长、婚姻中的经历和感悟，既再现了世态人情，使不同文化语境的读者了解到当时英国南方传统的中上层阶级的生活内容、价值理想及荣辱升浮，也表现了严肃的道德观念和婚姻理想。这不仅是其阶层、家庭和她所经历的生活的反映，更是睿智的女作家运用自身才智分析的结果。

奥氏作品的艺术魅力是难以穷尽的，本书并不奢望全面阐释、挖掘其创作意义，而是管中窥豹，以小说构成的基本要素（主题、人物、叙事等）结构全书，辅以女性主义、后殖民主义、新历史主

---

① R. W. Chapman: *Jane Austen*, *Selected Letters*, *1796—1817*, Oxford: Oxford Universsty Press, 1985: 170.

② 朱虹：《奥斯丁研究》，北京：中国文联出版公司，1985：345 页。

义、叙事学等相关理论，对作品进行系统化的研究和梳理。当然，就奥斯丁的创作历程以及中西文学批评家们的相关见解做一番简要的回顾，仍然是必要的。

第一节　奥斯丁其人其书

今天的中国读者尽管对奥斯丁建构的艺术世界心仪神往，但对其所生活的那个时代却是如此遥远和陌生。参照奥斯丁的四哥亨利·奥斯丁的《奥斯丁传略》、她侄子詹姆斯·奥斯丁所写的《简·奥斯丁回忆录》以及后来学者所著的各种传记，大致可以复原女作家短暂而又传奇的一生。

简·奥斯丁于1775年出生于汉普郡史蒂文森。她的父亲乔治·奥斯丁是教区牧师，在长达四十年的岁月里，兢兢业业履行职责直至退休。他也是一个渊博的学者，爱好文学，对各种体裁都有独特的鉴赏力。她的母亲卡桑德拉·李亦是写得一手好诗妙文。父母亲的文学素养明显影响了女儿，这个家族对写作的爱好为奥斯丁天赋的发挥营造了很好的环境。

除此之外，这个气氛融洽的家庭活跃的一群年轻人对奥斯丁最初的写作、作品出版和生活有着不可或缺的影响。奥斯丁有八个兄弟姐妹，她排行第七，有五位兄长、一个姐姐和一个弟弟。他们在写作和物质生活上给了她很多引导和帮助。

长兄詹姆斯·奥斯丁毕业于牛津圣约翰学院，文学品位极高，诗歌与散文写得俱好。据其子撰写的《简·奥斯丁回忆录》，这位兄长对妹妹修养的提高功莫大焉。

哥哥爱德华·奥斯丁是她唯一的一个弟弟，年少时过继给远房亲戚奈特先生，后改名为爱德华·奈特继承其家产，生活富裕。奥斯丁的父亲去世时，家里经济拮据，正是赖于爱德华等的慷慨资助，奥斯丁、她的姐姐及母亲才得以维持正常生活。

奥斯丁最喜欢的兄长是亨利·奥斯丁。亨利才华横溢，相貌英俊，口才极佳。"无论在任何情况下，他都抱有乐观的态度，好似一道和煦的阳光，时时照耀他人。"[①] 他很有绅士风范，善良、宽厚，奥斯丁大部分作品的出版都由他操作。

对奥斯丁创作和生活有过重要影响的还有两位在海军任职的弟弟：弗朗西斯·威廉和查尔斯·约翰，后者还因卓越的战功受封爵位。他们的职业和经历为与外界少有接触的奥斯丁提供了素材。在《曼斯菲尔德庄园》《劝导》中，都涉及海员生活，后者更将其作为男主角，表露出对海军精神作风的褒奖。

家庭与环境给人的影响是潜移默化的，对奥斯丁当然也如此。女作家生活中的几位男性——父亲、兄弟、恋人及追求者——无疑也是其成长生活的一部分，既影响了其思想和心灵，也影响了其创作。

奥斯丁家庭成员都喜欢阅读和写作，并且都具有较高的水平。父亲的书房藏书颇丰，简·奥斯丁常常手不释卷，流连忘返，不仅涉猎古典作品，也接触了启蒙时期的新鲜风气，对理查森、菲尔丁、约翰逊的作品耳熟能详，并将其熟记于心，成就了独特的文学风格。在习作中，她反复揣摩，加以模仿。这种能力让简·奥斯丁

---

① ［英］玛甘妮塔·拉斯奇：《简·奥斯丁》，黄美智、陈雅婷译，上海：百家出版社，2004：19 页。

的学识和智慧大大提升，也让她在写作中能够游刃有余地将读过的内容加以运用和讨论。博览群书使她在同阶级女子中显得卓尔不群，对人、对事、对社会的观察有着不一样的立场和出发点，得出更有见地的认识和结论。

奥斯丁从十三四岁起就开始写作，尽管稚气未脱，但却显示了出色的讽刺才能和描写本领。约从二十岁起，奥斯丁的创作进入了一个相对成熟的阶段。其处女作《埃莉诺与玛丽安》（1795），以书信体形式写成，后修改书名为《理智与情感》并出版。后世交口称赞的《傲慢与偏见》（当初题为《第一印象》）、《诺桑觉寺》也是写于这一时期。《第一印象》被父亲看好，他曾经联系出版商询问有无出版可能，但杳无音讯。奥斯丁的写作热情似乎并未因此受到影响，就像她的四哥亨利·奥斯丁所说的那样：她之所以成为一个女作家，完全是出于兴趣和爱好，她最初的本意，既不是图名，也不是谋利。我们在前面已经谈过，她的好几部作品是在出版以前许多年就创作出来了。她的朋友们费尽唇舌，才说服她出版了她的第一部作品……那些具有识别力的读者对她的称赞不时地传到她耳边，使她感到十分欣慰。[①] 史蒂文森时期的奥斯丁就这样在家人和朋友的温馨相伴下度过了她一生中最快乐的时光。

但美好的时光总是那么短暂。1800 年，奥斯丁恰好二十五岁，当年迈的父亲告诉旅行归家的女儿自己决定退休，携家眷去巴斯定居之时，奥斯丁晕倒在地。对她来说，离开生于斯长于斯的史蒂文森，离开了田园诗般的乡村生活，恰恰是她最不愿意的，她不喜欢

---

① ［英］亨利·奥斯丁：《奥斯丁传略》，文美惠译，见朱虹：《奥斯丁研究》，北京：中国文联出版公司，1985：7 页。

巴斯的喧嚣。当家人向她宣布这一决定时，她心中的排斥可想而知，而这无疑搅乱了她的创作心境，最终也使她进入了沉寂期。在这一时期，她没有写出任何作品。

在此期间，值得说的还有奥斯丁的社交生活。才貌兼备的奥斯丁终身未嫁，直到今天仍然能引起许多读者的好奇心。初入巴斯的奥斯丁也常应约参加以物色夫婿为目的的社交舞会，不无例外地坠入了爱河。奥斯丁的初恋对象是汤姆·勒弗罗伊，后者如同《傲慢与偏见》里的单身贵族达西那般风度翩翩，举止优雅，但是汤姆却没有达西那样雄厚的资财和富饶的彭伯里庄园，他实在没有自由选择结婚对象的权利。就像她在小说中描述的那些情节一般，汤姆必须借由婚姻来实现抱负，奥斯丁的家庭亦是如此，这就注定了恋情的无疾而终。几年后，汤姆与一家产颇丰的女性走进婚姻殿堂，事业蒸蒸日上，曾任职爱尔兰高等法院的庭长。"曾经沧海难为水"，多年后的勒弗罗伊对侄子隐晦地提及曾与一位女作家有过一段少年之恋。而奥斯丁在他之后，似乎再未有过明确的恋情。相对于其他有关简·奥斯丁的恋情的说法，笔者认为她与汤姆·勒弗罗伊的感情更符合她后来思想的发展。两人分开后，她再未有婚嫁之意，直至去世。二十七岁时，她甚至拒绝了曼尼唐庄园继承人的求婚，后者虽富有，但与奥斯丁相比，在智力和才能上难以望其项背。尽管奥斯丁很明白"一个储藏室"可以使其日后衣食无忧，从此摆脱居无定所的生活，再也不必依靠兄长们接济，但她仍然不愿像《傲慢与偏见》中的夏洛特那样委曲求全，放弃情感，屈就现实。姐姐卡桑德拉作为她最亲密的朋友，也是一生未婚，原因仍与金钱有关。卡桑德拉的未婚夫为获得一笔结婚基金，远赴西印度群岛作随军牧师。不幸因黄热病死于圣多明各。从此，卡桑德拉再未谈及婚嫁，余生和母亲、妹妹相伴。姐姐的遭遇和奥斯丁一别两宽的初恋惊人地巧合，并在其思想中留下了很深的印记。这一切给极端聪明、才华横溢、心比天高的奥斯丁的心里投下阴影，她对于金钱的深刻认识或许与此不无关系。她小说中的男性人物只要涉及婚嫁，必自报财产。达西年收入一万英镑且有富丽堂皇的彭伯里大厦，这让他成为未婚女子竞争的对象；费茨威廉上校虽对伊丽莎白动了心，但仍然出于现实的考虑不得已而放弃。奥斯丁认定富有的男性对婚姻更有保障，对金钱在婚姻中的地位有了特别深切的体会，关于妇女的爱情、婚姻与财产的思想逐渐形成，并将对生活的观察和分析融入写作中。

五年后，她父亲在巴斯病故，接下来，奥斯丁母女生活不稳定，历经数次搬迁。捉襟见肘的经济状况、不稳定的生活和低落的心情如果持续下去，奥斯丁或许就彻底告别了文学殿堂。幸运的是，1809年，经济富裕的三哥爱德华·奥斯丁（爱德华·奈特）向母亲、姐妹伸出援助之手，在汉普郡的乔顿村为她们提供了一个舒适的居所。这是奥斯丁一直期望定居的地方。或许是因为乔顿与兄弟们的住所邻近，密切了他们之间的走动，可以让她找回史蒂文森时期一大家人其乐融融的氛围。这让她一直满怀期待。乔顿的重要性在她侄子的回忆录中得到肯定，在巴斯和南安普敦的生活对于她来说"仅仅是寄居在陌生的土地上而已，但是在乔顿，她在亲人、朋友间找到了真正的家庭生活"。

安顿下来后，奥斯丁很快走出了之前的不快，重新点燃起创作的热情。她一面联系出版商尝试出版早期作品，《理智与情感》获得了意想不到的成功，引起了摄政王的关注，并得到了不菲的稿费，这些无不令她感到被认可的兴奋。创作激情高涨的奥斯丁马上开始撰写新的作品。《曼斯菲尔德庄园》（1814）仍然关注中产阶级女子的成长和婚姻，但视野明显扩大，甚至涉足中产阶级在海外的经营情况。主人公范妮可谓传统道德的代言人，她虽寄人篱下，人微言轻，但仍坚守道德原则，不惑于表象的浮华。《曼斯菲尔德庄园》完成以后，奥斯丁开始了《爱玛》的写作，描绘天真、缺点多多的同名主人公在成长过程中经历的挫折、顿悟，获得的洞见与成熟。

之前几部作品出版的成功，给奥斯丁的精神和物质世界带来双重的喜悦，她对自己的文学才能更为自信，开始将自己对生活的观察和感想写进作品。被誉为"天鹅临终前绝唱"的《劝导》显示出新的艺术特质。这部小说的情节围绕着一个贵族小姐和海军军官的爱情故事展开，笔触更为细腻入微，更显温婉。实际上，女主人公的年龄设定长于爱玛、伊丽莎白等人，少了冲动热情和多情愁绪，思想更为成熟和练达，她的人生选择可以说是将理智与情感完美地糅为一体的例证。这也是步入中年的奥斯丁反思过往、思想成熟的表现。

但令人惋惜的是，她的健康每况愈下。她日益衰弱，后背疼痛，经常发烧，却无法确诊。后世推断，她患的是当时的不治之症——阿狄森病。1817 年四五月，她在姐姐的陪护下前往温切斯特接受治疗，可收效甚微，7 月初，病情急剧恶化。7 月 18 日凌晨，她离开人世，年仅四十二岁。

在乔顿的短短六年时间里，奥斯丁的创作、出版都很活跃和成功，与前五年的沉寂形成鲜明的对比，是她一生中最得到认可和体验成功的时期，对出版的热心是她渴望女性经济独立的表现。这与她沉寂时期的生活经历不无关系。她的思想从早期的聪明到后期的成熟，在其作品里得到了生动的表现。

综上所述，奥斯丁一生过着中产阶级女子普通的生活。少女时期父母疼爱、兄长宠溺，生活几近无忧无虑。博览群书开阔了她的知识面和人生境界，使她的思想见解稳健成熟。然而父亲离世、家道中落则让她体会了生活沉重的一面，对人情世故的观察独具慧眼。而特殊的感情经历深化了她对爱情和现实关系的分析能力……这一切反映在她的创作中，形成了以女性目光审视社会、叙述故事，在温和讽刺中悄然建构着她关于两性和谐关系的美好乌托邦，于无意中消解和颠覆着传统男性叙事策略及中心话语，隐含了对既定意识形态的批判和对女性主体意识的张扬。就此而言，奥斯丁之于女性主义文学建树了不可磨灭的启迪之功。

第二节　国内外研究综述

简·奥斯丁（1775—1817），18 世纪末 19 世纪初英国著名女作家，被誉为"十八世纪精华荟萃的百花园中最后的也是最绚丽的鲜花"①。在她短暂的一生中，创作了六部小说，小说主题都以女作家得心应手的爱情、婚姻、家庭为题材。在这"二寸象牙板上的精雕细琢"，都已成为跨时代的经典。美国批评家艾德蒙·威尔逊说：

---

① ［英］瓦尔特·艾伦：《简·奥斯丁》，小风译，见朱虹：《奥斯丁研究》，北京：中国文联出版公司，1985：147 页。

"一百多年来，英国曾发生过几次趣味上的革命，文学口味的翻新影响了几乎所有作家的声誉，唯独莎士比亚和简·奥斯丁经久不衰。"① 然而，奥斯丁的文学声望并非一帆风顺，二百多年来，其作品在世界文学范围内的阅读与接受经历了一个多变的过程。从她的作品开始发表到现在，不同的历史时期、不同的读者群体、不同的批评流派及不同的国家对她的作品进行了多样解读。在此，有必要对中外学界研究成果加以了解。

一、国外研究概述

二百多年来，国外涌现的关于奥斯丁研究的论著数不胜数。如何梳理、概括在这期间的评论史，我们采用布鲁斯·斯托弗尔（Bruce Stovel）在《剑桥文学指南：简·奥斯丁》的说法，将对奥斯丁评论划分为四个时期，并做简略的评述。

第一阶段（1811—1870）：起步阶段。

大致说来，奥斯丁在世时文学声望并不高，她的前四部作品均匿名发表，代表作《傲慢与偏见》第一版仅印了 1500 册，而同时代作家司各特的《罗伯·罗依》两周内便销售 10 000 册。然而，最早对奥斯丁做出好评的还是司各特，他赏识其才能，写出了第一篇有关奥斯丁的专题研究《一篇未署名的关于〈爱玛〉的评论》，文中对奥斯丁做了中肯的评价。托马斯·麦考莱和乔治·亨利·刘易斯均是奥斯丁的推崇者，但也认为女作家的写作题材未免狭窄，缺乏应有的深度是制约其发展的瓶颈。19 世纪初、中期有关她的

---

① ［英］艾德蒙·威尔逊：《漫谈简·奥斯丁》，赵一凡译，见朱虹：《奥斯丁研究》，北京：中国文联出版公司，1985：216 页。

专题评论不足 20 篇，且大多从教化作用和娱乐角度为出发点做出粗略的印象式的评价，没有形成专门的研究。

不仅如此，不看好奥斯丁，攻击贬低者也不乏其人。例如，浪漫主义者和大男子主义倾向的作家对奥斯丁很是反感。夏洛蒂·勃朗特公然指责奥斯丁"不知激情为何物"；华兹华斯、勃朗宁夫人对奥斯丁也颇有微词。在美国，马克·吐温对她怀有"生理的反感"，而爱默生更直接说她"干瘪""庸俗"。

第二阶段（1870—1940）：逐步"经典化"阶段。

1870 年，奥斯丁研究有了突破性进展，其侄子詹姆斯·奥斯丁出版的《回忆录》远比其兄亨利·奥斯丁写的传略更详细、生动地还原了一个女作家的成长历程，呈现给读者一个和蔼可亲、感情丰富的姑妈形象，从此开创了女作家传记研究的先河。同一年，辛普逊提出"反嘲"说，解开了奥斯丁复杂艺术构思的序幕。这些丰富了人们对奥斯丁的认识，引发了新一波的研究兴趣。

玛丽·拉塞尔斯的《简·奥斯丁及其艺术》一书的出版成为这一时期奥斯丁评论的里程碑。作为第一部奥斯丁研究的专著，该书深入细致地探讨了奥斯丁小说的语言特点。尽管该书的某些论点已经显得陈旧，但对于普通读者来说，它仍然是一部走进奥斯丁小说世界的入门书，并对此后的奥斯丁研究具有较大影响。

而因《莎士比亚悲剧》(Shakespearean Tragedy) 一书而享誉学界的牛津大学教授安·塞·布雷德利也是简迷，在布拉德雷看来，"简·奥斯丁有两种明显的倾向，她是一位道德家，也是一位幽默家，而这两种倾向常常混在一起，甚至是完全融合的"。换言之，奥斯丁的道德观师承启蒙大师约翰逊，而她创作的喜剧基调和幽默氛围，则更多地受到了戏剧的影响。布拉德雷一再强调，"与其说她是一位道德家，毋宁说她是一位幽默家"。他有关奥斯丁所做的演讲，表明她的小说已开始进入学院派研究的视野。

福斯特的《小说面面观》虽然不是研究奥斯丁的专著，但他谈及简奥斯丁创作的某些观点却流传甚广。在福斯特看来，小说中的人物可以分为扁平人物和圆形人物两种。福斯特以《曼斯菲尔德庄园》中的伯特伦夫人为例阐释对扁平人物的理解，而扁平人物则以狄更斯笔下人物作为例证，并称赞道："她的人物虽说比狄更斯的要小，却是高度有机的。他们全都极有弹性，哪怕她的情节对他们提出更高的要求，他们仍然能够胜任。"同为女作家的弗吉尼亚·伍尔夫的评论更是独具慧眼，表明了她对奥斯丁小说的深刻理解。在她看来，奥斯丁擅长描写平凡、琐屑的日常生活，有着洞察人物内心奥秘的眼光。尤其是其晚期创作《劝导》出现的新迹象有可能使她成为亨利·詹姆斯和普鲁斯特的先驱。令人惋惜的是，正当才华横溢之时她却去世了。

总的来说，这一时期奥斯丁作为英国文学史上的经典作家的地位已经基本确立，而她的小说艺术也将获得更深入的研究。

第三阶段（1940—1970）：聚焦文本细读，"经典化"完成阶段。

20世纪以来，奥斯丁声望日隆，奠定了其经典作家的地位。学界出现了多元化的批评方法，即道德观、价值观、哲学思想、语言艺术、文体特征等多角度的文本审视。

批评家弗·雷·利维斯（F. R. Leavis）在《伟大的传统》（*The Great Tradition*，1948）一书中给予奥斯丁崇高的文学地位——英国小说伟大传统的奠基人，并指出其创作意义首先在于对生活的热情和道德关怀，道德关怀是其作品的底色和基调。英雄所见略同，伊恩·瓦特（Ian Watt）也在《小说的兴起》（*The Rise of the Novel*，1957）一书中，描述了奥斯丁与笛福、理查森、菲尔丁的小说在题材上的继承与发展的关系，其创作代表了18世纪以来英国小说发展的顶峰。

继辛普逊开创的"反嘲"论之先河，D·W·哈丁从心理学角度分析了奥斯丁的反讽手法和灰姑娘主题。韦恩·C·布斯（W. C. Booth）的《小说修辞学》从修辞学的角度，以奥斯丁的《爱玛》为例，探讨了"可信的叙述者"是如何在小说中发挥作用的，从而扭转了之前学界对奥斯丁"不自觉的艺术家"的固有成见，也大大拓展了奥斯丁研究的视角与方法。

第四阶段（自1970年以来）：奥斯丁研究的"井喷"阶段，多元化的发展趋势。

自从20世纪70年代以来，西方文学整体批评格局发生改变，研究视野进一步拓展，文学批评的焦点已由内部世界转向外部世界，文学批评与心理学、社会学、历史学发生紧密联系。

历史批评是20世纪以来奥斯丁研究中的一个重要视角，侧重于将奥斯丁小说置于特定的历史文化中去加以考察，如玛里琳·巴特勒的《简·奥斯丁与观念之战》，沃伦·罗伯茨（Warren Roberts）的《简·奥斯丁与法国大革命》，都着重探讨了奥斯丁与当时的政治、社会、思想风云的关系，标志着研究视野的进一步扩大。

应该指出的是，这一时期影响最大的还是一些新锐的批评理论：马克思主义批评、后殖民主义批评、女性主义批评。西方马克思主义者从阶级关系、社会观的角度对奥斯丁的小说展开评论，如阿诺德·凯特·摩尔的《论〈爱玛〉》从整体上发掘其社会意义和现实价值；萨义德在《文化与帝国主义》里探讨《曼斯菲尔德庄园》的爪哇岛与殖民扩张的关系；玛格丽特·柯克汉姆的《简·奥斯丁：女性主义和小说》将奥斯丁视为女性主义启蒙的榜样，与之相应的还有威廉斯《乡村与城市》、桑德拉·吉尔伯特《阁楼上的疯女人》；玛奥·米雨的《简·奥斯丁小说的跨文化研究》从欧洲风景画、日本风景画和中国山水画比较切入，结合奥斯丁的文字描述，比较各国历史文化的差异。这些著作以批评视角的新颖和独特的穿透力，为重新审视奥斯丁小说的文化价值提供了思想武器。国外奥斯丁研究日益成为一门显学。

此外，学术界也出版了几部颇具影响的奥斯丁评论汇编，如伊恩·瓦特编选的《简·奥斯丁批评文选》（1963）、布莱恩·索瑟姆编选的两卷本《简·奥斯丁：批评遗产》、伊恩·利特伍德编选的四卷本《简·奥斯丁：批评评价》（1998），这些评论汇编给专业人员从事学术研究提供了极大的帮助，也说明奥斯丁研究日益成为一门"显学"，正越来越受到人们的重视。

二、国内研究现状

国内学界对奥斯丁的译介和评述始于 20 世纪 20 年代。在此，本文借鉴国内学者黄梅的《新中国六十年奥斯丁小说研究之考察与分析》[①] 一文，将中国的奥斯丁研究分为三个阶段。

---

① 黄梅：《新中国六十年奥斯丁小说研究之考察与分析》，《浙江大学学报（人文社会科学版）》，2012（1）：157-165 页。

第一阶段（1949—1976）：边缘处境，荒芜阶段。

国内学界对奥斯丁的译介和评述始于20世纪20年代，但多局限于奥斯丁小说的翻译和介绍性文字，对后来的学术研究影响甚微，可忽略不计。

中华人民共和国成立初期，侧重文学的政治批判功能，奥斯丁的作品题材多局限于婚姻、家庭等而受到冷落。对奥斯丁的关注也就是王科一翻译的《傲慢与偏见》①的出版，王科一在序言中简要介绍了奥斯丁的生平和写作，强调指出不应以题材大小论价值。"文革"期间，学术研究受到严重摧残，奥斯丁研究完全处于停滞状态。

第二阶段（1977—1989）：走向中心，起步阶段。

改革开放以来，随着中国经济文化的加速发展，奥斯丁小说得到了前所未有的重视。杨绛开启了新时期奥斯丁研究的破冰之旅，她的《有什么好？——读奥斯丁的〈傲慢与偏见〉》围绕故事题材、结构布局、人物描写，辅以数量可观的引文、注释，具体论证了奥斯丁作品的种种好处，并且指出了奥斯丁小说真正的着重点不仅仅是所谓的"爱情婚姻"。几乎与此同时，朱虹选编的《奥斯丁研究》②选译了许多重要国外评论文章和若干其他资料，该书的问世推进了我国对奥斯丁小说的研究。收录于其中的有朱虹撰写的两篇论文《对奥斯丁的傲慢与偏见》③和《奥斯丁和她的代表作〈傲

---

① ［英］奥斯丁：《傲慢与偏见》，王科一译，上海：文艺联合出版社，1955。
② 朱虹编选：《奥斯丁研究》，北京：中国文联出版公司，1985。
③ 朱虹：《对奥斯丁的傲慢与偏见》，《读书》，1982（1）。

慢与偏见〉》①。前者认为《傲慢与偏见》的意义在于"提出了一个严肃的问题——人的自我认识"②后者强调了奥斯丁喜剧艺术的精髓——反讽。

在这期间，我国还发表一些评论文章。最具中国特色的评论是将奥斯丁小说与《红楼梦》进行比较研究。张兵《儿女笔墨社会大观——〈红楼梦〉和〈傲慢与偏见〉的比较研究》③等。这类比较研究有些见解也有待商榷，但流露出对奥斯丁的认可和由衷的喜爱。此外，王宾的《奥斯丁小说浪漫主义初探》④、方汉泉的《试论〈爱玛〉》⑤、潘维新的《谈小说〈爱玛〉主人公的塑造》⑥、朱琳的《奥斯丁小说主题意义初探》⑦等。虽然从今天来看，这些论文的学术水准参差不齐，有些见解也有待商榷，但它们却表明，在遭遇了长期的冷落之后，奥斯丁研究不仅在中国得以复苏，而且研究视角也逐渐多样化，为此后的快速发展做好了准备。

第三阶段（1990至今）：日趋多元化，繁荣阶段。

80年代末至今，是奥斯丁研究的繁盛时期。随着文学史的大量编写，奥斯丁作为世纪之交的女性小说家，备受文学研究者重视。而且，随着西方文论大量进入中国研究者的视野，国内的奥斯丁的小说研究越来越接近国际研究的水平和角度。现将国内奥斯丁

---

① 朱虹：《奥斯丁和她的代表作〈傲慢与偏见〉》，《外国文学研究集刊》，第5辑，北京：中国社会科学出版社，1982。

② 朱虹：《对奥斯丁的傲慢与偏见》，载《读书》，1982（1）：46页。

③ 张兵：《儿女笔墨社会大观——〈红楼梦〉和〈傲慢与偏见〉的比较研究》，《苏州大学学报（哲学社会科学版）》，1989（1）：52-57页。

④ 王宾：《奥斯丁小说浪漫主义初探》，《外国文学研究》，1983（4）：58-66页。

⑤ 方汉泉：《试论〈爱玛〉》，《外国语》，1985（4）：71-75页。

⑥ 潘维新：《谈小说〈爱玛〉主人公的塑造》，《外国语文》，1985（4）：99-105页。

⑦ 朱琳：《奥斯丁小说主题意义初探》，《外国文学研究》，1987（3）：26-31页。

的学术成果归纳如下：

一是叙事艺术研究。其研究成果多受 20 世纪西方小说理论尤其是结构主义叙事学的启发，不再满足于泛泛谈论情节构思、人物塑造，而偏重于其中的叙事艺术。例如，张介明的《〈傲慢与偏见〉的戏剧性叙述》①、刘霞敏的《〈傲慢与偏见〉对话描写艺术的文体学分析》②、林文琛的《奥斯丁反讽艺术片谈——奥斯丁人物塑造、情节结构的反讽艺术》③ 都在这方面做了积极尝试。

二是女性主义研究。研究援引西方女性主义批评评述小说中体现的女性主义思想，很快成为奥斯丁研究的一个"热点"。此类研究分为宏观、微观两个层面：前者往往立足英国女性文学的发展史，观照奥斯丁的女性意识，如裘因的《奥斯丁与英国女性文学》④、杨利馨的《从〈傲慢与偏见〉的结构谈简·奥斯丁的女性意识》⑤ 后者往往关注微观研究，以某部作品为切入点，聚焦于女性问题的讨论，如步雅芸的《略论〈爱玛〉的女性成长主题》⑥ 等。但是，这些女性意识分析和文本衔接得不够紧密，难免有泛泛而谈之嫌，今后应有进一步深化和拓展的空间。

三是思想和伦理研究。这一方向关注奥斯丁的思想倾向、婚恋观、道德观、社会观、价值观等问题，即她的小说所体现的意识形

① 张介明：《〈傲慢与偏见〉的戏剧性叙述》，《外国文学评论》，1992（2）：104-109 页。
② 刘霞敏：《〈傲慢与偏见〉对话描写艺术的文体学分析》，《湘潭大学社会科学学报》，1999（4）：121-123 页。
③ 林文琛：《奥斯丁反讽艺术片谈——奥斯丁人物塑造、情节结构的反讽艺术》，《外国文学研究》，1991（4）：21-33 页。
④ 裘因：《奥斯丁与英国女性文学》，《上海大学学报（社会科学版）》，1996（6）：28-33 页。
⑤ 杨莉馨：《从〈傲慢与偏见〉的结构谈简·奥斯丁的女性意识》，《南京师大学报（社会科学版）》，1998（1）：90-98 页。
⑥ 步雅芸：《略论〈爱玛〉的女性成长主题》，《四川文理学院学报》，2012（3）：56-59 页。

态究竟是"保守的",还是"进步的"？在这方面，王海颖的《一场辛苦而糊涂的意识形态之战——谈玛丽琳·芭特拉的奥斯丁研究》① 颇有代表性，该文质疑玛里琳·巴特勒将奥斯丁视为"保守派"或"反动派"的观点，强调"奥斯丁没有执着于意识形态的任何一方，她的哲学乃是'生活哲学'"。黄梅的《〈爱玛〉中的长者》②、张楠的《从奥斯丁作品看写实小说的意识形态模糊性》③、龚龑的《"保守奥斯丁"的历史化研究》④ 等，这些颇具分量的文章也涉及这方面的讨论，黄梅断言奥斯丁在思想层面的探求其实更小心、更含糊，也更意义深远。

四是文化研究。这类研究多受国内文化研究推动所致。程巍的《伦敦蝴蝶与帝国鹰——从达西到罗切斯特》⑤，将达西和罗切斯特还原到他们生活的时代语境，通过符合时代审美的女性对男性的集体想象展示理想绅士标准的变迁。邱瑾的《论〈回忆录〉与"简姑妈"神话》⑥，则借鉴哈布瓦赫的"集体记忆"理论回顾了同时代相关文化事件和现象，并验证了"奥斯丁逐渐成为一个蕴含复杂情感内涵、负载多重文化意义的能指的过程"这一结论。苏耕欣的《奥斯丁小说的礼仪批评与秩序拯救：兼评英国小说中的话题转

---

① 王海颖：《一场辛苦而糊涂的意识形态之战——谈玛丽琳·芭特拉的奥斯丁研究》，《外国文学评论》，2001（2）：102-109 页。
② 黄梅：《〈爱玛〉中的长者》，《外国文学评论》，2008（4）：90-102 页。
③ 张楠：《从奥斯丁作品看写实小说的意识形态模糊性》，《语文建设》，2016（5）：55-56 页。
④ 龚龑：《"保守奥斯丁"的历史化研究》，《英美文学研究论丛》，2015（2）：75-83 页。
⑤ 程巍：《伦敦蝴蝶与帝国鹰——从达西到罗切斯特》，《外国文学评论》，2001（1）：14-23 页。
⑥ 邱瑾：《论〈回忆录〉与"简姑妈"神话》，《外国文学》，2008（1）：99-108 页。

换》①、张鑫的《奥斯丁小说中的图书馆空间话语与女性阅读主题》②，视角新颖，让人眼前一亮，也给传统的奥斯丁研究带来了一股清新之气，显示了文化研究的广阔前景。

综上所述，从20世纪20年代的简单介绍，到90年代至今的纯学术角度研究，我国的奥斯丁研究取得了很大的进展，研究成果数量庞大，水准也有了可喜的提升。但从研究现状来看，这些研究暴露了以下几个问题：一是研究对象比较零散且单一，没有将奥斯丁的小说创作视为一个整体来进行系统的研究与分析。对于奥氏作品研究多集中在诸如《傲慢与偏见》《爱玛》等两部作品上，对于其他四部作品则涉猎较少。二是研究内容较为空泛，大多停留在概述层面，缺乏对于小说文本的深层次解读；研究视角多从西方文论某一视角，如从性别研究出发，缺乏理论深度以及理论的新颖度；研究形式多为单篇评论性期刊论文和硕士论文，专著和博士论文鲜见。

此外，国内学者都公认奥斯丁的写作领域为乡村两三户人家的男婚女嫁，对于其主题分析往往局限于此，缺少多层面的挖掘，如其中蕴含的道德观念、成长历程，以及奥斯丁的小说创作与英国乡村文化之间的关系、奥斯丁小说的乡村性和现代性关系等问题都鲜有涉及，统筹六部小说作为主要研究对象来分析探究的研究成果尚未出现。这些都为奥斯丁及其小说的研究留下了较大的可待挖掘探究的空间。

---

① 苏耕欣：《奥斯丁小说的礼仪批评与秩序拯救：兼评英国小说中的话题转换》，《外国文学评论》，2014（1）：15-16页。

② 张鑫：《奥斯丁小说中的图书馆空间话语与女性阅读主题》，《外国文学评论》，2016（2）：82-100页。

第三节　关于选题、意义和研究方法

随着评价体系的变迁，国内外奥斯丁研究焦点不可避免地发生转移。这其中既有文化语境的阻隔殊异，也有审美趣味的变更。再加上奥斯丁小说通俗易懂，可读性较强，女作家更是在意识形态等诸多问题上采用模糊化的处理方法，这就产生了极大的阐释空间，同一问题甚至能引发研究者完全不同的看法和争议，对其阐释和解读可谓千人千面，盖缘于这"二寸牙雕上"囊括了极其丰富的艺术和文化内涵。本书的中心题旨和写作目的即从人物形象流变、主题阐释和共同体文化研究三方面对六部小说进行深入归纳分析，以历史的辩证的研究方法，结合文本细读法，以"问题意识"指引，采用历史主义批评、阶级批评、后殖民主义批评、女性主义批评和叙事艺术研究等多种方法，结合当时的社会、历史、文化及作家个人的生活背景，探究其小说作品的流变特点和艺术风貌，并做出较为客观的评价与结论。

绪论部分包括以下三部分内容：一是结合当时的社会背景、文化语境及作家个人经历对奥斯丁的生平进行介绍；二是国内外的奥斯丁小说研究现状，分别按照研究要点进行归纳总结；三是本书的研究目标和内容，将对其小说的创作主题、人物形象流变、叙事特点和艺术风格等做全面的研究。

除绪论外，全书分为上下两篇，共八章。

上篇第一部分归纳了奥斯丁小说的创作主题，即婚恋主题、成长主题和道德主题。奥斯丁以极为精彩的方式展示了她对婚恋的见解和理想，展现出她超乎时代的女性意识，具体表现为：与自我反省同步的婚恋模式，圆满的婚姻总要历经曲折和磨难，要通过"忏悔与反省"这一环节；精神与物质并重的婚恋观；主张夫妻平等、相互体谅与尊重，营造民主和睦氛围的家庭观。对青年人成长的关注，鼓舞其直面生活的坎坷并克服心理的畏怯，最终走向成熟独立，实现个人生命价值是英国文学史上历久弥新的主题。以处女作《理智与情感》为代表的奥斯丁六部作品暗合了幼稚—受挫—醒悟—走向自我这一成长小说叙事模式。女主人公都存有普遍的精神不成熟的共性。她们因各自的缺点不足在追寻爱情的路上遭遇挫折，（成长过程）不过通过自我反省或别人的指导又醒悟改正，逐渐认识现实、认识自我、走向成熟的过程，最后收获美满的姻缘。"道德"作为关键词常常出现在奥斯丁的作品中，借此表达她对既定道德观念的思考及个人价值的探索，表达其独有的人道主义色彩的道德关怀。个人的品德主要是指个人自身做人的基本品德和为人处世的道德态度，其显著特点就是对个人风度和社会责任的追求和推崇，即倡导一种"为他人"的道德观，最终目的是追求和谐有序的社会氛围和友善的人际关系。

上篇第二部分为奥斯丁小说的形象研究，即男性形象和女性形象。

奥斯丁对男性人物形象进行了塑造。在奥斯丁笔下，每位女性差不多都有男性形象与其对照而相映生辉。这些男性人物形象姿态各异，个性鲜明，极大地丰富和完善了女性形象。他们性格迥异的背后存在着某些可比性。本书试将男性人物形象分为三类，即求偶形象、父亲形象、牧师形象，并对其进行比较考察，主次有别地论述他们各自的性格特征以及在爱情、婚姻、处世方式等方面的异同，并于这个基础上，宏观审视作家笔下的男性人物精神面貌，以"男性形象黯淡"初步描述作家对男性人物的基本观点。

与此同时，本书从奥斯丁形象画廊里占据中心地位的女性人物着手，论述奥斯丁的女性意识。试将女性群像分为新女性、凡庸的母亲、饶舌的老姑娘、睿智的女性长辈四类。在此，作者不仅赞誉了女性的智慧和能力，也冷静地剖析了她们面对现实的人格局限和不足，体现了作家对女性生存现状的密切关注和对女性生存环境的深刻思考。在此基础上，本书将奥斯丁的女性人物与其他英国作家的同类人物进行对比，从宏观的角度来探讨她的女性意识的进步性与不足之处。

下篇以"奥斯丁后期作品乡村共同体文化"为研究视角，在深刻把握史实、研读作品的基础上，首先从理论渊源和发展历程两个维度入手，运用社会学、政治学的相关理论与方法，分析概括了乡村共同体的内涵、特征，并梳理了英国文学中的"共同体"情结的历史变迁和内在逻辑；进而借鉴创作心理学的相关知识，联系奥斯丁生平和时代背景阐释其晚期创作体现出的共同体理念。其次，运用滕尼斯的共同体理论，从阶层流动、价值取向、人际关系、乡村空间四个层面分析了作品中海伯里或凯林奇共同体面临的危机，探究了乡村共同体的分崩离析与当时人们的文化心理以及历史语境之间的联系。再次，尝试运用后殖民批评、女性主义批评和阶级批评的研究方法，探寻奥斯丁试图重构乡村共同体的美好愿景。最后，立足当代，探析共同体思想的理论价值与实践意义，重点揭示了滕尼斯共同体思想的当代启示，助力解决人类社会发展难题。

奥斯丁小说艺术鉴赏：
主题阐释和人物塑造

第一部分　主题扫描

第一章
婚恋主题

　　在人类发展史上，婚恋作为人类最基本的生活内容之一，其意义举足轻重。家庭作为社会的基本元素，是以婚姻为细胞构建起来的单位，婚恋是文学永恒的主题。在 18 世纪的英国，女性的主要生存领域和空间均为家庭，婚前的舞会等社交活动，婚后的生育孩子、照顾家人、打理家政是其生活的主要内容。女作家的创作往往更倾向于对婚姻家庭情感的描写，其勾画的爱情图景生机勃勃、鲜活灵动。奥斯丁也以极为精彩的方式展示了她对婚恋的见解和理想，展现出超乎时代的女性意识。

第一节　与自我反省同步的婚恋模式

　　奥斯丁的六部作品均以士绅阶层绅士、淑女婚嫁为题材，其中青年男女主人公的爱情并非俗套的任由感觉做主的一见钟情模式，而是都有一个动态的发展过程。误会、障碍、坎坷是在所难免的，并或多或少地影响到感情归属。圆满的婚姻总要历经曲折和磨难，看似毫无回转之机，却又峰回路转了，但转变绝非幸运之神的慷慨眷顾，主人公总要通过"忏悔与反省"这一环节。在奥斯丁看来，感情路上的诸多不顺不尽是外部环境使然，它更多地来源于人自身的局限和不足，如自负、偏见、以自我为中心均是人性中普遍存在的，恋爱中的双方也在所难免，误会、停滞接踵而来。爱情是一个主人公不断学习、不断进行自我完善的过程，即克服骄傲、以自我为中心等弱点，客观审视自身，察觉到自己的错误，并深刻反省，积极改正，最终收获幸福的爱情。

《傲慢与偏见》原本的名字叫作《最初的印象》，自以为是、骄傲的伊丽莎白和达西对彼此的第一印象不佳。在初次见面的舞会上，达西在室内踱来踱去，不愿和落单的女士跳舞，"傲慢自大，高人一等，难以接近"①。乍一看，达西的确有理由骄傲，他拥有富饶的彭伯里庄园，物质条件优渥，颇有修养，见解不凡，善于观察，品德上也无缺陷；反观朗博恩村民，他们举止轻浮荒唐，两相对比，高下立现，这又加重了达西的傲慢。他对有着出身微贱的亲戚伊丽莎白一家，出言不逊地下了"粗俗不堪"的定论。但感情总是那么奇妙，在不知不觉中，他却对谈吐诙谐的班家次女伊丽莎白倾慕，终于降尊纡贵地向她求婚。当然，傲慢是免不了的："他倾诉对她的亲情蜜意，同时也滔滔不绝地吐露自己的傲慢，说得毫不逊色。他觉得她门第低微，这门亲事是降尊纡贵。"② 此时达西没有挣脱阶级和身份等世俗成见的掣肘，仍然对伊丽莎白不体面的家庭耿耿于怀，并没有意识到自身存在的问题。

---

① ［英］简·奥斯丁：《傲慢与偏见》，张玲、张扬译，北京：人民文学出版社，1993：8 页。
② ［英］简·奥斯丁：《傲慢与偏见》，张玲、张扬译，北京：人民文学出版社，1993：153 页。

这次出乎求婚人自己意料的求婚意义不同寻常，他使达西认识到自身的问题。接下来，他放下傲慢，给对方写了一封情词恳切的长信，解释了其中的误会（拆散宾利和简的好事，以及断送威克汉姆的前途）。写信可以视为他自身忏悔与反省的表现。就像其再度求婚前夕对伊丽莎白说的那样："我虽然并不主张自私，可是事实上却自私了一辈子，鄙薄别人的见识，鄙薄别人的长处，把天下人都看得不如我，你给了我一顿教训，开头我当然受不了，可是我实在是受益匪浅。"① 爱情对于达西进行了一次深刻的社会教育，他认识到出身和财富皆身外物，与人的品质德行无涉。此后，他尽力收敛自己的傲慢，伊丽莎白随舅父母拜访其庄园时，嘉蒂纳夫妇的风度和见识令达西颇为欣赏。他彬彬有礼，热情友善，尽显地主之谊，财富与地位不再令其自得，反使其谦逊。后来他还在莉迪亚私奔一事上尽心尽力予以帮助，以挽救班纳特一家的声誉，这一义举让伊丽莎白感激不已，得以冰释前嫌。因为之前自以为是的傲慢，达西为爱付出了代价，经过自我醒悟和反省，积极改进待人接物的不足，理解他人，尊重他人，因此也收获了美满的姻缘。

伊丽莎又何尝不是如此。作为小说中的"有理智的人"，她聪明、活泼又富有人格尊严，面对达西的傲慢，她有力地予以回敬，赢得了尊重，显示了个性魅力；达西甚至在她的影响下改变了待人接物的错误成见。然而，这并不意味着伊丽莎白本人就尽善尽美，相反，她的偏见也让她吃了苦头，懊恼不已。

初次见到风度翩翩的威克汉姆，伊丽莎白对其好感倍增，完全轻信他那漏洞百出的谗言和对达西的攻击之词，不仅误解了达西的

---

① ［英］简·奥斯丁：《傲慢与偏见》，张玲、张扬译，北京：人民文学出版社，1993：292 页。

人品，还义愤填膺地对达西大加指责，荒谬可笑而不自知——聪明人也未能免俗。接下来，伊丽莎白经历了克服偏见的曲折过程：看到达西复信，明了真相，羞愧、后悔；因为按照贵族不言自明的行为规则，君子是不屑于自我辩解的，只有小人才会滔滔不绝地为洗刷自己，指责他人。而伊丽莎白居然对威克汉姆的那番天花乱坠之词深信不疑，说明其缺乏必要的社交常识，也暴露了其对真正教养的无知。这时她怎能不自惭形秽呢？

彭伯里之行，伊丽莎白再遇达西，产生爱慕之心，也促使她再次深刻反省自己在为人处世方面的不足，明白了第一印象、感性认知的偏狭和不可靠。伊丽莎白的"有限的理智，陷于偏见，克服偏见，更高理智"的性格发展过程恰恰佐证了利奥奈尔·特里林的一个著名的观点：奥斯丁的反讽是基于"对于这样一个事实的认识，即人的精神是不自由的，它为环境所制约，所局限"[1]，人人难免被生活所嘲弄，显示出自己平时察觉不了的滑稽可笑的一面。伊丽莎白的现实碰壁体现了作家的一番艺术匠心和对生活的理解，也提出了一个引人深思的问题，即无论是伊丽莎白、达西这类有见解的聪明人，还是班纳特太太这帮愚人，都不能如实地认识自己。从这个角度来说，现代西方文学经常提及的人的自我认识问题，奥斯丁早在两个世纪以前就以喜剧形式提出来了。

在自我中心这一点上，玛丽安可谓是一典型。天真烂漫的玛丽安有着与其性情相符的爱情幻想，初识威洛比完全依靠一己意愿行事，行为冲动，丝毫不考虑身边人的感受，瞧不起言语粗俗的詹尼

---

① ［美］利奥纳尔·特利林：《曼斯菲尔德庄园》，象愚译，见朱虹：《奥斯丁研究》，北京：中国文联出版公司，1985：223 页。

斯太太等人。她不屑世俗成见，把自己热情的爱一股脑地撒向他。直到最后发现自己被骗后，才意识到之前的荒唐，开始了对自以为是的深度反省。她与姐姐敞开心扉的密谈更让我们看到了她的人格发展，如今的玛丽安，拥有美好的道德品德，也拥有了与布兰登上校的美好爱情。

再看《爱玛》。刚一开篇，奥斯丁就交代了女主人公没什么缺点。唯一的就是自命不凡和掌控欲，"对自己的估计往往略为偏高一点"①。这主要是由于她对社会缺乏了解，也少有同理心，对错综复杂的人际关系缺乏洞察力，这就给他人和自己的婚姻带来了诸多障碍。她认为自己撮合了威乐斯夫妇这对佳偶，为他人带来幸福，她为自己察觉到对简与已婚之夫的暧昧关系感到得意，她甚至认为时髦青年丘吉尔钟情于她，而且迫不及待地想要他求婚。后来她又拆散了地位相当的马丁和哈丽特，企图为哈丽特另觅良缘，并自以为是地分析嫁给埃尔顿牧师带给哈丽特的种种好处。但由始至终，她都未考虑哈丽特的私人情感，着实任情使性；后来埃尔顿先生稳操胜券地向她求婚时，爱玛才如梦方醒，却依然没有认真反省自己的行为。自小受父亲溺爱、我行我素的她，缺乏自我纠错能力，因而屡屡犯错。

而真正促使爱玛深刻反省的是在哈丽特坦诚道出心系之人是奈特利先生，此时，艾玛极其震惊，不敢相信眼前这位由自己操控的小女孩也有自我的精神世界。她意识到自己："她出于教人无法忍受的自负，自以为了解每个人的情感秘密；出于不可饶恕的自大，

---

① ［英］简·奥斯丁：《爱玛》，李文俊、蔡慧译，北京：人民文学出版社，2005：1页。

硬要安排每个人的命运。结果证明,她全都做错了。"① 她的一厢情愿、指手画脚,忽略了别人独立的思想和看待问题的不同视角。发现缺点与接受爱情婚姻对于爱玛而言是相辅而行、几乎同时发生的两个过程。宣扬不婚主义的她意识到多年来心中所爱的一直是奈特利,可是由于奈特利的直言不讳,骄傲的爱玛始终不肯放下身段去检视自我行径,直到真相无情地推翻了她漫无边际的臆想,她终于有机会聆听自己的内心,同时深深地忏悔自己过去的不当做派。此时爱玛的成长是在爱情中发展的,从自大自负到认识到自己性格的缺陷和道德修养的不足,并认真纠正,于是,她与奈特利的爱情降临了。

　　自我反省情节之所以反复出现在奥斯丁的婚恋故事里,并不是女作家出于丰富故事情节的考虑,而是其思想的真实反映。深受基督教影响的西方文化传统认为,原罪是人生而具有的,表现为骄傲、自以为是等,故须潜心修行,积极忏悔与反省,才能使灵魂得到救赎。奥斯丁也在强调须从内部着眼,寻找问题的症结。而人内心深处的骄傲、偏见等是人性最大的缺点,也是一切罪恶人性的源头。现实的诸多磨难和感情中的波折是人自身的弱点使然。因此,她在作品中要求人物深刻认识并反省自身缺陷,这样才能获得美好的爱情:在《诺桑觉寺》中,缺乏识人之明的凯瑟琳经历了误交损友的曲折过程,后有了一定己见,不再盲从;《曼斯菲尔德庄园》里的埃德蒙不再被迷人的玛丽蒙蔽了双眼,而是意识到婚姻的缔结更重要的是志同道合;《劝导》里的安妮经历了八年的孤单和落寞,

---

① [英]简·奥斯丁:《爱玛》,李文俊、蔡慧译,北京:人民文学出版社,2005:361页。

重新认识了责任和情感，正是对情感的坚守让她与温特沃思的爱情重现希望。总体来看，主人公的爱情婚姻都不是顺风顺水。因为波澜不惊的爱情绝不是奥斯丁推崇的，如何处理爱情中不可规避的曲折才是她所看重的，基于此，主人公对爱情的体验才更深刻，双方对爱情才更忠贞，因此奥斯丁小说才有了与自省同步的婚恋模式。

第二节　精神与物质并重的婚恋观

爱情是两性间一种最自然、特殊的社会关系，男女两性在爱情中的不同心态是不同社会地位、经济状况的折射。男女在各方面的不平等，可通过爱情和婚姻凸显出来。精神与物质孰轻孰重历来是读者和奥斯丁研究者所争议的问题，事实上，奥斯丁并没有重此薄彼，偏颇任何一方在婚姻中的地位。在她看来，爱情是缔结婚姻的精神基础，是幸福婚姻的动力源泉，缺失爱情的婚姻，徒具形式而已；而金钱则是保障婚姻的物质基础，更是不可或缺。女作家坚持的婚恋观明显与她所生活的年代的主流观点格格不入，也更彰显其卓尔不群。

德国学者西美尔说：对于婚姻而言，经济动机才是最重要的。任何时代都是如此，现代社会尤甚！在 18 世纪的英国，婚姻的缔结，财富、门第扮演重要角色，感情与见识则无足轻重甚或可有可无；个人价值往往取决于财产所有权，许多人意识到他们的婚姻不过是某种交易罢了。

奥斯丁的小说淋漓尽致地道出了金钱势力对婚姻关系的荼毒。《劝导》中的史密斯太太对埃利奥特的卑劣行径感叹道："噢！这种事情太司空见惯了。人生在世，男男女女为金钱结婚太普遍了；尽量为自己打算被当成了一种义务。"① 柯林斯曾很现实地提醒伊丽莎白："亲爱的表妹，请允许我说句自不量力的话，尽管你有许多吸引人的地方，不幸的是，你的财产太少了，这就把你的可爱和很多优美的条件抵消了。"②《劝导》还从侧面展示出当时门当户对的婚姻观念的根深蒂固。当安妮提醒伊丽莎白提防克莱太太不轨之心时，伊丽莎白反驳地说："克莱太太从不忘记自己的身份，我比你更了解她的想法，我可以保证，她对婚姻问题的看法非常正确。克莱太太对门不当、户不对的婚姻是谴责的，情绪比大多数人更强烈——这倒不是因为世上有什么事会促使父亲去结一门丢人的亲事（我对此深信不疑），而是因为他会感到不大快乐。"③ 因为金钱和地位是婚姻的第一前提，尽管备受诟病。

在那个唯利是图的社会环境下，婚姻市场的顾客们都是标价的。妇女的陪嫁与出身很大程度上决定了她在婚姻市场上的吸引力，一个出身高贵、富有的待嫁女子往往令许多青年男子趋之若鹜，即使她长得丑。在奥斯丁笔下，婚姻是使"利"与"礼"两大主题纠结在一起的核心事件，也是不同人物、思想自我展示并彼此角逐的舞台与战场。面对财富这一试金石，多少人守不住情感的防线！

《理智与情感》中的威洛比之所以抛弃钟情的玛丽安，改娶姿色、才智各方面远逊色的格雷小姐，是因为后者有高达五万英镑的

① ［英］简·奥斯丁：《劝导》，孙致礼译，南京：译林出版社，2015：173 页。
② ［英］简·奥斯丁：《傲慢与偏见》，张玲、张扬译，北京：人民文学出版社，1993：89 页。
③ ［英］简·奥斯丁：《劝导》，孙致礼译，南京：译林出版社，2015：29 页。

陪嫁；韦翰企图诱拐年仅十五岁的乔治安娜，分明是觊觎她两万英镑的嫁资；最后他答应与莉迪亚成婚，关键在于达西给予提供经济援助的许诺，他甚至还恬不知耻地和达西讨价还价。对于威洛比和韦翰把金钱作为婚姻敲门砖的人物而言，他们完全是以金钱和社会地位来判断女性，谈不上应有的尊重和双方的爱情，婚姻仅仅是谋取利益的手段，未来的妻子不过是物质援助者。在他们身上，物质战胜了一切，爱情卑微得抬不起头来。显然，这类婚姻投机者和陈腐的婚恋价值观念为奥斯丁所不齿。

　　具体到女性的婚姻抉择，更是令人不胜感慨。英国评论家罗宾·阿伯特曾写道："在简所处的那个时代，每一个年轻女性的目的都是结婚，并且嫁得好。"[①]奥斯丁也在作品中反复强调婚姻对女性的重要性。要明白个中缘由，我们须对其社会历史做必要的了解。在女作家生活的摄政王时代，女性地位每况愈下，"妇女们再没有比十八世纪那么不受尊重的了"。女性被排除在公共领域之外，无法凭己之力谋生，唯一可进行个人选择的领域就是婚姻。靠结婚摆脱贫困，获得相应的社会或经济地位，是中产阶级女子改善生活处境的最现实选择。婚姻不仅能够提高女性的社会地位，还能有助于女性实现个人价值最大化。奥斯丁在和友人通信中明确提出：单身女人最害怕的就是贫穷，这也是支持婚姻的一个强有力的论断。几乎所有的未婚少女都试图通过婚姻找寻人生的快乐和归属感。已婚妇女虽仍旧没有财产支配权，但社会地位会有所提升。按照当时的风俗，甚至还能享有一些特权。比如《爱玛》里那位俗不可耐的

---

① ［英］阿伯特：《简·奥斯汀——将梦想嫁给文字》，周善宾译，大连：大连理工大学出版社，2008：49 页。

牧师的新婚妻子，依仗已婚的身份，夺走了海伯里第一名媛爱玛的专属上手席位。

随着18世纪英国社会的商品化趋势和经济结构的日益复杂化，婚姻的缔结不是那么单纯了，总是脱离不了经济基础的钳制。奥斯丁深谙婚姻的功利性和男女双方的利益交换方式，虽然她一再坚持"与毫无感情的婚姻相比，任何其他事情都是可以推崇和容忍得了的"①，但她又认为婚姻生活中回避不了经济的重要性，"高贵跟幸福没什么相干，但财富却关系甚大"，经济的重要性不言而喻。婚姻市场中的待字闺中的年轻女子都是标了价的。比如，《曼斯菲尔德庄园》开篇就讲，三十年前，玛利亚·沃德小姐竟能带着7000英镑的陪嫁嫁给财势两旺的伯特伦爵士，令周围人不敢置信，她当律师的叔叔认为她再加3000镑才有资格攀附这门亲事。《理智与情感》的约翰·达什伍德更甚之，将所有人际关系全盘货币化。玛丽安因失恋几乎断送性命，这位异母兄长非但不为其心忧，而是断定她的"价值"大打折扣，在婚姻市场上只能够"低价出售"：年收入600镑的男人是否肯接受她已经很成问题；接下来，他积极地把年收入2000镑的布兰登上校推荐给埃莉诺。

慑于经济穷困对人生避免不了的威胁，每个人的选择都有趋利避害的功利导向，婚姻契约中潜藏的个人利益有目共睹。婚姻的目的在于增进男方的幸福，保障女方"所需要的利益"。然而奥斯丁喜爱的女主人公绝不仅仅满足于此，结婚对象有丰厚的财富和足够体面的身份地位固然是不可多得的好事；但精神等因素同样不能或

---

① ［英］查普曼：《简·奥斯汀：答加洛德先生》，见朱虹，《奥斯丁研究》，北京：中国文联出版公司，1985：72页。

缺，也纳入考虑范围。反之，婚姻幸福无从谈起。

在《傲慢与偏见》中，伊丽莎白的好友夏绿蒂姿色平平，却聪慧过人，远非迟钝愚蠢的柯林斯匹配。可夏绿蒂却无视于此，单纯为了金钱、利益应允了婚约。正无非是"为了财产打算，但总算给她自己安排了一个最可靠的储藏室，日后可以不致挨冻受饥"①。婚后毫无悬念地出现了夫妻沟通的障碍和心灵的空虚，她不得不巧妙地避开愚昧的丈夫，才能在婚姻的缝隙里寻找生活的乐趣。只为寻求生活保障，罔顾情感的结合，在奥斯丁看来也是极其失败的。夏绿蒂的婚姻困境意在唤起人们对情感的重视，此为缔结美好姻缘的前提。

总的来说，奥斯丁承袭了 18 世纪的爱情观，相信它是一种高尚的情感，更体现为一种完美、和谐与幸福。其笔下理想化的男子择偶莫不秉承这一观点。达西出身高贵，相貌堂堂，且家资雄厚。按常理说，他要娶一个和他同阶层的女子丝毫不费力气。然而，他并未被世俗的观念所左右：宾利小姐多才多艺，体态优雅，很符合上等社会淑女的标准，但她思想肤浅，身上散发的庸俗气，让达西避之不及；表妹德·包尔小姐虽出身名门，与其门当户对，然而资质平平，毫无风度可言，故亦未受到达西青睐。这说明达西对寻觅意中人有自己的主张，理想的配偶绝非只会"编织钱袋，点缀屏风"的平庸女子，而是"多读书，长见识，有真才实学"的知识女性。伊丽莎白出身并非名门望族（乡绅的女儿），也不坐拥万贯家财（只有 1000 镑的嫁妆），没有沉鱼落雁的美貌（达西曾认为她不够漂亮，拒绝与其跳舞）。然而，她有着"敏锐观察力"和"洞

---

① ［英］奥斯丁：《傲慢与偏见》，王科一译，上海：上海译文出版社，1991：117 页。

察力"，性情活泼，谈吐诙谐，有主见，这些足可让达西倾心不已；而且伊丽莎白向往平等、自由、相互尊重基础上的爱情，这点与达西的婚姻观灵犀相通。达西相信，只有真挚的爱情才能带来幸福，婚姻应该建立在发自内心的爱慕基础上，而不是世俗利益上。在此，爱情的分量彰显无遗。

同时，达西与伊丽莎白的婚姻又是以财富为保障的：伊丽莎白随舅父母路经达西高雅不凡的彭伯里庄园时，也不禁世俗地感慨："真是个美丽的地方，我差一点儿就做了这儿的主妇呢！"[①] 这一心理描写显然是奥斯丁意在向读者表明，在伊丽莎白对达西日渐滋长的好感中，除了意识到自身偏见导致待人接物出现纰漏，进而反省修养不足这样的精神层面，也不乏对物质的看重。当达西再次求婚后，在姐姐的逼问下，她才承认自己对达西的爱也不能免俗："你爱他有多久了？应该从看到彭伯里他那美丽的花园算起。"[②]

《理智与情感》里的埃莉诺和爱德华也是精神与物质并重的婚恋观的典型。诺兰庄园的初次见面，他们对彼此互有好感，在日后的接触中，他们对彼此的欣赏与日俱增。周围人也认为他们"压根就是一对情投意合的情侣"，这对精神上相互契合的年轻人是有必要的感情基础的。可是即使这样，两人的婚事却停滞不前。其中一个原因就是物质的考量。爱德华本人身家背景却不尽如人意，无职业，更没有财产，也不能保证将来缔结婚姻之后的经济状况。理想爱情天平缺失了一边：物质财产的匮乏。而结婚是一个新的经济实体的构建，必要时还得把每年添一个孩子囊括进去，因此在不能保

① ［英］奥斯丁：《傲慢与偏见》，张玲、张扬译，北京：人民文学出版社，1993：196页。
② ［英］奥斯丁：《傲慢与偏见》，张玲、张扬译，北京：人民文学出版社，1993：297页。

证男方拥有足够财产的前提下，他与埃莉诺感情之路坎坷难行。直到布兰登上校提供的牧师的职位的出现，虽然只有每年二百磅，但仍能满足埃莉诺爱情的物质条件。此刻，理想爱情的两个条件都已具备，二人顺理成章收获爱情。

关于精神与物质并重，《劝导》里的安妮失而复得的爱情具有较强的说服力。年轻的温特沃思生机勃勃，乐观上进，但唯独没有财产；而安妮这位贵族小姐，也是徒有其名。父亲沃尔特爵士面对累累账单，他只得租出祖传庄园，开源节流，并明确表示不会给最不被他喜爱的安妮任何嫁妆，情趣相投、心意相通的有情人在严酷现实面前也是无可奈何；而八年后，温特沃思凭借战功和晋升有了一笔可观的巨款，这样一来，他和安妮的爱情就有了物质保障。精神方面自然不用多说，盘结在心底的爱再将两人的心紧紧联结在一起，使得他们的感情根基比任何一对男女主人公都坚固。为了爱情，安妮主动走出庄园，追随丈夫奔波在大千世界，并为成为一个水手的妻子而自豪。《劝导》并没有把金钱与爱情绝对分开，而是显示金钱在确立稳固的理想婚姻中起着决定性的作用。

纵观六部作品，奥斯丁所推崇的爱情都是建立在感情和金钱的双重基础上的，每一部中的故事都透露出她重视精神与物质共同作用的爱情。她鄙薄利益纠葛下的婚姻结合，金钱财富终将耗尽，没有爱情充溢的婚姻只剩下一具空壳，倒塌在所难免，故她极力反对用膜拜物质来决定婚姻和爱情。女权主义的旗帜波伏娃指出："婚姻是联合两个完整的独立个体。不是附和，不是退路……男女的结合要建立在互相认清对方的自由之上。"①

---

① ［法］西蒙娜·波伏瓦：《第二性》，郑克鲁译，上海：译文出版社，2015：142页。

但奥斯丁又不避讳物质的现实性和实在性。必要的物质保障能够加固婚姻的利益共同体，没有物质的婚姻容易情淡爱弛，再加上没有利益的捆绑，它的破碎时间并不会来得更迟。精神与物质的天平彼此平衡，这样的爱情才是最合适、最完美的，就像她六部作品中的所有主人公一样。韦翰、威洛比之流在物质或情欲性婚姻里与其配偶貌合神离，把生活变成了牢笼；而伊丽莎白和达西却琴瑟和谐，幸福美满。奥斯丁无非是通过对比昭示崭新的婚恋观：婚姻必须以情感为基础，以理性做指导，并借助理想的男性求偶者尽悉表现。不可否认的是，这一有着强烈现实感的婚姻态度是直接从她所生活的社会环境中生发出来的，旧习俗的烙印在所难免。每一种价值观念的产生和存在都有其必然性和合理性，这种必然性和合理性与当时的政治观念、宗教信仰、性别意识和社会状况是分不开的，简·奥斯丁生活在 18 世纪末父权文化氛围中，很难摆脱世俗的桎梏。尽管如此，这一超越时代的观念对一味仰慕门第、财产而忽视情感的婚姻习俗而言，在当时尤其具有进步性，它动摇了古老的男权中心婚恋观，可谓女作家觉醒的女性意识之明确表现。

第三节　民主和睦的家庭观

奥斯丁生活的时代，女性的地位十分低下，詹姆斯·福迪斯说："在造就你们女性的能力时，大自然似乎没有赋予你们像男性那么多的精力。"[①] 汉内莫尔则断言："妇女不善于像男性那样归纳概括她们

---

① ［英］大卫·莫那翰：《简·奥斯丁和妇女地位问题》，常立译，见朱虹：《奥斯丁研究》，北京：中国文联出版公司，1985：333 页。

的思想，她们的头脑也不具备像男人们那样理解重大问题的能力。"①
可见，女性歧视观念渗透于社会意识形态且根深蒂固。女性被迫从
属男性，已婚女性更成丈夫的附庸。法学家布莱克斯顿一言以蔽之：
"在婚姻中，丈夫和妻子成为一个人，而这个人是丈夫。"②

可悲的是，妇女们受到如此重压，却对自己低下的社会地位和
艰难处境毫无自觉认识，很少对受到的不公正待遇表示不满。18
世纪末，女权主义先驱玛丽·沃尔斯通克拉夫特呼吁妇女权利，几
乎无人响应。女性社会地位低下和自我意识的缺失造成男性的自我
膨胀和性别优越感。

在奥斯丁小说《理智与情感》中，帕默先生对身怀六甲的妻子
百般凌辱，当众羞辱其母没有教养，帕默太太不以己悲，反以性情
古怪为丈夫开脱。《傲慢与偏见》的班纳特先生拿妻子的弱点取乐，
这位好太太却毫不知情。《曼斯菲尔德庄园》的普莱斯上尉言语粗
鲁，对妻子呼来喝去，后者非但听之任之，还要随声附和；托马斯
爵士在妻子心目中至高无上，其妻对其唯恭唯诺。夫妻间缺乏共同
语言，没有真情交流，导致女性角色被漠视和嫌弃。班纳特先生的
男权成见根深蒂固：女性较男性低劣而被动，故无独断之能。结果
他自己也吃了独断的苦头：女儿莉迪亚受心智缺陷母亲的影响，与
浪荡公子私奔，使门风受辱，他无法指望夫人有所作为，只能独负
重担。托马斯爵士长期操控妻子，致其头脑空空，所以遇上麻烦事
同样束手无策，累及女儿，贻误其终身。借此，奥斯丁嘲讽了那些

---

① ［英］大卫·莫那翰：《简·奥斯丁和妇女地位问题》，常立译，见朱虹：《奥斯丁研究》，北京：中国文联出版公司，1985：333 页。
② ［英］阿萨·勃里格斯：《英国社会史》，陈叔平、刘城、刘幼勤等译，北京：中国人民大学出版社，1991：217 页。

自命不凡的男士们，批判了男女不平等的家庭关系，认为与这些人一起没有丝毫幸福可言。

奥斯丁把她对幸福家庭的渴慕和向往寄托到笔下理想求偶者身上。达西最富个性色彩，也比较理性化，是奥斯丁塑造的传统社会的新男性。他能够抛开世俗，摆脱身份、地位的束缚，追求与自己情投意合、心意相通的女性，尤其表现出一般男性对女性所不具备的尊重、关爱和体谅，之于世俗卓尔不群。奈特利先生更是一以贯之的绅士做派，当得知意中人爱玛对婚姻顾虑重重的原因在于担心远嫁会使年老的父亲无人照拂，他理解爱玛对老父的不舍，打破成见，主动提出入赘海伯里，一起陪伴伍德豪斯先生，解除了未婚妻的后顾之忧。这让很多人都拍手称赞，也为奈特利先生的牺牲精神所感动。不难想象这桩婚姻日后带来的和谐幸福。借奈特利先生作为代言人，奥斯丁阐述了她的家庭道德观——夫妻平等，相互体谅与尊重。

显而易见，奥斯丁的观念与她所处时代流行的家庭观念大相径庭。菲尔丁在《汤姆·琼斯》中借助处处维护父权的维斯顿先生和淳朴的汤姆由于"夏娃"的诱惑导致性犯罪透露出男权主义思想，理查森的《帕梅拉》《克拉丽莎》中的绅士先生视女性为玩偶，即使是对奥斯丁不以为意的夏洛蒂·勃朗特所塑造的《简·爱》中的男主角罗切斯特也持有一种强烈的男性优越感，虽然随着故事进展发生了转变，不过这些均与奥斯丁笔下的理想的男性人物对女性发自内心的尊重相差甚远。

在《劝导》中，奥斯丁打破对男女主人公婚后生活略而不谈的惯例，构造了一个具象化的理想家庭模式：克罗夫特将军是一位海军军官，相貌堂堂，体格健壮，见解不俗，处事不拘小节。他与夫人非常恩爱，夫人不仅是其生活的好帮手，也是其事业的贤内助，无论承租凯林奇庄园，还是外出旅行，或与朋友谈天说地，总能看到太太参与其中，其意见被丈夫所重视。将军不是自命不凡的大男子主义者，他尊重夫人，夫人的稳重能干、聪明才智也与之相得益彰。夫妻二人驾车出游的细节描写堪为对其理想婚姻的形象化注解："多亏她急中生智地一伸手，车自己没有翻到沟里，也没有撞到粪车。安妮看到他们这种赶车方式，不觉有几分开心，她设想这一定能反映他们如何处理日常事务。"① 夫唱妇随、相互尊重、共同营造温暖的港湾，这就是女作家奥斯丁对美好家庭的理想。其基础就是民主平等、互敬互爱；婚姻中没有平等，幸福无从谈起。

刘慧英在《走出男权传统的樊篱——文学中男权意识的批判》一书中，在分析男权社会时讲道："男人是女人的上帝，失去男人对男权社会中的女人来说是难以想象的。"② 奥斯丁对理想男性的界定和评判标准不可避免地带有父权社会价值取向的痕迹，这突出表现在她塑造的一系列的"男性引路人"形象上。

这类理想的男子形象起到社会道德标准和价值尺度的作用，他们引导女主人公走向完善和幸福，如《诺桑觉寺》中的蒂尔尼、《爱玛》中的奈特利。作为女性的精神支柱或依托，他们的权威、地位时刻被凸显出来，传达给女性这样的信息：他值得信赖，他会带来幸福。小鸟依人的"灰姑娘情结"暴露出女性对自身信心的不

---

① ［英］简·奥斯丁：《劝导》，孙致礼译，南京：译林出版社，2015：80 页。
② 刘慧英：《走出男权传统的樊篱——文学中男权意识的批判》，北京：生活·读书·新知三联出版社，1995：111 页。

足和对男性的依赖性心理，乃长期的父权社会文化所造成的结果之一。这其实对女性意识觉醒的女作家也不例外，换言之，理想的男子形象塑造反映了奥斯丁对传统男性权威的认同。

应当指出，生活在传统思想习俗比较顽固的英国乡村，在很大程度上限制了奥斯丁的视野，作为世绅阶层中的一员、虔诚的基督徒，也决定了她不可能超越时代，走出很远。但奥斯丁绝不是男权话语的一味附和者，对女性命运的独特思考与关注激发了她进步的女性意识。她描绘为人正直、慷慨大度、富有同情心、关心体谅他人，尤其尊重女性并将其置于平等地位的理想男子，正是对现实中乏善可陈的好男人的呼唤，体现了她对社会道德与个体价值观的独特思考，不啻为女性意识觉醒的标志。

第四节 建构两性和谐平等的关系

一、与男性作家理查森的对比

纵观一部文学史，不绝于耳的是男性神话的赞歌，这一文学现象在任何时代和国度都已司空见惯，在 18 世纪的英国也概莫能外。文学为男性主宰的世袭领地，理查森、菲尔丁、斯威夫特、斯泰恩的经典之作问鼎文坛，使之呈现一派欣欣向荣的景象。虽然，在当时的文化意识中，女性和女性思想已经引起人们的重视，但由于时代的局限，以及父权文化传统影响，父权社会等级观念特别是在一些男性作家那里还是根深蒂固。20 世纪女小说家伍尔夫说："千百年来，女人一直被当作镜子，它具有令人喜悦的魔力，可以把男人的镜中映像，比他本身放大两倍。"① 女性社会地位的低下和自我意识的缺失更让男性作家产生不自觉的性别优越感，他们轻视女性的自我价值，视她们为附属品。这在 18 世纪奥斯丁的前辈大作家理查森（1689—1761）那里表现得尤为明显。

理查森的书札体小说《帕梅拉》（1741）讲述了一个"美德有报"的故事。美丽聪慧的女仆帕梅拉，深得女主人的喜爱，得享名门闺秀所接受的教育，弹琴、舞蹈、写作无一不通。女主人去世后，她继续服侍少东家 B 先生。其美貌引起其垂涎，少东家企图收之为情妇，故花言巧语地诱惑帕梅拉，软硬兼施，包括囚禁，但均未奏效。最终 B 先生为其贞洁自爱所打动，并向其求婚，这样，帕梅拉由一个低下的女仆摇身变成仆役成群的贵妇。婚后她以品貌赢得 B 先生的亲属的赏识和敬重。

显而易见，理查森是从男性意识出发描写爱情、婚姻和家庭的，如帕梅拉循规蹈矩、谨守妇道，被视为妇德之楷模。但他并未留意帕梅拉的贞操实际成为一种待价而沽的商品，她对男主人的逃避无疑成为增添自己魅力的筹码。不仅如此，其潜意识中对主人有着说不清、道不明的暧昧情感，以及以合法婚姻摆脱贫困经济状况与低下社会地位的愿望，而王牌资本便是父权社会为之规定的"唯一宝贵的财富"——贞操。所以，其动机让人质疑，"贞操得报"的美德观念显得虚伪。这样，对 B 先生的婉拒极易让人怀疑为是欲擒故纵，无非在奢望一纸婚约。就 B 先生而言，其风流成性，颇有复辟时期喜剧的浪子特色，对女仆的追逐也奉行浪子信条，即有欲

---

① ［英］弗吉尼亚·伍尔夫：《一间自己的房间》，瞿世镜译，上海：上海译文出版社，2000：94 页。

无情。两人的爱情显得牵强，戳穿了就是一场财富与美色的交易。在现代读者看来，书中细腻的感情描写似乎并无真情可言，整部书"表现给你看的是一种因袭而虚伪的人性，而不是真实的个性"①。理查森的小说表达的是这样的信息：女性身上的原罪比男性更根深蒂固，妇女总是面临着堕落的危险，却把男性的堕落行为视为自然。这是典型的男权意识形态，其主观出发点无非是通过少女涉世说教类主题指导妇女的思想，规范她们的行动。

在英国文学史上，《帕梅拉》是爱情小说的开山之作，对后来的女性作家如弗朗西斯·伯尼和简·奥斯丁均有启迪，奥斯丁的前期创作都能见出对理查森的成功借鉴。但在小说内涵及思想观念方面，奥斯丁却对男性作家有意无意流露出的男子优越意识和传统的价值观十分反感，故其小说中情不自禁地对理查森笔下帕梅拉式"贞操得报"的婚恋观揶揄嘲讽："有位名作家以为，男的没有主动向女的表露钟情之前，女的不应该爱上男的。假若确实如此，那么一个年轻小姐在尚不知道男方是否先梦见她之前，竟然就先梦起男的来，那当然是很不得体的事。"② 她反其道而行之，以女性作家的视角展示了自己的婚恋观：爱情与经济并重，且以前者为主。我们不难看出，在女作家的观念深处，其实是要建构两性和谐平等的爱情婚姻关系。

作为一位殷切关注女性命运的作家，奥斯丁从女性角度出发，批判父权社会腐朽婚恋观念的同时，已经在比较自觉地建构以女性

---

① ［英］赫士列特：《英国小说学》，见古典文学理论译丛编辑委员会，《古典文学理论译丛》(4)，北京：人民文学出版社，1962：200 页。

② ［英］简·奥斯丁：《诺桑觉寺》，金绍禹译，上海：上海译文出版社，2010：68 页。

意识为前提的婚恋观。她驳斥了唯金钱和社会地位是论的世俗观点，认定缺乏爱情的婚姻不会幸福，更无存在价值。她重视情感的地位，强调男女双方彼此尊重、相互理解、情投意合。如此可见，与理查森笔下"美德有报"的爱情书写相比，奥斯丁前进了一大步。

对被排除于政治经济权力系统之外、社会地位低下的女性，不依附男性难谈生存。"对于女孩子来说，婚姻是与社会结合的唯一手段。如果没有人想娶她们，从社会角度来看，她们简直成了废品。"① 缔结一门有利的婚约差不多是妇女唯一的出路。故理智的夏绿蒂·卢卡斯小姐明知柯林斯滑稽可笑，仍然为"日后不至于挨饥受冻"既而接受了他的求婚。婚姻形式对经济关系的依附性、寄生性昭然若揭，其中女性脆弱的经济地位和可悲的生存境遇更是十分凸显。奥斯丁一方面嘲讽夏绿蒂，另一方面又报以惋惜和同情，然而她多么不高兴甚或不愿意看到这种结果！奥斯丁笔下的女主人公有着自觉的爱情追求，会不惜为爱情放弃一些有利可图的婚约。例如，范妮家境贫寒、寄人篱下，处于半主半仆的境地，缔结一门婚约对她而言是何等迫切，但她仍然拒绝了克劳夫特先生的求婚——一个连她姨夫也认为各方面条件都很优越的年轻人。为何？心有所属的范妮对之没有感觉，不能委屈自己，"匆忙允婚，自掉身价"。她的坚定和信念证明了只有在爱情基础上的婚姻才有其合理性。这是对世俗的嘲讽和挑战，反映了妇女要求平等权利、争取人格独立的心愿，奥斯丁代姊妹们吐出了心声。

奥斯丁将传统的以美色、财势为基础的婚恋观书写、升华到心

---

① ［法］西蒙娜·德·波伏娃：《第二性》，张容选编，石家庄：河北教育出版社，1995：491 页。

灵契合、性情相投的美好境界，明示姻缘绝非商品交换，婚姻固然需要经济基础，但绝不可成为唯一的决定因素。此外，她也重视爱情过程中的女性体验，尊重情感的变化与发展。所有这些都是构成女作家女性意识的重要部分。

二、与夏洛蒂·勃朗特的对比

"18 世纪末发生了一种变化……这个变化是：中产阶级妇女开始写作了。"① 弗吉尼亚·伍尔夫谈及英国妇女写作史时如是说。18 世纪的最后二十五年，文坛上最引人注目的小说家，从安·拉德克利夫夫人到弗朗西斯·伯尼，几乎都是女性，一度备受歧视的女性写作已蔚然成风。其中两大因素最为关键：一方面，妇女受教育的程度普遍提高，中产阶级家庭仆役的出现将主妇们从繁重的家事中解脱出来，中产生活趋于闲适，以致读书写作成为娱乐消遣的方式之一；另一方面，写小说地位不高，自尊心强的男作家不愿从事小说创作，这为妇女写作预留了空间。像简·奥斯丁、夏洛蒂·勃朗特姐妹、盖斯凯尔夫人及乔治·埃利奥特等一批女小说家相继亮相文坛，揭开了 19 世纪英国女性小说创作的新篇章。她们的生花妙笔触及社会的方方面面，以独特的视角和体验展示了女性的生存处境和对精神解放的渴望，女性意识日益清晰。

S. J. 卡普兰曾对"女性意识"做过以下论述：我使用这个术语时，希望读者知道我是以相当特殊和狭隘的方式运用它。它不是指妇女对自己女性气质的一般态度，也不是女作家群中某种特有的

①　［英］弗吉尼亚·伍尔夫：《论小说与小说家》，瞿世镜译，上海：上海译文出版社，2000：124 页。

情感。在我看来，它是一种文学方法，是小说写作中刻画妇女的一种方法……我用"女性意识"一词甚至不是泛指一部小说中某一妇女意识的整个涵盖面，而是指她的意识中把自己作为一种特殊的女性存在加以界定的那些方面。[①] 从英国文学女性意识的发展过程看，简·奥斯丁和夏洛蒂·勃朗特是其中的典型代表。之前，18 世纪后期的女性作家，大都从男性的视角或借用男性的写作手法看待世界，将小说的思想观念和生活局限于男性所认可的领域，如弗朗西斯·伯尼，就一味借鉴男性的写作手法描写家庭传奇。从这个角度来说，简·奥斯丁的出现是引人注目的。她开始将女性意识由关注自我情感转移到有关女性的一些社会问题，如爱情、家庭和婚姻。与弗朗西斯·伯尼刻意雕琢女性的细腻心理以迎合男性读者不同，奥斯丁注重考虑女性情感与社会规范的联系，这就拓展了女性写作的内容。应该说，奥斯丁对于女性文学的意义是不言而喻的。夏洛蒂·勃朗特的作品则浸染了对爱情自由的渴望和对妇女命运的深思，以满腔愤怒申诉妇女在父权制社会受到的不公正待遇及屈辱，以"妇女人格"的新命题向男权社会进行挑战，夏洛蒂曾公开表示过对奥斯丁的不满："她是一个贵妇，绝不是一个女人。"显而易见，两位女作家在女性意识方面存在较大差异，以下就主要方面加以论之。

1. 婚恋观的差异

爱情和婚姻乃文学作品的永恒话题，不同时代的作家都以其独特的方式和理念书写着各式各样的爱情故事。而女性作家独特的心

---

① 罗志凤：《简·奥斯丁小说中的年长女性形象研究》，南京：南京师范大学硕士论文，2015：9 页。

理特质和感受体验决定了她们对婚恋主题格外青睐。奥斯丁和勃朗特都是描写婚恋题材的高手，对恋爱、婚姻主题有着深刻的洞察和理解。

女权主义者波伏娃在《第二性》中指出，传统妇女除了结婚之外，没有其他可以施展的空间。18世纪的英国社会更是如此：女性地位低下，无法获得经济和社会独立，没有经济来源，只能依靠婚姻求得生存。同时，18世纪又是一个推崇理性的时代，理智统治一切，所有事物都要接受理智的审判。这些都是奥斯丁以理智的眼光看待婚恋的原因。在其小说中，她常常直截了当地道出经济在爱情婚姻中的重要性。《傲慢与偏见》开篇便是：凡是有钱的单身汉，都要娶位太太，这是举世公认的真理。言外之意就是，出身贫寒的女性必须嫁给一个富有的丈夫以保障日后宽裕的生活。虽然奥斯丁宠爱的女主角不会为金钱等物质条件自甘堕落、委屈下嫁，但是一定数量的金钱和较高的社会地位依然纳入了其求偶的必备条件。《理智与情感》中的埃莉诺嫁给了已故富翁费勒斯的长子爱德华——虽然后来他被剥夺了继承权；《傲慢与偏见》中的伊丽莎白和姐姐简分别嫁给财势两旺的达西和彬格莱；《诺桑觉寺》中的凯瑟琳嫁富有的贵族蒂尔尼；《曼斯菲尔德庄园》中的范妮终于如愿以偿地成了庄园少爷埃德蒙·伯特伦的新娘；《劝导》中的安妮与衣锦还乡的温特沃思上校有情人终成眷属。

奥斯丁小说的这种金钱与爱情并重模式使作品具有深刻的社会现实意义。待嫁女子面临的问题并非金钱与爱情孰轻孰重、舍谁取谁，而是掂量感情对爱情可有多大程度的让步，又能两者兼得。游走于爱情与世俗之间的奥斯丁正视女性面对的惨淡现实，审视社会人际关系的真相，寻找理性与情感之间的平衡，如实地展现生活本身的复杂性。她感兴趣的是如何在现实中生存下去，而不是去做浪漫缥缈的爱情之梦。故其倡导的婚姻观表现出现实主义的价值取向，建立在物质与精神兼容的基础之上，是灵与肉的结合。而物质恰恰是不能回避的，虽然女主人公都有美好的精神追求。不被世俗金钱所囿，但对物质的超越仍然有基本的底线，这也是中产阶级人生价值观的体现。

《理智与情感》里充当奥斯丁代言人的主人公埃莉诺同妹妹谈及金钱与幸福之间关联时，一语中的："高贵与幸福没太大关系，但是财富与幸福的关系却很大①。"这可以说是对当时世态人情的精确判断，也说明奥斯丁的世俗反映出她的感觉更合常情，人生观更加成熟，人性判断趋于准确，才智也似乎更高。因此，奥斯丁营造的爱情故事强调理智，更可作为现实的镜子。比如，在奈特利与爱玛的婚姻中，前者更多地充当了一种"引路人"以及类似监护人的角色，爱玛信赖他，对他钦佩不已，将自我追求定位为"只要配得上"就可以了。然而，这样的"理性之爱"，女性更多的还是依赖男性而存在。当然其理想色彩淡薄，保守有余而进步不足，可知奥斯丁的女性意识是有限度的，尚不能过度拔高。

与之相比，夏洛蒂·勃朗特笔下的爱情就感性、纯粹得多。她首要追求的是精神上的平等、心灵的契合，对物质上的东西不甚看重，金钱更不再是谈婚论嫁的先决条件。对姿色平平、一贫如洗的孤女简·爱，罗切斯特发现了她的精神价值非同一般，由此真心爱

---

① ［英］简·奥斯丁：《理智与情感》，孙致礼译，北京：生活·读书·新知三联书店，2014：91页。

上了这个身份仅相当于女仆的家庭教师；简·爱之爱上罗切斯特，也不是因为他是主人，有钱、有地位、有身份，可以当作通往上层社会的阶梯。两人彼此被对方所吸引，是因为才智和境界，他们心有灵犀，精神相融，互相倾慕。小说写简·爱在意外获得一笔财富、命运发生突变以后，义无反顾地回到又穷又残已显衰老的爱人身边，这种久经磨难愈见真情的爱光彩夺目、弥足珍贵！两人跌宕起伏的爱情历程表达了勃朗特的爱情观念：婚姻和爱情完全是男女双方的心灵体验，不依赖于任何外在条件；相反，真正的爱情可以冲破门第、财产的障碍，超越年龄、种族、阅历的限制，实现灵魂的沟通交融、真情的无私奉献和心灵的自由结合。这种婚恋观更带理想化色彩，诗意成分多而现实考虑少，它独具魅力、更显进步，在现实中却极罕见。

2. 对"女性特质"的不同规划

奥斯丁的女性意识体现在将长期处于失语和边缘地位的女性推向前台，以敏锐的女性视角观察女性命运，尽管比不上夏洛蒂·勃朗特来得彻底或激进，但却比她的前辈诸公要进步得多。非但超越了一般男性作家把女孩作为"家庭天使"或"沙龙里的娇娃"来塑造，又避免将女性写得过于死板，如乡野的村女般大大咧咧。她所规划的女孩儿是像她那样的出身中产阶级有教养的淑女，不失温柔细腻，但绝非男性世界的附庸陪衬，相反，智性和精神具高度的自信和独立，《傲慢与偏见》里的伊丽莎白最可作为典范，作为"一切印刷物中最可爱的创作物"①，伊丽莎白寄托了作家的人格理

---

① ［英］简·奥斯丁：《书简选——致姐姐卡珊德拉·奥斯丁》，冯钟璞译，见朱虹，《奥斯丁研究》，北京：中国文联出版公司，1985：357 页。

想和妇女观念，虽然她相貌、脾性不及简，举止优雅不及宾利小姐，活泼可人不及莉迪亚，但她之所以能为父亲引以为傲、被达西痴迷挚爱，追根究底在于其卓越的观察力和洞察力、强大的自信心和独立的人格魅力。她睿智风趣、智慧过人，贵公子达西因其而进步。她是奥斯丁借以宣示理想女性的一个典范，规划女性教养、教育的一个样板。

由此可见，奥斯丁注重女性的文化修养，认定那是女性价值的重要组成部分。唯有才识和见地，才可在婚姻、家庭、社会中游刃有余地应对各种挑战，而不失立场、身份和地位，并最终赢得对方的尊重而不是怜悯。女作家不能认同女性为物质上的考量而放弃尊严、依附男性的做法，因为修养、自尊是女性最本质的价值所在。

如果说，奥斯丁笔下的伊丽莎白是男性社会一道让人羡叹的风景，那么夏洛蒂·勃朗特的简·爱之异于习俗则更令人瞠目结舌。欧茨指出：1847年《简·爱》出版之前，英国文学中虽不乏叛逆女性的形象，但像简·爱那样卑微、平凡、孤苦无依的"弱势"女性如此自觉地对抗强大的父权社会，算是空前的了。不以无财无势而自卑，对传统的、以出身论人的等级观念不屑一顾，这是简·爱超出伊丽莎白的地方。成长道路的诸多不顺让她更懂得维护自己的人格尊严，心里充满追求自由平等的火焰。在桑菲尔德庄园举办的舞会上，盛气凌人的夫人、小姐并未让她觉得矮人一头，她不卑不亢、落落大方、有礼有节，专横的罗切斯特更无法吓住她，她对自己的爱做了清晰的表达。小说结尾，双目失明的罗切斯特伸出双手让简·爱为他引路，做其支柱，这是否也有男女颠倒的寓意？但至少可以看到，勃朗特比奥斯丁关于女性意识的理解又上了一层，毕竟两人生活的时代有所不同。

　　的确，从女性主义观点来看，勃朗特比奥斯丁走得更远，她使女性意识从对"女性"特点的强调转到对作为一个"人"的女性价值的强调，从对女性修养、尊严等的强调转到对女性独立人格的强调，从对女性的社会认知度等外在价值的强调转到对女性内在情感价值的强调。在传达女性解放的呼声上，在对社会意识的批判上，奥斯丁当然要微弱些、缓和些。

第二章
成长主题

对青年人成长的关注，鼓舞其直面生活的坎坷并克服心理的畏怯，最终走向成熟独立、实现个人生命价值是英国文学史上历久弥新的主题。利奥纳尔·特里林在《弗洛伊德和文学》一书中提到，早在 17 世纪，妇女、儿童和野蛮人问题就引起了欧洲各界人士的关注，时人普遍认为：妇女、儿童由于受教育程度低，知识水平有限，在知礼节、明进退、守习俗方面的表现不尽如人意，应给予应有的人生指导和经验教训。在这种文化背景下，成长小说萌生、发展和繁荣并在 18 世纪末 19 世纪初发育成熟。对成长主题的热衷极为盛行，简·奥斯丁的六部曲系列阐释了这一永恒的主题。简·奥斯丁的六部作品便深刻地诠释了这一隽永的主题。

第一节　成长主题与女性成长

一、成长小说概说

"成长"一词来源于人类学，指青少年经历了生活的一系列磨砺和考验之后，获得了独立应对社会和生活的知识、能力和信心，从而进入人生的一个新阶段——成年。这是一个经历痛楚并体验快乐的过程，也是自我认识、实现的过程。成长不仅是字面意义上的繁衍后代、个体性成熟，还意味着个性的形成、道德的完善，意味着自然人成长为肩负责任的社会人。无论是作为个人生命体验或是文明史上特有的文化现象，成长都是一个常读常新的文学主题，在不同的时代语境下大放异彩。

文学并非自诞生就涉足了成长这一主题，最早将其引入文学殿堂的题材是小说。"成长小说"一词"Bildungsroman"源自德语，是德语文学中一种较为特别的小说样式。Bildung有着宗教寓意，基督教会早期神职人员常用陶匠揉泥制造精美器皿来比喻上帝创世之伟大，直到18世纪虔敬主义运动兴起后，Bildung有了世俗指代，被理解为精神、心灵的内化作用。启蒙运动更是将把Bildung的"塑造"之意推广到理性和外向型的"塑造"，至此，Bildung被附上强烈的道德色彩。至此，作为德国一种特殊的小说样式，成长小说应运而生。

关于成长小说的定义，学术界一直是众说纷纭。国内学术界的说法往往从叙事模式角度出发，"成长小说主人公独自踏上旅程，走向他想象中的世界。由于他性格缺陷不足，往往在旅程中会遇到变故，在选择友谊、爱情和工作时处处碰壁，但同时又绝处逢生，在引路人的帮助下，经过多方面的调节、反思和完善，找到了自己的定位"，侧重讨论成长小说内容及展示过程的曲折性、渐进性。马瑞安·赫斯切、苏姗娜·哈德和国内学者等对成长小说所下的定义都属于此类。简而言之，成长小说就是以叙述青年人成长过程为主的作品，它通过一个人在社会化过程中成长的经历和感悟，反映出其精神、心理、道德等诸方面从幼稚走向成熟的过程。关于成长小说的描述，可以提炼出相似的关键词——年轻人、变故、引路人、顿悟、成熟。主人公是不成熟的年轻人；成长历程大致经过稚嫩—遇事受挫—顿悟—成长的环节；成长内容也是多角度的，囊括了生理、心理、情感等方面；成长的结果是走向完善自我或失败。

其实早在 17 世纪，德国小说家格里美豪森的《痴儿历险记》就已经出现了上述的"成长内容"，甚至有人将此称为成长小说的"领路人"，但被视为成长小说的典范之作的却是歌德所著《威廉·迈斯特的学习时代》（1796），《威廉·迈斯特的漫游时代》（1829），两部作品相隔 30 年之久，但一般被合称为一部小说——《威廉迈斯特》。1824 年卡莱尔传至英国的是《威廉·迈斯特的学习时代》。故成长小说的产生应该溯源至德国的魏玛古典文学时期。

1824 年，英国著名文学家卡莱尔将歌德的《威廉·迈斯特的学习时代》的英译本传至国内，备受好评。卡莱尔紧随其后，出版了大量借鉴《威廉·迈斯特的学习时代》成长小说元素的《拼凑的裁缝》并大受好评，此后这类小说样式在英国蔚然成风，正式作为一种题材发展起来，故英国成长小说被视作对德国成长小说的继承。但在此之前，英国文坛很早就有了书写成长主题的传统，每个时代佳作迭出，如《鲁滨孙漂流记》，除了讲述一个海外冒险故事去迎合欧洲读者对海外财富和外部未知世界的猎奇心理之外，还描写了一个年轻人拒绝父亲训诫，一意孤行出海，流浪荒岛 28 年，在荒岛中与自然、孤独抗争、不断完善自我的成长故事。

《鲁滨孙漂流记》之后，英国文坛又有一部以成长为主题的优秀作品问世，即菲尔丁的《汤姆·琼斯》（1749）。该作表现出强烈的写实倾向，全方位描写了 18 世纪中叶的英国社会现实，是当之无愧的一幅包罗万象的风俗画卷。更重要的是，作者菲尔丁借此探讨了现实生活中普通人的生存状态及他对人性的深刻认识，这一思路始终贯穿在汤姆·琼斯的成长历程中。汤姆是以收养弃儿的身份寄居乡绅家，因与苏菲亚的恋爱不被许可遭布力非诽谤被迫离开，前往伦敦。在这一路上，由于性情直率，常犯冲动，很多时候让他和苏菲亚的爱情陷入困境，然他天性纯良，正直无私，不因被误解心生怨怼，坚守本性，拒绝诱惑，终于苦尽甘来，夙愿以偿，与恋人苏菲亚喜结连理。菲尔丁借汤姆的成长历程拟为读者"上一堂人生教育课"。弘扬善的力量和价值，也让读者警醒恶的巨大破坏力量，正视恶才能了解恶，去战胜恶，这对青少年的成长善莫大焉。

二、英国 19 世纪女性成长小说

19 世纪的英国文坛文学精湛地展示青少年成长的同时，也没有忽略对当时处于弱势地位的女性成长的关注。与男性相比，女性的成长更加举步维艰，人类进入文明史之后，历史是由他而不是她书写的，女性的声音往往被遮蔽、压制，女性成长的声音更是微弱。但女性展露自我意识、追寻自我，渴望平等的努力不曾停息过，那些在夹缝中求生存、冲破阻碍、大量涌现的展现女性成长的佳作是最具有说服力的例证。

第一位描写年轻女性成长的作家可以追溯到情感文学的创始人——缪尔·理查森，他的《帕梅拉》（1740）和《克拉丽莎》（1747）都以少女跌宕起伏的情感故事为主线，讲述她们对爱情的追求和爱情的苦涩本质。

《帕梅拉》副标题为"美德有报"，作者借主人公因美德而获得爱情彰显了清教道德的教育和感化作用。帕梅拉自然是道德的维护者，不因出身卑微自轻自贱，不因锦衣玉食艳羡不已，也没有因B先生一时的荒唐行为将其全盘否定，而是予以道德感化，最终使其幡然悔悟，回归正途。帕梅拉不仅维护了女德，也实现了自我成长。不管后来帕梅拉这一选择如何被解读，甚至被质疑，理查森的确开创了描写女性成长的先河。《帕梅拉》一时洛阳纸贵，成为有闲阶层妇女甚至流行作家的案头必备，影响之大甚至波及18世纪末欧洲兴起的浪漫主义文学。其书信体写作形式更是因展现年轻女主人公初涉世的青涩懵懂和遭遇爱情时的忐忑幸福心理有许多独到的优势而为人所称道，而《帕梅拉》和《克拉丽莎》细腻动人的情感描写和浓郁的感伤气息更是影响广泛，如被誉为浪漫主义先驱的法国作家卢梭的《新爱洛伊斯》（1761）、德国歌德的《少年维特之烦恼》（1774），这两部成长小说均为《帕梅拉》的模仿之作。

及至19世纪，女性成长小说在英国大放异彩，在理查森之后，关注女性成长问题的代表作家是奥斯丁。与前辈所不同的是，奥斯丁是以女性的眼光来观察女性成长的女作家，《帕梅拉》风行一时，在很大程度上是由于书中对女性心理细致入微的描写迎合了男权社会的道德观念、审美习惯和窥探心理；奥斯丁则不然，她虽以"乡村两三户人家的男婚女嫁"作为创作素材，但聚焦点并非爱情的缠绵悱恻以及女性心理柔肠百转，而是注意表现女性婚恋观的变化和人格成长历程。

《理智与情感》讲述了个性迥异的两姐妹在激情和审慎之中寻找理想爱情、婚姻的成长经历。《傲慢与偏见》由达西和伊丽莎白从彼此的误解到两情相悦，探讨了女子认识自我、社会和他人的重要性。《爱玛》则再次印证了自我认知的复杂性，阐释了缺点多多的爱玛在成长中摒弃自命不凡和肤浅的机智，获得智慧的质变过程。《诺桑觉寺》类似于弗朗西斯·伯尼的《伊芙琳娜》，记录了懵懂无知的少女凯瑟琳在追求浪漫幻想时经历的挫折和成长，随着人生阅历的增加，她理解了社会人生的真相，获得了自我成长；《劝导》里的安妮在生活的磨砺下，洗落了少女时期的软弱和游移不定，走向心智的成熟。如前所说，通过青年女性谈婚论嫁遭遇的诸多波折和千回百转后的完美结局，奥斯丁开启了成长小说的一个普遍模式：少女的成长历程和对爱情婚姻的认知息息相关。

　　而奥斯丁对女性及婚姻观的看法迥异于或是超越了她所处的时代。首先，她倡导女性应该接受广泛的知识能力教育，"多读书，长见识，有点真才实学"。提高自身文化修养方能游刃有余地行走人生，故奥斯丁特别注意年轻女性的教育成长问题。其次，他对男权社会价值标准提出质疑，对女性智力充满信心，认为女性并不比男性智力低下，"妇女天生和男子有同等的智力和理性。在她笔下，相爱的人们之间通常呈现出一种教育和被教育的关系，妇女和男子一样能扮演导师的角色"①。最后，奥斯丁不认同许多世俗的爱情观和婚姻观念。在她看来，为了财产和地位而结婚是错误的，但婚姻不考虑经济因素也是不切实际的。她相信爱情和金钱并举、夫妻相互尊重才是理想的婚姻，反对放纵情欲和持不负责任的婚姻态度。由是观之，婚姻观和爱情观趋于理性化是奥氏成长小说的共同

---

① ［英］大卫·莫那翰：《简·奥斯丁和妇女地位问题》，常立译，见朱虹，《奥斯丁研究》，北京：中国文联出版公司，1985：336 页。

特点。

　　如果说帕梅拉的成长主要是在维护传统道德和自觉遵从男权社会价值标准之下展开，即在男权秩序标准下书写女性的成长故事，暗含了对既定秩序的默许；而奥斯丁的主人公却不屑于在男性咄咄逼人的目光下亦步亦趋，而是在拥有清醒的女性意识、渴望与男性比肩而立、追求两性平等的基础上完成人格成长历程，相影随行的是清晰的自我意识和独立的人格观念。奥斯丁相比于前辈理查森的确有着更进步的女性观。

　　在维多利亚时代，英国文坛涌现了"一批出色的小说家"，女性作家群成为一道亮丽的风景线。勃朗特三姐妹更是其中的佼佼者，《简·爱》的出版所引起的轩然大波令英国文坛为之惊叹，这不仅仅是一部暴露腐败社会现象和贵族生活腐化、慈善机构虚伪的现实主义作品，在吉尔伯特和古芭看来，简·爱的故事是"一个包围与逃避的故事，一部独特的女性成长小说，在主人公极力挣脱她童年时代的监禁，走向成年时期的自由，这一几乎不可想象的目标过程中所面临的问题表明了父权社会中普通妇女必然要面对和克服的困难"[①]。从这个层面讲，《简·爱》一书的真正价值是关于女主人公简·爱成长的历程。小说采用第一人称倒叙手法展开，成年之后为人妻、为人母的简·爱回顾了自己的成长历程，重点是主人公的情感和经历怎样影响成长。它由盖茨黑德不幸的童年、劳沃德学校的挣扎、桑菲尔德的觉醒、圣约翰家的冷静思考和芬丁庄园的最后成熟五部分构成，透过五个成长时期的思考、蜕变、自我反省梳

---

　　① 孙胜忠：《一部独特的女性成长小说——论〈简·爱〉对童话的模仿与颠覆》，《外国文学评论》，2009（2）：50页。

理简的成长历程。为了情感和精神的成熟，她追寻世俗之爱和精神之爱，对上帝的爱和对朋友、亲人、爱人的情感固然使其成长之路举步维艰，然而经此磨炼，简·爱不再是冲动、善感的孩童，而是在理智和情感的调和中变得更加稳重。这一特殊的孤女成长经验不仅淋漓尽致地丰富了成长这一主题，也表达了夏洛蒂对两性关系的深刻思考。

显而易见，简不是符合男权社会规范的传统淑女，她姿色平平，身材弱小，但偏偏以独立意志和坚强个性赢得大庄园主罗切斯特的爱情，这自然是对父权制文化审美标准的反叛，譬如圣约翰曾指责简"狂暴""不像女人"，与淑女气质大相径庭的女性主体意识使得简·爱一反传统女性的缄默隐忍，以主体的姿态评判男性，同时以雄辩的语言对抗男性的掌控或压迫意图。她甚至扮演了拯救者角色，在罗切斯特家道中落、最无助之时给他带来了心灵的慰藉并使其获得新生。在两者之间，简始终不是被动拣选者，她与罗切斯特可以并驾齐驱，甚至她可以驾驭后者，她自信满满地承认是自己主动向罗切斯特求婚。

换言之，夏洛特并不认同、附和男权文化价值观念及所谓的女德、淑女气质之类陈词滥调，她强调的是女性的独立人格和作为个体的人的价值，褒扬了女性自尊、自强的精神，由此《简·爱》被誉为女性成长小说的经典之作。

第二节　成长主题构成

奥斯丁的作品一直是读者和批评家的兴趣焦点，两个多世纪以来，其作品的艺术魅力并没有因为文学趣味的变迁而消退，其文学声誉可与莎士比亚媲美，"两寸象牙上的精雕细刻"的评价足以让她永久屹立于文学殿堂。粗疏看来，奥斯丁的艺术世界关注的似乎都是男婚女嫁等司空见惯的事情，热衷于服饰、舞会、风度等琐碎的细节。似乎很难与人格的成长和成熟有太大关联，与教育小说这一比较严肃的体裁并不搭界。但如果用教育小说的视角重新审视奥斯丁的小说时就会发现，以其处女作《理智与情感》为代表的六部作品暗合了《威廉·麦斯特》所规定的范式，即幼稚—受挫—醒悟—成长。也许女主人公在生理年龄上略年长，小说开始时已是可谈婚论嫁的成年女子（成长主人公十七岁至二十七岁），但都存有普遍的精神不成熟的共性，故在追寻爱情之路上遭遇挫折，所幸成长路上有一位循循善诱的导师，在其指导下而又醒悟改正，认清现实，重塑自我，最后收获美满的姻缘。皆符合上文归纳的成长小说特点，即不成熟—受挫—醒悟—成长。

一、上路（懵懂）："少女入世"

女性小说家先驱弗朗西斯·伯尼之处女作《伊芙琳娜》（1778）首创了"少女入世"这一主题。小说一经面世大获成功，不到一年便刊印四版，引起不小的轰动。这部作品采用书信体小说的形式展开，惟妙惟肖地叙述了无钱财、无家产的乡下孤女伊芙琳娜·安维尔来到大都会伦敦寻亲并在磨难中成长的故事。虽然主人公在与监护人来往书信中不断诉说、抱怨伦敦的险恶和自身处境的艰难，但是字里行间仍流露着少女对城市繁华生活的艳羡以及对理想婚姻生活的憧憬。当年轻女孩意外得知自己有机会进入大都市社交圈时心花怒放，抑制不住去大城市开开眼界的心情，跃跃欲试。《伊芙琳娜》问世后，批评界对此作的关注焦点是女性的社会成长。毫无疑问，伯尼女士的创作给后来的女性作家带来了直接的借鉴和启迪，奥斯丁完成的作品《诺桑觉寺》就沿袭了这一叙事模式。

凯瑟琳十七岁初次离家，跟随邻居牧师夫妇来到巴斯疗养；后应蒂尔尼将军之约到诺桑觉庄园做客。凯瑟琳最初来到巴斯时是充满欢欣之情的。巴斯热闹喧哗的街景和新鲜、时髦的文化生活令人目不暇接，自己"几乎连喘气的时间都没有"。小说开头这样描写凯瑟琳：十七岁的姑娘蒙昧无知，长期生活在乡下，与外界无接触，离家出游这一决定是基于凯瑟琳的主动意愿，主人公主动离家，意味着周围环境的沉闷刺激她渴望追求自我身份，她是怀着对大千世界的好奇和向往打算去见一见世面，从而寻找实现自我价值的一个舞台，而陌生的环境迫使她重新审视自身，并以此建立起不同过往的人格结构。就像其母所言："让年轻人出去走走是有好处的——你就不得不变机灵一点。"凯瑟琳离家时不过是个不谙世事的乡下姑娘，归来时却已变成有一定见识的女郎。

此外，还有一类被动的出走，如《理智与情感》中的达什伍德姐妹，父亲亡故，家园归属兄嫂，母女三人只得另觅居所。离家前夕，玛丽安对生于斯、长于斯的庄园依依不舍，也只能跟随母亲、姐姐启程，怀揣浪漫情怀的玛丽安也由此开启了人生的新旅程。相比之下，范妮的处境要惨得多，其家道艰难，子女众多，母亲只好恳请亲戚代为抚养子女，就这样，胆怯的小范妮以养女身份孤身一人来到了富丽堂皇的曼斯菲尔德庄园，地位的卑下使范妮在这里没有存在感，对家庭的不舍之情曾让年幼的她在新环境举步维艰。但托马斯爵士的一个善举却使范妮的人生得以逆转。

在小说《爱玛》中，当介绍主人公爱玛时，奥斯丁开篇不吝赞美之词，"俊俏聪明，家道殷实，性格又开朗"，好似完美无缺，前程锦绣。但仅仅隔了两段就有了突转，叙述者指出了她的两个毛病，"任意率性而为，并且对自己的估计往往略微偏高"，可爱玛这位伶俐机敏、活泼开朗的大家闺秀却浑然不觉，享有居住地极高社会地位的她有着大多数年轻女子不可企及的自由。母亲离世早，爱玛十二岁就打理家政，手握管家大权，多了一份同龄人通常不具有的胆识和自信，这使爱玛个性魅力倍增，但福兮祸兮，这也是她易栽跟头的根由。亦师亦友的泰勒小姐的出嫁更是让她的处境雪上加霜，年轻未经世事的爱玛身边少了一位可以规劝她的良师益友，偏偏又多了一位性情温顺无甚主见的哈丽埃特的加入，泰勒小姐离去造成的空虚固然被弥补了，然而这对新朋友地位、心智的悬殊却暗藏了危机。哈丽埃特天真无知，盲目崇拜，促使本就自负的爱玛更加洋洋自得。欲将一己想法强施于人，甚至掌控、操控朋友的生活，扮演恩主的角色，很快步入社会大舞台，也奏响了即将踏上新生活的爱玛频频犯错的序曲。

成长小说基本元素之一，"上路"意味着离开家人的庇护，独立承担社会人的角色并开始新的人生旅程，它意味着行动，只有行动，未来才有新的可能，离家之前，主人公一直生活在家的温暖港湾，对未曾涉足的成人世界充满了诸多不切实际的幻想和热切的向往。凯瑟琳家境小康，其父亲是担任两个牧区的牧师，母亲性情随和，对子女关爱有加，兄弟姐妹相处融洽，小凯瑟琳的家庭生活可以说没有什么缺憾。尽管如此，即将步入成年的凯瑟琳对外部世界仍有一种跃跃欲试的冲动，因为梦想是成长主人公心中最强烈的渴望。"上路"暗合了成长者内心对外部世界的期待，成长者对步入新世界满怀信心，不会预想到会出现一些始料未及、超出自己心理预期的事情。初来巴斯，走马观花式的畅游使她看到繁华光鲜的表象，并不代表巴斯已经接纳了她。而凯瑟琳在社会认知方面处于弱势，无法从他人言行中推测出意图动机，不能识别谎言、虚伪的言辞，人际关系方面屡屡受挫。对她来说，考验即将开始。

二、考验（受挫）：浪漫幻想与理性训诫的冲撞

欧洲家喻户晓的童话故事里通常包含如下情节：主人公如若参加舞会必须完成后母的苛刻要求——从灰烬中挑出扁豆（《灰姑娘》），或把一屋子稻草编织成黄金（《伦佩斯提金》）。挑扁豆、编织黄金等统统可以被理解为女性成长所必需的磨炼，是童话主人公追逐幸福之旅必过的门槛。这一环节便是考验，也是重要的成长契机。它通过对毅力、情感的磨炼，给予个人发展新的可能性，如能经受此类考验，意味着在成长道路上前进了一大步。成长本身是不断超越的过程，它使得少年脱卸掉对童年生活的情感依恋，打破对成人世界的浪漫幻想，撕开温情脉脉的面纱，从简单的快乐陷入人生的迷茫，人性的复杂、多变，成人世界的千姿百态扑面而来。

（一）幻想的破灭

《诺桑觉寺》是一部关注女性教育的小说，展示了凯瑟琳的成长历程。凯瑟琳真正介入都市生活并遭遇挫折始于艾伦夫人带她参加的私人晚会并与亨利·蒂尔尼及索普两家人相识。对初出茅庐的年轻女孩来讲，这无疑是一次人情交往的考验。

凯瑟琳对约翰、亨利都有着不错的初次印象。尤其是约翰·索普，他是长兄詹姆斯的大学同窗，又是自己密友的兄长；他本人又巧言令色，极力吹捧凯瑟琳，不明真理的凯瑟琳竟认为"他看上去十分和蔼"。然而实际上，索普的出场并不令人感到愉快，他是以一位"不顾自己、伙伴和马匹的性命在高低不平的街道上猛跑"的赶车人的形象走进读者的视野的。接下来，索普更是谎话连天，前言不搭后语。他谎称自己驾驶技术好，能够驾驭性子烈的马，凯瑟琳未能意识到这种心口不一的行径是为了博取她的好感。当谈及阅读文学作品时，不同于如数家珍、颇有一己见地的亨利，约翰口中道出的尽是拙劣的谎话。他先是傲慢言道"我从不看小说，我还有别的大事要干"，后又假惺惺地声称自己只会看像《汤姆·琼斯》这样的"像样的小说作品"；不过他说安·拉德克利夫夫人的小说总算差强人意，却不知道之前被他攻击得一无是处的《尤道夫之谜》正是此人所作，故约翰的虚伪和无知暴露无遗。

再说与女友伊莎贝拉的交往，凯瑟琳同样未能识破其虚伪、做作，没有参透其矫揉造作的言语背后浮华的本性。在剧院，伊莎贝拉百般拉拢凯瑟琳，声称她与凯瑟琳有说不完的话，谁也别想再和她搭讪，但事实上，她一整晚只顾和詹姆斯聊天，把凯瑟琳冷落一旁。单从此处就可看出，这位女友明显地心口不一，但凯瑟琳仍未引起戒备之心。随后，伊莎贝拉再次使用伎俩，她告诉凯瑟琳："我喜欢浅色的眼睛，至于肤色嘛——我喜欢蜡黄色。你千万不要出卖我，如果你遇到某个你认识的人是这种样子的。"① 她其实是在暗示凯瑟琳：你遇到有这种特征的男人一定要告诉他来追求我，比

---

① ［英］简·奥斯丁：《诺桑觉寺》，王雪纯、萼别译，北京：人民文学出版社，2022：33 页。

如詹姆斯，她明显是要利用凯瑟琳为自己追求詹姆斯铺平道路，但凯瑟琳对此很茫然。

以上情节均表明，凯瑟琳天真单纯，不明白这个世界除了阳光，还有她不能了解的阴暗及丑恶、利益算计，这个世界与少女之前的想象相去甚远，其中的人情世故更是错综复杂，她无法识别对方的真实意图和索普兄妹的虚伪面目，一直处于被误导、被掌控的境地。在巴斯社交圈受挫后，凯瑟琳逐渐深入成人世界的内在肌理，人性的阴暗面也一点点暴露了出来。

受邀至诺桑觉寺做客后，凯瑟琳又走了一个极端，她过于揣度别人的意图，甚至将自己的臆想包括之前读到的荒诞不经的哥特式故事和现实强行拼接起来。从认知心理学角度来讲，这是人的元表征能力欠缺导致丧失了对信息源辨别真伪的能力。《堂·吉诃德》里的大战风车等疯癫之举也可作如此观。需要注意的是，无论是直接经验还是间接途径，获取的信息都不可避免地带有主观色彩和情境特殊性，故如何甄别获取信息的真实性和可信度最为重要。凯瑟琳从荒诞不经的哥特小说中获取的信息显然是虚假的，但凯瑟琳对其未经思考、辨别，所以才导致了下面令人啼笑皆非的情节。

抵达诺桑觉庄园后，凯瑟琳大失所望，她发现久负盛名的古老的修道院已经变成了一个现代氛围的府邸，满目皆是华丽的现代家具，大厅和走廊宽敞明亮。但是凯瑟琳仍将哥特小说描摹的阴森神秘的氛围安置到这个非哥特式的庄园里，自以为是地寻找线索，自以为能侦探出举世罕见的秘密。此时的她已经完全被哥特式的想象力所控制，把隐藏的盒子、乌木柜里的一卷厚纸与哥特式小说的元素联系起来，断定其中必然隐藏了一个惊人的秘密，而这一秘密与女主人猝死有关。随后，在发现蒂尔尼将军的一些阴晴不定的举动以及他与子女不甚融洽的家庭关系，凯瑟琳更坚定了自己的怀疑，认为这是担心恶行将被揭露心神不宁、良心难安所致。"一想起过去的罪恶情景不免胆战心惊，还有什么比这更能表明其忧郁的心理的!"她由此推理出蒂尔尼将军就是杀妻凶手。由此，这位女堂·吉诃德半夜潜入已故女主人的房间去验证自己的猜想，但随即大失所望：房间干净整洁到不可能留下任何线索，而箱子里只有一套褪色的旧床单，乌木柜里更是空空如也，所谓披露秘闻的珍贵手稿也只是一卷陈年账单。事实面前，凯瑟琳固然为自己的臆想羞愧不已，但仍未从哥特小说的氛围里完全清醒过来。巴斯之行让凯瑟琳意识到人性的多变、阴险，而诺桑觉寺之旅强调了实践对自我认知、社会认知的重要意义，均对女主人公道德成长起到了至关重要的作用。

《傲慢与偏见》最初书名是《最初的印象》。傲慢与偏见对男女主人公伊丽莎白和达西的爱情经历构成了很大的考验，也促进了他们的成长。

伊丽莎白与达西是在内瑟斐庄园举办舞会时认识的，对彼此的第一印象均欠佳，尤其是达西过于骄傲，总是摆出"一副讨人嫌惹人厌的神气"。这显然为两人继续交往和深入了解设置了障碍，而威洛姆对达西的诽谤，更是加深了伊丽莎白对其的误解。威洛姆的说辞漏洞百出，可却令平日里伶俐的伊丽莎白深信不疑。原因在于其说辞迎合了伊丽莎白心中业已成形的对达西的成见，而威克汉姆的诽谤与之一拍即合，二人这才相谈甚欢。尽管宾利小姐和宾利都竭力证明达西品行端正，可伊丽莎白不仅更坚定了自己的看法，还愈发觉得达西虚伪。后从费茨威廉那里得知，宾利突然离开简就是受到达西的怂恿，原因居然是简一家有一些不太体面的亲眷从事时人认为低贱的行业。而这些，直接断送了简的幸福。爱护姐姐的伊丽莎白毫不犹豫地拒绝财势两旺的达西的求婚，并振振有词地大肆指责："天下的男人中我最不愿意结婚的就是你。"情绪化的偏见和任情使性使伊丽莎白也为此付出了代价，一度使她与幸福失之交臂。直到造访彭伯里庄园后，她才终于认清了威克汉姆的真面目，否定了他的夸夸其谈，认真地自我反省，此后，伊丽莎白卡试着重新认识达西，两人的情感走向变得明朗。

（二）玛丽安：感性的蜕变与理性的抉择

成长道路上对主人公的考验不一而足，有别于凯瑟琳在道德认知上的成长历程，《理智与情感》里的玛丽安经受的考验主要体现在婚恋意识方面。玛丽安可谓情感的化身，她伶俐、活泼、幽默，爱好幻想，浪漫自由，她要求未来伴侣风度翩翩、通晓艺术且有一笔可观的年金收入，她宣布："跟一个趣味与我不能完全相投的人一起生活，我是不会幸福的。他必须与我情投意合；我们必须醉心于一样的书，一样的音乐。"一味地沉溺情感和想象的后果就是绝不能识人，也乏自知之明，她误读了布兰登上校，也看错了她寄予厚望的威洛比。

威洛比是以完美恋人的人设来到玛丽安身边的，处处迎合了玛丽安的情感期望，一时间玛丽安欣喜若狂，丝毫不掩饰对他的爱慕之情，不顾及周围埃莉诺、达什伍德太太和其他人的感受。殊不知，威洛比恰恰是考验的开始。

奥斯丁笔下的婚姻，总免不了"利与礼"的权衡，婚姻是使

"利与礼"两大主题纠结在一起的核心事件，也是不同人物、不同观念相互对峙、彼此角逐的战场。面对金钱这块试金石，太多的人抵御不了，败下阵来，威洛比就是如此。他的不告而别令玛丽安伤心不已。他们在伦敦邂逅时，他正在热烈地追求一个富有的女子，对昔日恋人如路人般冷漠。玛丽安一病不起，但仍对其心存幻想，为其开脱罪名。这时的玛丽安的沮丧情绪虽没有完全消失，但在周围人的帮助下她开始试着看清威洛比无情虚伪的真实面目，内心也趋于平静。故当她从布兰登上校处得知威洛比对少女奥丽莎的卑劣行径时，她并未像姐姐所担忧的那样，而是面色"非常冷静，非常顺从"，威洛比的始乱终弃对玛丽安心灵造成的冲击不言而喻。

玛丽安的一场大病看似是简单化的被情所困，背后隐藏的却是女性成长所必需的一个环节，即经历一场考验后要完成的精神成长和感情的成熟，考验也为玛丽安的进一步成长扫清了道路。玛丽安从浪漫走向现实却并不庸俗，她经历了情感的磨难后对自我、对婚姻有了全新的认识，获得了人生的启迪和成长的经验。对于奥斯丁作品的女主人公而言，这种感悟可以使婚姻观成熟和发展，如玛丽安；或是使自我认知得到提升，如凯瑟琳等。

对爱玛而言，受挫和谈婚论嫁是同步进行的。自信满满的爱玛就僭越了朋友身份，插手她不该过分干预的情感领域。她反对好友哈洛特接受马丁的求婚，因为自矜的爱玛理所当然地认为这位孤女的生父必然是一位社会地位高于马丁的绅士。而且其对马丁、埃尔顿等周围人都存有深深的误会，尽管阅人无数的奈特利先生形容马丁通情达理、心性和顺，心灵有"一种真正的优雅和高贵"，的确是哈丽埃特理想的人生伴侣。囿于阶层差异，不知深浅的爱玛将马丁视为性情粗野的农人，而对势利的埃尔顿的错误判断就更加明显了。被爱玛拒绝后，埃尔顿马不停蹄地奔赴巴斯，不到一个月就俘获了金光闪闪的富家女霍金斯小姐，"不仅捞到钱财，又获得爱情"，回来便四处招摇显摆，实则是没有真情实感的登徒子！

她的自以为是不仅险些使好友错失美满姻缘，还让自己颜面尽失。弗兰克突然宣布与简的婚约事实上是将未婚女子爱玛推至尴尬境地。因为两人多次在公开场合调情，当地人显然已经把他们看成一对情侣。未料想弗兰克的结婚对象确是他人，无论爱玛怎么申辩对弗兰克没有动情云云，之前犯下的礼仪之失也难掩众人之口。在当地社会看来，此事对于爱玛无异于一次侮辱。这其中有待人接物的不当，有对等级社会规则的无视和阶级问题的不敏感，也有判断力的失误和不足。而这些恰恰是爱玛成长道路上的必要代价。

"考验"环节的设置与奥斯丁对人性的认识不无关系。深受西方传统宗教文化思想影响的她，意识到生活中诸多难题或困境的产生不是外部世界问题，而是源于人性的内在缺点。波澜不惊的成长历程是不现实的，成长历程中少不了曲折，正是其中的坎坷和曲折才让人有了重新审视人性内里的必要，进而为改正不足奠定了前提。在此期间，引路人扮演了颇为重要的角色。

三、向导：引路人指引下的精神重塑

"成长"一词是指青年人在经历挫折和坎坷之后，能够独立应对社会和生活，获得知识、能力和信心，从懵懂无知变得成熟稳重，进入人生新阶段。不容忽视的是，由于主人公缺乏足够的社会经验，更容易受到外部环境的影响，在此期间，引路人所发挥的作

用极其重要。这类人物类型多由有丰富人生经验的长者或道德品质备受肯定的人充当，他们常伴主人公左右，随时为其指点迷津，在主人公迷茫时为其指明前进的方向，促进其人格的完善、心智的成熟，对于年轻人成长道路的选择发挥着不可忽视的作用。正是由于此类人物的存在，方突出主人公成长的现实性，也使成长小说获得现实品格。

在范妮来到曼斯菲尔德之前，恪守传统的庄园主托马斯爵士就为范妮和两个表姐划定了严格的身份界限，与光彩照人、出身显赫的两位伯特伦小姐相比，貌不惊人的范妮几乎被淹没在光彩照人、出身显赫的两位伯特伦小姐的光环里。再加上过于拘谨、害羞胆小、孤陋寡闻，初来一个陌生的环境，她完全处于一个不受人重视的边缘地位。而且大家认为她没有什么特别讨人喜欢之处，此时的范妮俨然是一个被随意驱使的女仆，姨妈们指挥她做各种事情，表姐和大表哥也常常欺辱打骂她，势利眼的诺里斯姨妈更是从精神上折磨她，时刻提醒范妮不要忘了自己卑微的身份。可善良、心思单纯的灰姑娘从来不曾反抗这种不公正待遇，其心底深处的自卑情结和对恩人的感恩戴德认为这是理所当然的。这种错误的思想使范妮失去了正确的自我认知。然而到了小说的结尾，范妮却成长为一个行为正直、笃信宗教且对世事有着明达见解的完美女性，几乎成为庄园的主人，与初到曼斯菲尔德时几乎判若两人。黄梅曾赞叹道："范妮获得了伊丽莎白·班纳特们所没有的深度。"范妮的人生大逆转自然离不开她的人生导师——姨丈托马斯爵士和表哥埃德蒙的帮助。

托马斯爵士在范妮的成长中更多地充当了父亲的角色，他是一个有作为的庄园主，是曼斯菲尔德庄园真正的统治者，他思想较为保守但善良正直。他诚心诚意为范妮的人生幸福考虑，不顾诺里斯太太的反对，吩咐给范妮活动的东屋生火取暖，并为成年后的范妮举办了大型社交舞会。正是这场舞会，使一直寂寂无闻的范妮走向人群的中心并展露风采，对范妮而言，它的意义不亚于灰姑娘的水晶鞋。虽然托马斯爵士早年对收养范妮存在一些顾虑，他不苟言笑的性格曾令小范妮望而生畏，但他后来对范妮的关爱却是真诚的。范妮成长过程中缺席的父亲角色很大程度上是由姨夫充当的，托马斯爵士的雷厉风行的做派、对家庭的担当让孤苦无依的范妮感受到了爱护和关怀，并对其成长产生了积极的影响。

埃德蒙是一个近乎完美的引路人角色，在范妮最孤苦无助的时候，埃德蒙给予她很多的帮助。刚到庄园时，小范妮不习惯异地生活，因思念家人暗自哭泣，是埃德蒙耐心开导她，排遣她的思乡之情，还为她找来纸笔，让她给弟弟威廉写信。埃德蒙"总是一心一意地关照她，体谅她的情绪，尽量宣扬她的优秀品质，克服她的胆怯，给她安慰，给她鼓励"。范妮身体孱弱，埃德蒙为了让她能骑马出去锻炼，卖掉了自己的一匹马，为她买来适合女性的温顺的小木马。埃德蒙在范妮的成长历程中起着至关重要的作用，他的关爱更令范妮的心灵得到了庇护和慰藉。在埃德蒙的鼓励引导下，范妮博览群书，努力寻找自己的精神空间，读书"帮助、改善了她的心智，增加了她心灵的乐趣……纠正了她的错误见解"，并使她得以舒缓压力，平复心情，思考未来，获得了见识和学识和道德境界的提升。范妮本来是个胆小、不善言谈、性情拘谨的女孩，如果没有表哥的引导，她会一直在曼斯菲尔德庄园这一压抑的环境中郁郁寡欢。可是有了表哥的引导，她渐渐能以得体的话语和社交礼仪来和别人交往，而且以自己的坚毅的秉性和智慧在人群中显现光彩，并最终成长成一个优雅、温婉、聪慧的少女。

当亨利大张旗鼓地追求范妮时，周围人都觉得这对一贫如洗、无任何生活保障的范妮是天大的好事，纷纷劝说其接受亨利的求婚。托马斯爵士更以监护人的权威和亲情关系劝说范妮答应克劳福德先生的求婚，怒气冲冲地指责范妮只顾自己，没有考虑这门亲给对父母、兄弟姐妹带来的好处。在周围人眼里，范妮俨然是一个任性自私、无情无义的人，单纯善良的小姑娘对此很是委屈难过。

当范妮面临来自身边亲眷强大的道德绑架时，情感与道德的冲突在心中到达了顶点，内心最为煎熬。好在有埃德蒙理解支持她。"既然你不能接受，你拒绝他也是你完全应该做的"，埃德蒙不认为堆砌在财富基础上的婚姻能给人带来实质性的幸福。正因为有了埃德蒙的理解和鼓励，范妮得到了很大的安慰，在责任感和情感双重因素的相互影响下，依然坚守原则，保持清醒的头脑，做出了理智的决定。简·奥斯丁赋予了范妮纯洁善良的性情和知恩图报的美好心灵。

不容忽视的是，"奥斯丁笔下的女性虽然从男性'导师'那里获得了指点与帮助，但从来不对男性权威表示过分的信赖，她的女主人公们可能在经济和社会地位上较之于男性处于劣势，但她们却从不放弃独立的人格。[1] 女性在成长过程中会得益于领路人的帮扶和协助，可她们绝不盲从，成为亦步亦趋的傀儡。相反，在未来的某一时刻，她们又令人眼前一亮地成为领路人的精神依靠。

---

① 刘戈:《简·奥斯丁与女性小说家的"说教传统"》，载《外国文学研究》，2004（4）：16页。

爱玛应该是奥斯丁作品中最不完美的女主人公了，缺点比比皆是：自私、任性、势利、强烈的控制欲、爱打探别人隐私等。奥斯丁曾担心这会是一个除了她谁都不会喜欢的主人公。固然以上缺陷与人品无关，而主要体现为缺少换位思考能力和洞察力。道德和心智成熟是收获美满姻缘的必要条件，她需要经历如其他奥氏创作的女主角一样的全方面教育和提升，这自然少不了奈特利先生。

奈特利的英文 knightley 与英文单词"knight"（骑士）形似，奥斯丁意在暗示读者乔治·奈特利正是她心中理想的骑士。奈特利先生肩负传统士绅的责任感和良好的品行，他善良而正直，决不以财富和阶层的多寡对人另眼相看。相反，他对农夫马丁一家赤诚相待，还时常帮扶家道中落的贝茨小姐一家，为其提供来往马车和日常物资供给，却从不张扬、自我标榜，其沉默寡言外表下有一颗友爱的心，对弱者充满了人道主义的关爱之情。势利的埃尔顿夫妇处心积虑地排斥哈丽埃特，拒绝与其跳舞，正是奈特利先生上前邀请哈丽埃特跳舞而为她挽回了尊严，奈特利先生的高贵价值遏制了埃尔顿之流继续欺辱哈丽埃特的企图，这一行为延续了绅士的传统价值，让人精神振奋，也消弭了埃尔顿之流给海伯里带来的负面影响。奥斯丁世界里有序的社会显然是由奈特利先生那样的绅士来引领的。

在爱玛成长的道路上，奈特利是朋友、兄长，更是她的人生导师，爱玛性格的成熟、道德上的逐渐完善都离不开他的指引。奈特利对爱玛动之以情，晓之以理，不断引导其朝着理智成熟的方向发展。

读者初读《爱玛》，对奈特利先生这个次要角色常会感到不置可否，甚至觉得他总是长篇大论、危言耸听地说出一些利害关系阻挠爱玛的行为。但是越到后面越佩服奈特利先生识人断物的透彻精辟，他头脑冷静，总能事先洞察一些事情的端倪，简直可以称得上是预言家。在弗兰克屡屡爽约未到海伯里拜访继母这件事上，他并不欣赏弗兰克"只图自己过得开心，别的什么全不放在心上了"。事实证明，他的判断是对的，弗兰克一再推迟的原因在于陷入与简·菲兰法克斯小姐的热恋中。对于两人先后来到海伯里，由他们之间眉目传情的细微迹象，奈特利先生相信那并非完全是无意的，他的猜测不久后得到证实。在猜字谜的游戏中，奈特利先生特意找了个位子，这里可以观察到简、弗兰克和爱玛，又尽量不露出一点观察的形迹。在其他人尚未察觉简与弗兰克暧昧关系时，奈特利就已洞悉到相关迹象。读者越发佩服奈特利先生的成熟稳重和精准的判断力，也期待他的新发现。

　　与不成熟的女主人公相比，年长男性往往代表社会价值尺度，为她们指点迷津，鼓励她们正确认识自己。在道德层面上，奈特利先生是以严父的姿态出现的，及时察觉爱玛品质中的缺点，以长者的身份纠正爱玛的错误并教育她。

　　在"乱点鸳鸯谱"这一情节，爱玛为好友哈丽埃特选定的是牧师埃尔顿，她打心眼里看不起农民马丁，虽然对其并不了解，但肤浅的爱玛由马丁低下的社会地位断定他是一个缺乏修养的人，不及埃尔顿风度优雅。与马丁友善交往的奈特利先生却认为马丁是一个有思想、有前途的青年农民，两人因此发生争执。随着情节的推进，爱玛逐渐改变了自己的看法，尤其在后来对马丁有了一定的了解之后，发现他"聪明，品德好，配得上她那位年纪轻轻的朋友"。

在奈特利先生潜移默化的言传身教下，爱玛也不再以势利的眼光把人生硬地划分为三六九等，学会了尊重那些社会地位较低但品行良好的人。

博克斯山之旅，喋喋不休的贝茨小姐使爱玛非常恼怒，控制别人的冲动使得她当众嘲讽贝茨小姐讲话啰里啰唆、絮絮叨叨，"贝茨小姐的发言一定有个数目限制——不能超过三句"，令在场的每一个人都很难堪。奈特利先生非常气愤，在等车时就斥责了爱玛的行为，对爱玛的批评切中要害："你怎么能对贝茨小姐那样毫无同情之心呢？怎么能对她那样性格、那样年纪、那样处境的妇女这样蛮横无理呢？""她是个穷人……对她的处境你应该同情才是。可是你呀！瞧你干的！她在你还是小娃娃的时候就认得你了。——可是你现在倒好，玩得心里一得意，脑袋一发昏，就取笑起她来，弄得她多丢面子啊……"①

这不再是无关痛痒的欲语还休和斟酌再三的中肯建议，而是毫不留情面的批评痛责，告诫爱玛这番做法太不厚道，末尾那句更是警示爱玛其错误举动会带来更多的效尤者。本该做表率的你却轻蔑弱者，而且是一直善待你的长辈，这将让别有用心的人如法炮制，只能令弱者处境更惨，为其带来无法弥补的伤害。正是奈特利先生的训诫使爱玛认识到自己的无礼和唐突，羞愧不已，难过得哭了，第二天她专程跑去向贝茨小姐致歉并决心以后以平等的地位同贝茨母女"保持经常的友好交往"。奈特利在此扮演了亚当·斯密所谓"公正旁观者"的角色，促使爱玛纠正"自爱之心的天然曲解"，并促使她反思和自省，成为一个真正善良的人。

---

① ［英］简·奥斯丁：《爱玛》，李文俊、蔡慧译，北京：人民文学出版社，2005：327 页。

事后她不无坦诚地告诉奈特利："都怪我见事不明，还一时糊涂，给迷了心窍，引起人家种种不愉快的猜测，为此我一辈子都要引以为耻。"① 爱玛敢于承认错误，开始忏悔自己之前做错的事情和那些不当的行为，不再用势利的眼光看人，学会顾及别人的感受，不再任意妄为。已经发生改变，这正是她的成长，她也意识到奈特利是她唯一值得爱的人，由此开始了她道德完善的过程，情感也走向成熟。

奈特利先生年长于爱玛，他了解这个世界，知晓其中的人情世故和如何待人接物。当看到年轻的爱玛无所适从、错误频出时，他主动教她通过外表看到一个人的本质和性格。奈特利先生不仅屡次提醒爱玛，弗兰克这个纨绔子弟并不值得爱，在爱玛交友问题上也能提出忠告：她对简的态度并不公正。爱玛和简·菲兰法克斯原本应该是一对好朋友。简气质高雅，美丽大方，在伦敦受过很好的教育，除了出身清贫没有财产外，皆与爱玛不相伯仲。但是，爱玛担心周围人对简的赞誉胜出自己和彭伯里"第一女士"特权的旁落，由于虚荣心和嫉妒情绪作祟，爱玛常常冷落简。细心的奈特利先生及时掌握爱玛的思想动向，他不是简单粗暴地对爱玛进行批评，而是引导她去反思自己对简的态度，并帮助爱玛在二人的友情上做了一些补救。在其帮助下，爱玛看清了弗兰克金玉其外、败絮其中的本质，也意识到对简的不公正，并努力地挽回二者的友情。她主动邀请简来家里做客，冰释前嫌，爱玛的道德观逐渐向着积极的方向改变，最终在道德方面得到了完善。

《诺桑觉寺》的凯瑟琳不是一个天生完美的主人公，她的判断

---

① ［英］简·奥斯丁：《爱玛》，李文俊、蔡慧译，北京：人民文学出版社，2005：372 页。

力和道德水平都需要提高。亨利无疑充当了引导人的角色，他曾在乡村舞会上，给身临其境却懵懂的凯瑟琳上了一堂婚姻道德课：我将乡村舞看作是婚姻的象征。忠贞与顺从是两者的主要职责，亨利是以此类比来教育凯瑟琳应忠诚于爱情与婚姻。第二十四章，凯瑟琳被哥特小说的幻想冲昏头脑，对身处于诺桑觉寺产生了痛苦的幻觉，亨利又及时给凯瑟琳上了一堂生动的道德理论课。"请运用一下你自己的理智，你自己对于或然之事的认识，你自己对于身边发生的事情的观察。我们所受的教育会叫我们犯下这样的残暴行为吗？我们的法律会默许这样的暴行吗？"正是亨利强大的道德语言，唤醒了幻想中的凯瑟琳，也得益于亨利的道德教导，她才能够认识自己，增进智慧，丢掉幻想、错觉，认清现实，道德升华，赢得自己美满的婚姻。

四、顿悟：自我反思与心智成长（在自我反思、自我选择中获得成长）

"顿悟"原为宗教术语，指的是上帝曾在世间向东方三博士显灵，以昭示其现实存在。詹姆斯·乔依斯认为顿悟是一种突发的精神现象；通过顿悟，主人公对自己或者某种事物的本质有了深刻的理解和认知。在成长小说中，顿悟是主人公成长的重要环节，是主人公从天真走向成熟的转折点。

在成长小说的构成模式里，"考验"是主人公成长过程中不可或缺的一个环节。主人公只有在接受考验，经受现实教训，对自身的不利处境、遭受挫折的原因进行思考的前提下，当某个事件触发了之前不曾有过的认识时，"顿悟感"才会油然而生。从而主人公的性格及看待事物的立场、价值观会有所改变，人物性格展现出新的风貌。"从对成人世界的无知状态进入知之状态"，进而达到精神、心智的成熟。芮渝萍认为："成长小说中的顿悟主要有两种形式：一种是主人公在日常小事中产生的感悟；另一种是生活中震撼性事件在主人公精神上触发的悲剧性的感悟。"[①]

《曼斯菲尔德庄园》女主人公范妮的顿悟属于"在日常小事中产生的感悟"，这是其成长之路的转折点。耳濡目染于曼斯菲尔德庄园高雅的贵族气息，再回到吵吵闹闹、乱七八糟的朴次茅斯时，她度日如年，无限怀念那个"人人舒适，都能够被顾忌"的曼斯菲尔德庄园。同时，范妮很快察觉出环境差异给人们带来的教养差异的问题。生活在以"理性精神"著称的18世纪，奥斯丁提倡优雅理智，均衡节制，有序的外部秩序与内心的从容优雅相得益彰，杂乱无章的秩序与美好生活无缘。亲历天差地别的生活环境更促进了范妮对曼斯菲尔德背后所代表的传统道德价值观的认同感。

另外，她也见证了伯特伦家族中贵族们所表现出来的种种丑恶，尤其是排戏那一幕，格调不高的《山盟海誓》被本就情感丰富的一群年轻人当作个人情感的宣泄渠道。他们不顾现实角色的禁忌，表演大胆，异性之间举止亲昵。"每个人不是嫌自己的戏长就是嫌自己的戏短，谁都不能按时到场，谁都不去记自己从哪边出场——一个个只知道埋怨别人，谁也不肯服从指导。"[②]自我中心主义大行其道，庄园的年轻人为扮演自己想要的角色，处心积虑地排挤他人，甚至姐妹之间争风吃醋。看到这些，范妮明白了高贵的出

① 芮渝萍：《美国成长小说研究》，北京：中国社会科学出版社，2004：98页。
② ［英］简·奥斯丁：《曼斯菲尔德庄园》，孙致礼译，南京：译林出版社，2009：160页。

第二章 成长主题 ◇ 79

身并不等同于高尚的品性，良好的品行与道德观的坚守及认知的提升是正相关的。范妮有很强的独立认知能力，常年寄人篱下及流连书斋使她养成了谨慎、独立自主的思维风格，这也是她在面对道德和情感双重考验时能够坚守原则的根由。范妮这位灰姑娘的华丽转身，很大一部分原因就是她正确的自我定位和自我品质的提升。

相形之下，伊丽莎白的顿悟不亚于晴天霹雳。在收到达西道明实情的书信后，她极为震惊、羞愧，心情久久不能平静。"我做得多么卑鄙！我一向自诩有知人之明！我一向自以为有本领！一个喜欢我，我很高兴，一个怠慢我，我就生气，因此造成了我的偏见和无知，以致不能明辨是非。我到现在才算有了自知之明。"① 这不仅是待人接物的缺失，还关乎自身良心与天地正义。也就在那时，她才真正读懂了外冷内热的绅士达西，知晓了人自身的复杂性和认知过程的曲折和艰巨。人从来就不是可以随意下定义的存在。伊丽莎白为自己之前对达西的偏见而感到羞愧。这封信构成了伊丽莎白成长过程的顿悟，它带来的冲击力不言而喻，女主人公开始对自身进行最深刻的忏悔与反省，认识到自身存在的问题，并积极反省与改变。

玛丽安则是经历了一场重病才得以涅槃重生。恢复理智的她才意识到骄矜、自我中心和自我放纵是不可取的，并开始认真反省和忏悔。放纵情感不仅会使自己痛苦，也会给他人带来伤害。病愈后，她收敛许多，主动向一直默默关注自己的布兰登上校当面道谢。不仅如此，在姐妹二人的促膝长谈中，我们也可以看出她对之前自我中心的批评和反省。"我自己的情感造成了我的痛苦，而在

---

① ［英］简·奥斯丁：《傲慢与偏见》，张玲、张扬译，北京：人民文学出版社，1993：168 页。

痛苦的情况下缺乏坚忍不拔的精神，又差一点使我送了命。我似乎伤害了所有的人，我总是傲慢无礼、不讲公道。"① 一场几乎夺去她生命的大病虽然显得惨烈，却促使她反思以往，检视自身，清醒地认识到自己的错误，改掉了自以为是的人性缺点，压制之前的任性。她不再只追求自己的快乐，理智已开始显现，改变了人生轨迹。

进行自我自省，不断地剖析内心，在爱玛这里表现得尤为明显。自省的益处当然是促使当事人努力看清事物真实的样貌。爱玛后来反思自己的"一味任性"给周围人带来了困扰和伤害。因为社会性毕竟是人的根本属性，人生活在群体中，不当言行不仅关乎自身，更会不可避免地伤及他人，自我约束、反省不可或缺。频频犯错却仍在错误中不断成长的根本原因，就在于其自省意识的萌生。

埃尔顿的求婚令爱玛又羞又恼，起初爱玛迁怒于其自不量力，资产、地位与她有云泥之别的埃尔顿简直是不知天高地厚。但冷静下来，她也能够客观地从自身寻找原因，回忆起之前频繁邀约埃尔顿来府里可能引起了后者的误解，就连乡邻也对二人的过密交往有了闲言碎语。如此看来，自己当时的确是行为欠妥。再加上辨别力缺失，屡次弃净友奈特利劝告于不顾，被埃尔顿的谗言和恭维所惑，无视其粗鄙势利的品性，还悉力撮合埃尔顿和哈丽埃特，几乎贻误朋友终身幸福。想到此，爱玛悔恨不已，严肃地思考一己错误带来的恶果，尤其是给朋友造成的伤害。

面对黯然神伤的哈丽埃特，爱玛痛下决心，提醒自己"务必谦虚谨慎，死死控制住自己，绝不再胡思乱想"。在奥斯丁看来，爱

---

① ［英］简·奥斯丁：《理智与情感》，孙致礼译，上海：三联书店，2014：341 页。

玛错误频出的原因在于惯于以自我为中心，并将自己的观点强加于人。由于自小无人管束，成年后的爱玛没有学会换位思考，这才会屡屡出错。真正使爱玛产生顿悟的是好友哈丽埃特坦诚地说出自己心中所爱之人，此时的爱玛极其震惊。这无异于是她生命的转折点，她意识到自己的"妄自尊大真到了不可容忍的程度，竟然自以为能把任何人的内心世界都看得一清二楚，对任何人的命运她都要自作主张来安排。结果证明，她却是干到哪里错到哪里"①。爱玛的错误根由在于自以为是：她认为哈丽埃特是一个完全听命于她的资质愚钝的女孩，她的感情世界完全在自己的驾驭之中，现在才发现这完全是自己的一厢情愿。哈丽埃特是一个独立自主的人，而且她爱的竟是奈特利。事实将她的臆想唤醒后，她才看清楚自己的内心，也明白了自己的情感归属，原来自己对多年来这位亦师亦友的邻家大哥的感情早已潜移默化地发生了变化。由缺乏自知之明到认识了自己的人性弱点，确定自己心有所属，爱玛的顿悟感油然而生，完成了由"自爱"到"爱人"的蜕变，靠自己的善良本性和谦逊友好的处世原则赢得了人生的春天。

五、走向自我：完整的人

成长是一个量变引起质变的过程，充满了向自己突围的痛苦，内力和外力较量抗衡最终使主体升华、走向成熟。对成长中的女性来说，走向自我意味着自我意识的确立、生活中的独当一面及婚恋观和道德观的成熟。

《诺桑觉寺》中凯瑟琳的道德成熟体现在她对周围人道德品行

---

① ［英］奥斯丁：《爱玛》，李文俊、蔡慧译，北京：人民文学出版社，2005：361 页。

能力的认知和判断的提升，闺中密友伊莎贝拉好利、虚伪不再能够迷惑她。第二十一章，伊莎贝拉诉说对她的思念及对詹姆斯的情谊，希望借此与詹姆斯重归于好，然而此时的凯瑟琳再不是亦步亦趋、任由他人洗脑的小丫头，她很快识破了信里的自相矛盾和虚假的情感。"她为伊莎贝拉感到羞耻，为自己曾经爱过她感到羞耻。"这当然是对自己失败的交友经历做出反思的结果。

在被蒂尔尼将军无礼地下达逐客令之后，凯瑟琳虽然有不解和委屈，但未让情绪冲昏头脑，却能进退有度，应对得体。她冷静地面对突如其来的尴尬处境，甚至是反过来安慰埃莉诺，这是她心智成熟的表现。归程中，她也认真思考可能造成这种局面的原因，断定这是出于约翰·索普的卑劣行径。她没有把对蒂尔尼将军的不满迁怒于亨利兄妹，坚信亨利和埃莉诺的人品，没有因为他们父亲的缘故对其另眼相看或收回友情。经历了巴斯市与诺桑觉庄园两段旅程之后，凯瑟琳否决了之前从拉德克利夫的作品阅读中所得到肤浅的任性认识。生活既然是多面的，人性便不可能非黑即白式的单一化，每个人都是既有光彩的一面，也有不为人知的阴暗或丑陋的一面。凯瑟琳意识到人性的复杂性之后，重新对身边的人做出了评价，不再从事物和人物的表象去做出判断，更具有正确的道德抉择的能力，这是凯瑟琳的道德成长。回到家的第二天，她就给埃莉诺写信，她发现动笔极其困难，"这封信既要能表达感激而不谦卑懊悔，又要谨慎而不冷淡，诚挚而不怨恨……"，小说未曾提及收信人读信后的反应。但凯瑟琳与亨利的婚事能得到蒂尔尼将军的允诺，很大程度得益于埃莉诺结了一门令其父极其满意的亲事，将军喜笑颜开答应了女儿的请求。如此看来，凯瑟琳维护与埃莉诺的友情实乃明智之举，无论是协调理智与情感，还是维系与他人的关系，都显示出凯瑟琳心智的成长，道德观念的成熟最终为她赢得了幸福的婚姻。

《理智与情感》中玛丽安如梦幻般的情感之旅终于画上了句号，经历感情变故和成长的她如脱胎换骨般，与之前判若两人，分离时，她"特别向詹尼斯太太道别了好半天——她是那样诚恳，那样感激，话里充满了敬意和祝愿，好像在暗中承认自己过去有所怠慢似的"。回到巴顿，每提及威洛比或故地重游，玛丽安也不再泣涕涟涟，感伤到情难自控，甚至埃莉诺发现常常陷入沉思状态的她的性格已趋向沉稳理智。与姐姐诚恳的一大段内心剖白，更证明了经历挫折后的她的悔悟和进步。她试着接受年长十八岁的布兰登上校，就是幻想走向理智的最好见证。虽然上校已不再年轻，且有婚史，但从理智角度来说，嫁给上校会惠及自己的家族，更重要的是，她从上校身上发现许多值得她敬佩的地方。婚后，她积极调整自己的内心情感，从婚姻中寻找快乐和归属，协同丈夫打理产业，成为当地社区的女保护人。尽管她对布兰登上校的感情敬重多于倾慕，二人琴瑟和鸣的婚姻似乎少了点激情，但作者的意图是显而易见的，即劝诫年轻女子只有理智才能带给女性幸福的婚姻。

《傲慢与偏见》中的伊丽莎白经历诸多事情后，终于放弃思想的偏见，明白第一印象的肤浅和不可靠，判断一个人绝不能简单地看他的举止风度和言谈，更重要的是看他的品行和内心世界，这使她的认知走向成熟，也开启了其幸福之路。

在《爱玛》中，爱玛的成长经历让她感悟最深的就是，每个人都有着独一无二的值得被尊重的自我，而无论社会地位的卑微、金钱的多寡。爱玛对哈丽埃特看似闺中密友，亲密无间，实际上是爱玛内心的操纵欲驱使及尚未认识不同自我之故所致。哈丽埃特倾吐心曲，羞答答透露自己心之所系，原来数日前令爱玛浮想联翩的"英雄救美"竟是自己一厢情愿的自以为是，这令爱玛始料不及，这个貌似笨拙、毫无心机的小女孩竟有她自己的感知世界的方式和精神世界：原来每个人都具备独立的思想，看待事物都有不同的视角。作为独立个体拥有独一无二的内在自我，而这一自我必须得到别人的尊重。① 她为自己之前不知人、不知己，一味妄自尊大感到羞愧，决心从此"更多一点理性，更多一点自知之明"，因此，当哈丽埃特再度就择偶征求她高见时，爱玛明确表示再不强行干预。

不仅如此，爱玛也由他人反观自身，重新审视婚姻，畅想理想家庭和两性关系的建构："两人共同的好处似乎盖过了种种缺陷……肩负的责任这样重，操心的事情这样多，将来愁苦也难免会一天多似一天，能有这样一位伴侣该有多好啊！"② 这意味着爱玛已超越之前对婚姻的成见，摒弃罗曼斯式的幻想，不再恣意妄为，逐渐认清世界、他人、自我，明白了自由的真正内涵，完成了自我教育，确立了对自己、他人、社会负责的意识，成长为理性、独立、具有自主思想、心智成熟女子。

《曼斯菲尔德庄园》中范妮的成长成熟体现为令亲友瞠目结舌的拒婚事件。当人人都认为一无所有的范妮能嫁给财势两旺的克劳福德，不亚于一等殊荣，纷纷充当说客。然而，此时的范妮已不是

---

① 苏耕欣：《爱情与惩罚：〈爱玛〉对于浪漫爱情的道德救赎》，载《外国文学》，2013（2）：35 页。

② ［英］简·奥斯丁：《爱玛》，李文俊、蔡慧译，北京：人民文学出版社，2005：367 页。

畏首畏尾、毫无主见的小女孩，成长路上的风风雨雨使她蜕变成了一个理性的、有主见的成熟女人。她毅然顶住了庄园里所有人的压力，尤其是拥有曼斯菲尔德庄园话语权的托马斯爵士的软硬兼施的训诫和表哥埃德蒙的劝说，只听由内心的声音和对亨利本性的清醒认识，温柔而坚定地予以回绝。由此观之，范妮在某种程度上已经洗落了年少时的懦弱顺从、毫无主见，成为一个心智成熟、道德观念完善的理性女性。尤其是到了后来，范妮在感情上已不再依附埃德蒙，后者居然要依靠范妮为其指点迷津。

再看《劝导》。伍尔夫曾一针见血地指出该作的与众不同，"她已经打算尝试一下自己从来没有做过的事情"①。一语中的地指出，《劝导》和创作于早期的几部作品在艺术风貌上出现了明显的偏离以往未婚少女寻觅佳偶的框架，女主安妮芳华已逝，不再是满怀幻想的明艳少女，也面临着"老姑娘"的尴尬命运和暗淡的婚姻前景。她曾有过花前月下的缠绵爱情和英气逼人的情郎，然确实此情可待成追忆，在小说开始之前就早已结束了。她也在不断步入新的人生阶段，但相伴而生的不仅仅是对自身缺点、不足的自省，而是体现为对人性、情感乃至生命更为深刻的认识。安妮与温特沃思历经八年分别再续前缘后，反思从前，她认为当时听从拉塞尔夫人的劝告并没有错，但也不能毫无主见地盲从别人的见解。时过境迁的她能以平和之心反思以往，对无意贻误自己八年青春的拉塞尔夫人没有任何怨恨。这都在表明，安妮已成长为一个成熟的、心智完善的优秀女性，如在莱姆事件中独当一面，处理应急事件沉稳冷

---

① ［英］维吉尼亚·吴尔夫：《书和画像》，刘炳善译，北京：生活·读书·新知三联书店，1994：96 页。

静，让在场之人刮目相看就是最好的佐证。而安妮的"美德有报"奇迹般地打开了温特沃思的心扉，唤起了他尘封在心底的深情，摒弃了之前的怨怼和成见，决意听从内心的呼唤，重新认识安妮，从而有机会使"在年幼时的疏远可以在成熟的时候被弥补回来"。所有这些似乎表明奥斯丁试图迈过传统划定的疆域，意图进入新的领域。遗憾的是，这位被伍尔夫称为"女性之中最完美的艺术家"，却是英年早逝。

奥斯丁作品中的主人公都并非完美，性格中都存有这样那样的缺点和不足，或单纯不谙世事，或骄傲、自以为是，或缺乏主见。这必然会使她们在婚姻幸福的道路上屡遭挫折，可贵的是，面对这些危机和困难，她们没有感到沮丧和失望，而是勇于正视自我，在实践中不断发现自己的不足，辅以反省，改正错误的认识，这使其在与他人、社会接触的过程中大受裨益，极大地促进了她们道德境界的提升和人格的完善，而最大的嘉奖莫过于她们收获完美的婚姻。但丁曾说，这将使人成熟并能适应人间的环境，从而使自己幸运。

简·奥斯丁凭借着优雅的艺术天赋用手中的如椽之笔浓墨重彩地描绘出不断成长变化的女性形象，尤其是注重在此过程中对人物心智的成长和成熟的呈现，凸显出鲜明的成长小说特质，并成功地影响到后辈作家对这一文学领域的选择，开启了英国小说的现代主义的新时代。

第三章
道德主题

　　18 世纪的英国处于资本主义上升时期，经过具有历史革新意义的工业革命和议会改革后，资产阶级在政治、经济领域获得了一定的话语权，力量大大增强。与此同时，他们试图将本阶级的思想观念上升为社会意识，并使之最终成为全体社会成员共同遵守的操行准则，即急需建构一套新的伦理价值体系以与贵族阶级意识形态相抗衡。而文坛蓬勃发展的小说这一体裁由于其本身具有的优势顺理成章地担负起宣扬、建构本阶级新道德观的使命，成为建构新阶层道德理念的载体，小说家针对什么是正确的道德观以及如何树立正确的道德观念等问题积极参与建构新的社会道德。道德在维护社会秩序的稳定与发展中所起的作用被敏锐的作家尽收眼底。理查森、弗朗西斯·伯尼开创了女性家庭小说说教的传统，作品含有浓厚的道德说教色彩，如《伊芙琳娜》副标题就是"一个年轻女子进入世界的历史"，说教模式显而易见。新历史主义批评家巴特勒明确指出，奥斯丁作品中表现的是士绅阶层的道德，奥斯丁在因袭前辈作家道德说教传统的同时，不乏个人洞见。"道德"作为关键词常常出现在奥斯丁作品中，借此表达她对既定道德观念的思考及个人价值的探索，表达其独有的人道主义色彩的道德关怀。

在她看来，个人品德即个体道德修养和在实践中体现的为人处世的立场态度，故个人风度和对社会责任的履行备受人们关注。而个人风度往往通过交往礼仪、生活趣味等方面得以彰显。

第一节　个人品德：礼仪与风度

奥斯丁的小说中赞赏优雅的风度，反对平庸和粗俗（向往精致世界）。其作品多以重视理性与弘扬礼仪为特征，在很大程度上折射了正遭受中产阶级排挤的乡绅阶层经济政治方面的失势。日薄西山的经济力量不足以支撑起体面，士绅阶层的礼仪似乎可助其抵御以感性为代表的中产阶级文化的步步紧逼。奥斯丁对传统礼仪投以更多关注，在她看来，礼仪是社会秩序的外在表现，社会秩序又反过来维护、稳固礼仪。在 18 世纪，人们习惯于将礼仪与法律进行比较，并且经常用法律词汇比喻社会交往。[①]

奥斯丁所在的士绅阶层非常讲究社交礼仪，要求礼貌、得体、风度翩翩，这也是奥斯丁所处时代对绅士、淑女提出的要求。奥斯丁更是巧妙地将个人道德观寓于礼仪和举止风度之中。礼仪正是一种只关乎当下现实的规范。乡绅价值的代言人奥斯丁试图借助描摹重兴礼仪，维护其所代表的世纪主流价值。温文尔雅的举止、优雅动人的风度、慷慨大方的品性几乎都赋予了她最喜心爱的人物。可以说，奥斯丁"开创了描述温文尔雅的行为举止的先河"[②]。《傲慢与

---

① 苏耕欣：《奥斯丁小说的礼仪批评与秩序拯救——兼评英国小说中的话题转换》，载《外国文学评论》，2014（1）：7页。

② 朱虹：《奥斯丁研究》，北京：中国文联出版公司，1985：85页。

偏见》的魅力在于它允许我们把道德看成是一种风度。[①] 她一再强调道德修养内涵，将个人道德寓于举止风度之中并发挥了道德交流的作用。

奥斯丁小说里的正面人物都拥有礼貌的举止和优雅的风度。谦逊友好的爱德华、急人之急的约翰爵士、"古道热肠"的奈特利、稳重理智的埃莉诺、仪态优美的安妮，都有着温文尔雅的举止、高雅脱俗的生活趣味、得体大方的举止，这些都是个人美德的重要组成部分。尤其是女性，仪态万方，谈吐风趣，身材窈窕，是增加个人魅力不可或缺的砝码，也是在婚姻市场上能够脱颖而出的硬件。

伊丽莎白出身乡绅之家，并无多少嫁妆，表兄柯林斯曾断言不会有第二个人向她求婚，她很有可能会像贝茨小姐一样老死在朗博恩。但出乎所有人意料，伊丽莎白却入主彭伯里庄园，其优雅的风度、纯正的趣味自然为其增色不少。达西初认为她不够漂亮，但她轻盈的步态、幽默的谈吐、不俗的见解，还是使他不能把目光从她身上移开。伊丽莎白本人也以温和高雅的举止为傲，她聪明博学、富有见识，有很强的道德优越感，更拥有与生俱来的优雅和礼貌，常常为母亲和妹妹的粗俗狭隘、口无遮拦羞愧不已。因为她也坚信，得体的言行、高雅的趣味更能衬托出道德品质的高贵。

而行为的粗俗不堪不仅仅是教养的欠缺，更暴露了道德规范和辨别能力的缺失。杰宁斯太太逢人便打探私事，以散播、打趣青年人隐晦的情感为乐，埃尔顿太太自命不凡的言行，伊莎贝拉·索普人前的矫揉造作，莉迪亚在军官面前的卖弄风情、浅薄愚蠢等，都

①　朱虹：《奥斯丁研究》，北京：中国文联出版公司，1985：237 页。

没有逃过女作家善意的调侃或严厉的批评。平庸粗俗也被加以嘲笑，自高自大的柯林斯在舞会上不懂节奏，错误频出，不断道歉，却又不及时修正自己的举止，单凭此就已经被定义为一个笑料百出的丑角，其自视甚高也变得滑稽可笑。而他来到班府后的择妻行动更令人忍俊不禁。作为班纳特先生家产的未来继承人，他趾高气扬地宣布在五个堂妹中择一而妻。这本无可厚非，还一度得到嫁女心切的班纳特太太的大力支持。但在他冗长的表白中，无一句是对女方伊丽莎白品行的恭维和赞美，绕来绕去，不外乎班纳特先生去世以后如何等幸灾乐祸的暗示和紧逼——这是他仅有的一张王牌。柯林斯的滑稽、不得体言行与 18 世纪主流价值倡导的智慧、秩序等美学原则背道而驰，不仅构成了美学意义上的灾难，而且暴露了其个人品行低劣，与他身居教职的身份，难相般配。

需要指出的是，奥斯丁欣赏的优雅不仅限于举止行为的表面优雅，更看中精神的优雅，这才是对人类价值的真正敏感。因此，她在描写礼仪的同时削弱了外在礼仪的虚饰性，转而强调内在德行。《理智与情感》里的花花公子罗伯特·费拉可以为选购一只牙签盒花费几个小时，细致到将盒子上面的装饰物材质都做了严苛规定，而后摆出一副傲气十足、怡然自得的架势离开。为自己的不俗自我标榜，洋洋自得，这就是典型的"爱德华时代"的绅士，丧失了对生活本身的热情和真诚，除了将充当门面的优雅举止、漂亮的外表推到极致的之外，自我一片空虚。他"纵是打扮得时髦绝顶，也只不过是个愚昧、好强、不折不扣的卑微小人"①。活脱脱上演了一出自我感觉

---

① ［英］简·奥斯丁：《理智与情感》，孙致礼译，北京：生活·读书·新知三联书店，2014：174 页。

良好的闹剧。

奥斯丁推崇优雅和真诚，反对徒具其表的虚饰，因为"每个国家民族的繁荣，都依赖于构成它的个人的美德，任何一个人，如果以粗俗的举止冒犯了礼仪和规矩，那他当然也就促使国家毁灭"①。

第二节　社会道德："爱他"的现实关怀

18世纪的英国社会各阶层对道德投以热切的关注，普通民众抑或文人都以各自的方式进行道德探讨。文学家在从事创作时，身兼双重使命：不仅将自己视作是公众的代言人，又把自己当作公众的教育者。许多作家将"移风俗，美教化"，即宣扬道德教义作为写作宗旨。譬如，理查森"同十八世纪英国其他小说家一样，将小说视为宣扬宗教和道德劝善的工具"②，并凭借《帕梅拉》跻身一线作家行列。理查森的迅速走红模式被接下来初涉文坛的众多女性小说家争相效法，大量的道德说教小说充斥于英国图书市场，创作者名利双收。由此形成了利维斯所说的英国文学史上的重大脉络"理查森—范妮·伯尼—奥斯丁"。奥斯丁作品里讲述的不外乎男婚女嫁、美德、荣誉、财富等话题，这自然是说教传统的延续，但奥斯丁推崇的美德不是对社会规范的盲目信从，而体现为一种稳重与平衡。她不赞成过度追求经济利益的商业精神，也不认同过度表达个人感情的情绪主义，女作家倡导的是"为他人"的社会道德。这一道德命题积极引导人们对欲望的自我克制、对他人的关怀和同

---

① 朱虹：《奥斯丁研究》，北京：中国文联出版公司，1985：345页。
② 殷企平：《英国小说批评史》，上海：上海外语教育出版社，2001：9页。

情，可以说是对资本主义兴起时期个人欲望扩张的反思和纠正，也是对商业精神和情感主义的平衡。[①]

一、推崇自我节制，反对情感放纵

巴特勒是最早关注奥斯丁小说的批评家之一。他认为，思想文化界关于法国大革命对 18 世纪末期（奥斯丁写作年代）的英国产生的影响的看法莫衷一是，争议很大。争论的一方是较为激进的雅各宾派，他们提倡感情主义，认可个人追求；另一方（反雅各宾派）则重视理性、责任和自我约束，强调群体关系。而奥斯丁显然深受后者影响。[②]奥斯丁一贯褒扬理智与情感之间的平衡，排斥个人情感的膨胀和放纵，因为过分的激情总是和以自我为中心的观念、对责任的漠视掺杂在一起的。她早年创作的《理智与情感》是"反雅各宾寓言"的有力例证。

玛丽安就代表了 18 世纪末典型的情感主义思想潮流，认为人性本善，她在讲究同情心的同时，又奉行个人情感高于一切的原则，如此一来很容易导致情感的唯我主义，背离其反对贪婪自私的初衷。玛丽安浪漫多情，性情直率，敢于标新立异，愤世嫉俗。她可以无视青年男女未有婚约前种种禁忌的社会习俗，公开与威克汉姆打得火热，允许他直呼自己教名，以至于旁人认为她们已经订婚。并且她振振有词地自我辩护说："假如我的所作所为确有不当

---

① 赵静：《奥斯丁小说的政治和道德倾向性》，济南：山东师范大学硕士论文，2011：21 页。

② ［英］玛里琳·巴特勒：《浪漫派、叛逆者及反动派——1760—1830 年间的英国文学及其背景》，黄梅、陆建德译，沈阳：辽宁教育出版社，1998：157-171 页。

之处，我当时定会有所感觉……而一有这种认识，我就不可能感到愉快。"① 拿一己的感官快乐、本能感受作为检验行为是否得当的标准，可以说是同时代哲学家沙夫茨伯里性善论的回音。

过分放任感情的玛丽安太过于以自我为中心，甚至可以说是自私的。为了可以在闲暇时间骑马，她欣然接受威洛比赠送的礼物——一匹马，全然不理会增设马厩、聘请仆人会给母亲带来经济压力。她对不懂审美、不爱艺术的詹宁斯太太等人常流露出蔑视、轻慢的神态。初恋触礁后，她更是不懂克制感情，一味沉浸在情伤中不能自拔，让有着共同遭遇的姐姐强忍内心伤痛为其担惊受怕，而且她害人害己，几乎断送了自己的性命。这些都说明玛丽安的道德成长之路还未完成。她的恋爱挫折可以说是奥斯丁对情感主义思潮的反驳和纠偏。

与之同类的还有《曼斯菲尔德庄园》女主人公范妮的母亲，她曾是沃德家族三姐妹中最美丽的女子。因违背家人的意愿，她草率嫁给了一个文化水平不高、没有稳定经济收入和社会资源的海军下级军官。

婚后丈夫不仅没有能力养家糊口，而且终日酗酒，再加上子女众多，生计维艰，浪漫的爱情幻想被现实打破，这个坚持自己情感的三小姐不得不放下身段，写信乞求娘家人的援助。在奥斯丁看来，当年冲动任性缔结的婚姻是极其自私、不负责任的，当然没有幸福可言，害人害己。

还有《爱玛》中的邱吉尔、《曼斯菲尔德庄园》中的克劳福特兄妹，她们虽然不是大恶之人，也不乏同情心，但总是把自我安

---

① ［英］简·奥斯丁：《理智与情感》，孙致礼译，北京：生活·读书·新知三联书店，2014：198页。

适、自我利益居于最高点，伤害别人也在所不惜。邱吉尔因为一时与恋人之间有了误会，便发泄私愤与爱玛调情以造成周围人的错觉，给未婚的爱玛带来了诸多困扰。玛丽·克劳福特小姐娇小迷人、聪颖活泼，具有相当魅力，但是被商业社会的享乐风气和自我中心观念所浸染，做出了一桩桩错事。玛丽对兄长和玛利亚私奔只是不以为意，也瞧不起埃德蒙即将从事的牧师职业，在其长兄重病期间，表现得幸灾乐祸，让埃德蒙很是失望。最终使埃德蒙放下对她爱情执念的是她对他人痛苦的淡漠。

在奥斯丁所处的时代，把个人的意愿、利益放在首位，置他人的感情和他人（包括家庭）的利益于不顾，是违背社会伦理规范的。挑战公序良俗的僭越者也将遭到应有的惩罚。

《理智与情感》中的威洛比抛弃无嫁妆的玛丽安，改娶拥有五万镑嫁妆的格雷小姐，不仅毁掉了格雷小姐获得幸福的可能，也几乎断送了玛丽安的性命。从业已失败的婚姻中发现自己"已经永远错过了最持久、最实在、最真实的幸福"[1]，奥斯丁没有因为他的良心发现和忏悔减轻对他的惩罚，而是让他永远在追悔莫及的痛苦中煎熬。

《劝导》里阴险狡诈的威廉·埃利奥特为了能够重获早年被他弃之如敝屣的爵士头衔，赶回爵士府与亲人重修旧好。当发现埃利奥特爵士有续弦迹象时，他干脆先下手为强，追求安妮，以便借女婿身份加以阻挠。安妮订婚后，计划破灭的他气急败坏，使出撒手锏，拐走了克莱夫人。他的每一次行动都是直奔个人利益而去的，身边的每个人

① ［英］简·奥斯丁：《理智与情感》，孙致礼译，北京：生活·读书·新知三联书店，2014：328页。

都是他可利用的工具，置他人感受于不顾。奥斯丁严厉批判了这个不折不扣的利己主义者，给他安排的结局是和狡黠的克莱夫人在无休止的争斗中生活下去。

作为奥斯丁推崇的行为准则，节制也是不可缺的。奥斯丁希望每个个体都有爱他之心，合理约束一己之欲，力图达到"自爱""爱他"并行不悖。奥氏显然是用博爱的人道主义观点评判社会，人物的动机和手段是其进行道德判断的基础。奥斯丁认可的人与人之间的仁爱、互助等人道精神，在《理智与情感》中得到了生动的体现。

《理智与情感》中的埃莉诺可谓完美理性的典范。年仅十九岁的她身肩长女职责，极富有家庭责任感，她为人公正、理智和忍让，是母亲和妹妹的情感支柱，同样面对失去意中人，埃莉诺的表现令人肃然起敬。整整四个月，埃莉诺悉心照顾因情伤病重的妹妹玛丽安，宽慰忧心如焚的母亲，却对爱德华（她的暗恋者）已与其他姑娘有婚约之事只字不提。妹妹大病初愈后得知实情感动不已，姐妹俩的这段对话可谓埃莉诺利他美德的最好体现：

是的。但我爱的不仅是他；我很在乎别人的喜忧，所以不想让他们知道我的感受……我一直尽量自己忍受着而不让这事传开。……四个月，玛丽安，这些事我一直藏在心头，从未与人说起；我知道一旦向你和妈妈解释，你们肯定会非常不开心，而我又无法为你们做一丁点心理准备……①

长达四个月，周围人竟然没有察觉到这位同样经受心灵煎熬的姑娘的异样，更不用说她独自一人所承受的痛苦。这种惊人的自控

---

① ［英］简·奥斯丁：《理智与情感》，孙致礼译，北京：生活·读书·新知三联书店，2014：182页。

能力出自她对家人的关爱和体察，是埃莉诺宽厚无私美德的体现。

《劝导》中的安妮虽然明白当年取缔婚约是错误的决定，但她并没有推脱责任，怨及他人，她能够理解亦师亦友的拉塞尔夫人反对的初衷，对于前程未卜、只有满腔热情的温特沃思的看法有合理之处，当年的恋人没有能力提供组成家庭的经济保障，甚至生死未卜。她并不后悔当时所做的决断，因为一个年纪尚轻的女孩没有理由排斥长者的殷殷教导。更主要的是，安妮的父亲沃尔特男爵自视甚高，认为这桩婚事是辱没家门，明确表示不会给安妮嫁妆。然而，这都不是让安妮收回婚约的根本原因。安妮的放弃实际上是一种自我牺牲，她所虑深远，不仅考虑了恋人的前途和生活，更涉及家庭和睦和与拉塞尔夫人的友情。18世纪的英国社会实行长子继承制，除长子继承家业外，次子都得自谋生路，或从军，或从教。温特沃斯没有任何财产，且处于创业阶段。安妮没有任何陪嫁，只剩下爵士之女这一空头衔，事实上已沦为经济弱势群体。而此时的安妮如果与之成婚，势必成为爱人的累赘，影响温特沃思的发展，也影响他们的婚姻质量。奥斯丁也是明确告知读者安妮的想法："假如她不是更多地考虑到他的前程而不是自己的处境，她不会放弃他。"① 这是极为理性的分析，适当的了断更是无私的利他精神的显现。与其说安妮听从所谓的劝导，不如说是对他人的体谅和对社会义务的服从。

这些有着强烈责任感的主人公形象无疑是作者在昭示人们：虽然个人欲望强烈，也应考虑他人的情感，服从某些外在的、非个人的善。肩负责任不可避免地需要自我控制和自我牺牲。激情须被理

---

① ［英］简·奥斯丁：《劝导》，孙致礼译，南京：译林出版社，2015：28 页。

智所节制，爱情当以责任为引导。而奥斯丁所言的美德归根结底是对一己私欲的节制，对社会规范、利益的遵从。因为"个人只要服从社会，一切梦想都会实现"[①]。

在奥斯丁早期的小说里，责任和利他精神是其道德观念的核心。但随着作家年龄和生活阅历的增长与反思自我的与日俱增，越到后期，这种强烈的责任感开始被质疑。个人心理发生的变化、精神感情的需要逐渐表现在她的作品中。安妮由于对义务和责任需要的服从虚掷青春年华，险些再与幸福失之交臂的故事令人沉思。正如特里林所说"奥斯丁她尽管保守、守旧，却看出了伴随民主社会的建立而发生的心理变化的性质，她意识到个人的心理负担，她理解有意识地给自己下定义和自我批评的必要性，对现实做个人判断的必要性"[②]。而小说人物的功利性选择和对人的精神需要的追求也是与这一社会进程中要求个人幸福的呼声遥相呼应，这是时代使然，个人的发展逐渐占据生活的中心。

二、谋求自我发展

18世纪的英国处于"政治、宗教、道德危机的时代"。资产阶级群体日益增多，并已成为社会财富的拥有者，与传统贵族阶层矛盾日益尖锐，在争夺统治权的同时也在谋求话语权，期望将本阶层固守的道德观念、思想意识普泛化为全体成员必须遵守的准则。在此期间，新旧道德观念产生了碰撞和冲突，传统道德观念已是岌岌

---

① 谭雪霏：《奥斯丁小说的绅士道德观研究》，上海：华中师范大学硕士论文：13页。
② 中国社会科学院外国文学研究所：《爱玛》，见《外国文学研究集刊》，第5辑，北京：中国社会科学出版社，1985：156页。

可危，不能担负起指导个人适应新的时代环境。道德是时代精神的晴雨表。在资本主义迅猛发展的新的时代语境里，个人价值和意义日益凸显出来。人如何定义自己，怎么处理自己与他人的关系，回答这些问题的迫切性产生了。更新道德内容成为一个势不可挡的趋势，亟须构建新道德体系。

西方自中世纪以来，神学在西欧人们生活中占据了至高无上的地位，科学、哲学、文学等所有文化形态沦落到充当神学的女仆的卑贱地位，中世纪道德的核心的"万物的唯一真原"在于上帝。任何的真、善、美都要追溯到神，人是卑微的，在上帝面前微不足道，故顺从上帝的意志和安排，是神学道德规范准则。

经历文艺复兴和宗教改革的洗礼，及至18世纪，西方人的世界观发生了根本的变革，这体现为关注视点的转移：由以神为中心转向以人为中心，人的主体性和主观能动性得到重视。洛克认为，人类的一切知识都是建立在经验之上的，最后也会导源于经验。而经验自然脱离不了人的主体性，道德的主题由神转向人。道德的规范准则也相应由神对人的规范转向个人之间、个人与社会之间的关系调控。以当时最负盛名的英国哲学家沙甫慈伯利"天赋道德感"为例，沙氏认为有三种情感人类与生俱有："自我情感"，即自爱之心；"天然情感"是趋于群体利益的"仁慈"或"宽容"等爱他之心；还有"非天然情感"，则不趋于公众的或个人的好处。人不但有道德的基础爱他之心，也有自爱之心，之前一直被中世纪宗教文化视为万恶之源的"自利"被公开倡扬，和利他共同构成了道德规范的标准。道德成为关注个人现实福祉的引领者。个人奋斗是社会的主题，个人的发展成为作家在小说创作时关注的焦点。18世纪英国小说也始终围绕道德的两大方面，即个人的最大收益以及个人与他者的关系而展开。世俗生活成为文学表现的对象，正面肯定人的主体意识，尊重个人化的思想。女性小说写作亦是如此，如奥斯丁肯定追求个人幸福的权利，强调人的自尊自爱，其小说的人物要求个人的正当发展，行为具有功利性。

理查森的小说《帕梅拉》对道德能否出于功利这一问题的回应很耐人寻味。这部小说的副标题是"美德有报"，显而易见，帕梅拉即美德典范，面对少东家屡次性骚扰，她本有机会逃离虎狼之地，但却在相信美德必有回报的心理暗示下，严词拒绝B先生的各种威逼引诱，却又打扮得异常漂亮。这一举动让读者窥见帕梅拉心理的矛盾性。身陷困境却有意以美貌和美德使主人对其关注，帕梅拉显然是有所期待。等到B先生最终意识到其美德，浪子回头，决定以世俗认可的婚姻来迎娶她时，贞淑的帕梅拉再难掩亢奋之情："这时候我所感到的快乐情绪，简直压制不住。"

在《汤姆·琼斯》的作者、同时代现实主义作家菲尔丁看来，帕梅拉所谓的美德难逃功利之嫌，她得到一个相当丰厚的回报：实现阶层跃迁，成功缔结了资产阶级社会认可的合法婚约。当然，这是以贞操为代表的美德换取的，而这种求得个人利益最大化的新型道德观激发了道德追求，较之于单纯晦涩的旧道德观更具人情味，也更容易被接受。

慑于经济穷困对人生避免不了的威胁，奥斯丁文学世界里的每个人的选择都有趋利避害的功利导向，婚姻契约中潜藏的个人利益有目共睹。婚姻的目的在于增进男方的幸福，保障女方"所需要的利益"，即有助于提升女方的社会地位。通俗地来说，奥斯丁笔下的女主人公在"不仅要嫁得好同时要求个人价值和社会地位的提升"。

《傲慢与偏见》里的夏洛特明明洞悉柯林斯的愚蠢，仍出于务实的考虑，确信有了"最可靠的储藏室"，"日后可以不致挨冻受饥"，而且还能自欺欺人地辩解结婚会"有一个舒舒服服的家，并获得幸福，并不下于一般人结婚时所夸耀的幸福"①。夏洛特的选择隐匿着趋利避害的功利主义的动机，凭借务实的态度，她守住了最低的道德底线，幸福就是免于痛苦。

如前所说，夏洛特、露西·斯蒂尔的选择是生存所迫，目的是达到"幸福就是免于痛苦"这一基本底线。奥斯丁批判其婚姻选择，但又保持同情甚至默许的态度。代表作家思想倾向的理想人物的行为同样未脱离趋利避害的原则。

如被奥斯丁认为"所有印刷物最可爱的创作物"的伊丽莎白，她是最具有个性魅力的女主人公，为好友夏洛特"屈服于一些世俗的利益"感到羞愧。但却忘了没有家业继承权和微薄嫁资的自己"可供选择的领域也只有一个，那就是婚姻，而这种选择又要受到一个贪得无厌的社会的各种强大而使人麻木的压力"②。她认为威克汉姆是她"见过的最可爱的男人"③，却没有过要嫁给他的想法，因为她知道其身家清贫，除了一张漂亮面孔一无所有，而不是由于知晓威克汉姆低劣的品行。她批评夏洛特将"自私自利认为是谨慎"④，可她的谨慎是抛却相谈甚欢的威克汉姆，与夏洛特的动机如出一辙。如何

① ［英］简·奥斯丁：《傲慢与偏见》，张玲、张扬译，北京：人民文学出版社，1993：117 页。
② ［美］鲁宾斯坦：《从莎士比亚到奥斯丁》，陈安全、高逾、曾丽明译，上海：上海译文出版社，1987：431 页。
③ ［英］简·奥斯丁：《傲慢与偏见》，张玲、张扬译，北京：人民文学出版社，1993：98 页。
④ ［英］简·奥斯丁：《傲慢与偏见》，张玲、张扬译，北京：人民文学出版社，1993：92 页。

让自己幸福、衣食无忧地过好后半生一直影响着伊丽莎白的抉择。当随着舅父母参观达西奢华又雅致的庄园时，她也不禁对之前的拒婚产生些许悔意，"当上彭伯利的主妇倒也奇妙无比"[①]。善于对人性进行鞭辟入里分析和批判的奥斯丁却未对伊丽莎白的小遗憾有嘲讽之意，追求个人利益是无可厚非的。费茨威廉对无继承权的贵族次子坦言，"我们花钱花惯了，因此不得不倚赖于别人。处于我这种地位，结婚又不能不注重钱"[②]。伊丽莎白反而很理解，未对其有任何苛责，因为她也没忽视过金钱的重要性。在奥斯丁眼里，个人的功利性选择，不仅是最基本的生存保障，更是每个人努力使自己幸福的渠道，每个人都应设法使自己生活幸福。

第三节　以理性为向导的群己关系

奥斯丁的道德观由两部分构成：秉承爱他之心，倡导对义务的服从，同时关注个人发展，强调个人利益的合理性与必要性。两方面存有此消彼长的状态，冲突和抵牾在所难免：理性要求放弃个人情感欲望和个性，个人的发展和欲望的膨胀又对社会形成挑战。如此一来，利己与利他、理性与爱之间的矛盾凸显出来。但奥斯丁的高明和智慧在于其道德评价的衡尺能够维持社会平衡，保持社会结构完整。在她的小说中，"最尖锐、最深刻的社会批评和社会福利的基本保证同合理的个人幸福的可能性奇妙地结合在一起"[③]。追求个

---

① ［英］简·奥斯丁：《傲慢与偏见》，张玲、张扬译，北京：人民文学出版社，1993：195 页。
② ［英］简·奥斯丁：《傲慢与偏见》，张玲、张扬译，北京：人民文学出版社，1993：123 页。
③ ［美］鲁宾斯坦：《从莎士比亚到奥斯丁》，陈安全、高逾、曾丽明译，上海：上海译文出版社，1987：428 页。

人幸福和价值不等于唯利是图。功利主义价值观包含的两个方面——利己主义和利他主义，均可在理性的引领下融汇成一个和谐的整体。一个人应该为了自己的利益去爱别人，因为它们是他生存和幸福的必需品。一个有道德的人应该以理性为指导，以适当的方式达到目标。被启蒙思想的遗风余韵深深影响的奥斯丁认为，德行是理性的同义词。理性主要体现为规范利己之心和对私欲的节制。

奥斯丁认可拥有健全理解力的女主人公，认为理性是外在于个人的、永恒的真理。当人们认识到生活的局限，审时度势做出最适合、最恰当的行为才堪称理性，如《劝导》中的安妮，她忍着情伤的巨大压力，从容冷静，指挥惊慌失措的人们处理突发事故，哪怕意外受伤的是自己的情敌。玛丽安痛苦不堪的失恋更是证明：感情的泛滥是不可取的，只有在理性的指引下，把自爱变成一种利他的美德，才能实现最持久的幸福。

奥斯丁所有的作品都试图寻找一种平衡，虽然她看中功利和个人理性，但主张利己与利他之间的有机融合，其追求的是一种超乎理智与情感之上的绝对的善，以求在理智与情感上保持同样的真诚，能既不悖于理智，又忠实于情感。[①] 女作家用宽容的眼光去审视世界，用和谐调和矛盾，用仁爱创造共同的栖息之地，最终目的是追求和谐有序的社会氛围和友善的人际关系。

六部作品中皆展现了作者对高雅精致的生活的赞美。完美无缺、充满生机的乡间生活才是奥斯丁心中的乐土。彭伯里、曼斯菲尔德庄园比之庸俗的朗博恩、喧嚣的巴斯，更让人向往。秩序混乱的朴次茅斯到处充溢着粗俗气氛。令多年后再次返乡的范妮始料不

---

① 谭雪霏：《奥斯丁小说的绅士道德观研究》，武汉：华中师范大学硕士论文，2005：25 页。

及，对家乡的思念和童年时的浪漫幻想都因为人们的粗糙、气氛的庸俗消失殆尽，"满嘴的酒味"、乱跑乱闹的孩子将范妮吵得晕头转向，很是痛苦。母亲对范妮的归家很是淡漠，对曾经帮衬过自己的姐姐一家缺少关切。家里充斥着粗俗气氛带来的痛苦。范妮怀念以往有秩序的宁静庄园，"姨父家里会审时度势，会诸事有节，对每个人都有一定的分寸，都有一定的关心"①。对秩序的怀念实际上是对朴次茅斯这一新兴港口城市混乱的社会现状的拒斥，对庸俗和平庸现状的批评和否定。

拒绝粗俗带来的混乱，批评由于贫穷和教养不足而造成的粗俗与平庸。

奥斯丁憧憬的理想境界是"每个都有自己的恰当位置，每个人的感情都受到了顾及"②。每部小说都被设置了皆大欢喜的结局，奥斯丁认为，主人公的圆满更多地体现为对和谐人际关系的追求，和谐的社会氛围是对美德的褒奖。伊丽莎白离开庸俗的朗博恩，来到高雅文明的彭伯里，与乔治·安娜姑嫂融洽，和姐姐、舅父母来往密切，就连德伯格夫人也对其冰释前嫌，屈尊重访彭伯里。

相对地，小说最严重的惩罚在于人际关系的疏离甚至被排斥。莉迪亚私奔虽得到妥善处理，有着已婚妇女的社会地位，但处处受到社交圈的另眼相待，就连自己娘家也让妹妹基蒂与其少接触。愚蠢的莉迪亚没有意识到这是种隐性的排斥。聪颖的玛丽·克劳福德则无法回避这种痛苦。与埃德蒙分手迁居伦敦后，两万英镑的陪嫁让其追求者趋之若鹜，但在"曼斯菲尔德养就的高雅情趣"使她找

---

① ［英］简·奥斯丁：《曼斯菲尔德庄园》，梅海译，北京：人民文学出版社，2022：386 页。
② ［英］简·奥斯丁：《曼斯菲尔德庄园》，梅海译，北京：人民文学出版社，2022：386 页。

寻不到"一个品格与教养能符合她憧憬的家庭幸福"①。她意识到那种平淡温情和谐生活的可贵，但再也回不去了，只能徒留伤感和悔恨。在这里，与唾手可得的财富相比，被排斥的心理煎熬显然更有力度。

奥斯丁从来没有想到要改变社会结构，她的道德追求建立在对社会认同的基础上，自觉地以维持社会的稳定有序作为最终目的，宣扬包容与平衡的重要性，希望每个社会成员都能够适当关注他人，各行其责，同心同力，在社会稳定和新思想输入之间取得有效的平衡。这更体现了她对和谐的古典主义精神以及和谐的社会关系的追求。

---

① [英] 简·奥斯丁：《曼斯菲尔德庄园》，梅海译，北京：人民文学出版社，2022：462页。

第二部分　人物群像

第四章
简·奥斯丁小说的男性群像

　　奥斯丁的作品问世于英国文坛青黄不接之时，18 世纪末，菲尔丁、理查森、斯威夫特、斯泰恩的鼎盛时期已过，现实主义文学落入低谷，一股所谓"新浪漫主义"风潮走红。哥特式小说和感伤主义甚嚣尘上，文坛弥漫一种萎靡之气。此时，奥斯丁的出现的确给文坛带来了一股清新之风，她以现实主义的手法，以自己最擅长的婚姻爱情为主题，以"乡村三四户人家"为背景，徐徐展开了一幅又一幅的 18 世纪英国乡村风景图，简直就是一个美轮美奂的女儿国。在这里，读者可以看到聪慧伶俐的伊丽莎白、多愁善感的玛丽安、自命不凡的爱玛、端庄娴静的简、正直善良的范妮、虚荣轻浮的克劳夫德、贪图享乐的莉迪亚、喋喋不休的贝茨，这些人物形象无一不是栩栩如生、异彩纷呈。然而，奥斯丁在精雕细琢"群芳谱"的同时，并没有忽略与其相对应的男性形象的塑造。她明白：男女两性，既相对独立，又相互映衬，是相辅相成的关系。青年女性虽是小说的关注点和切入点，但她们不可能单独存在。女性在观照自身价值和意义时需要将男性作为一面镜子，她们在与男性的交往、背离、融合中得以彰显自身。而男性在女性成长、恋爱婚姻过程中更起着举足轻重的作用。作为父亲、丈夫、兄长抑或恋人，他们在很大程度上影响着女性的世界观和价值观。没有男性参与的女性世界是残缺不全的，伊甸园里亚当和夏娃缺一不可。在奥斯丁笔下，每位女性差不多都有男性形象与其对照而相映生辉。他们姿态各异，个性鲜明，极大地丰富和完善了女性形象。例如奈特利先生，他对爱玛坚持不懈的谆谆教诲显露出爱玛的主观轻率；布兰登上校对待爱情的成熟理智，则显示了玛丽安的天真幼稚；克劳福德一时的洗心革面、对范妮的大献殷勤更凸显了范妮对埃德蒙的执着。他们性格迥异的背后存在着某些可比性。以下试将男性人物分三类，即求偶形象、父亲形象、牧师形象做比较考察。

第一节　求偶形象

奥斯丁生活在一个风云变化的时代，当时英国浩浩荡荡的工业革命和拿破仑战争的恢宏图景是同时代作家趋之若鹜的话题。奥斯丁却对此避而不谈，这在当时被认为"题材狭窄，缺乏广度和深度"。但她自有主张，"虽然在这条道路上我可能永不会再获成功，我却相信在别的路上我将彻底失败"①。她忠于自己的经验世界和真实感受。"在她的世界里，没有辉格党和托利党的权力斗争，没有英国和拿破仑的战争，也没有神学和启蒙哲学的较量。她只关心一个问题：一个适婚女子如何找到一个称心如意的丈夫。"② 既然奥斯

---

① ［英］简·奥斯丁：《书简选——致克拉克先生》，冯钟璞译，见朱虹，《奥斯丁研究》，中国文联出版公司，1985：364 页。

② 张箭飞：《奥斯丁的小说与启蒙主义伦理学》，载《武汉大学学报（哲学社会科学版）》，1999（2）：111-114 页。

丁的创作以婚姻为主题,爱情纠葛自然便成为极其重要的主线索。在其小说中,不同阶层、地位的青年男女纷纷踏上了求偶之路。他们时而黯然神伤,时而柳暗花明,时而悲喜交集,终以"有情人终成眷属"式的大团圆结局收场。将小说中以求偶者身份出现的青年男性依据他们的求偶方式和品质德行,大致分为正反两类人物:前者如《傲慢与偏见》中的达西、《爱玛》中的奈特利、《劝导》中的温特沃思,后者如《理智与情感》中的威洛比、《曼斯菲尔德庄园》的亨利·克劳福德。

一、正面求偶者

奥氏小说的正面求偶形象大抵以男主人公的角色登场,虽然有身份地位、财产多寡、性格喜好等诸多不同,但仍可以爱情为坐标,参照他们的爱情观与经营爱情之方式,将他们大致分为三种情况:

(一)精神指引型

《爱玛》中的奈特利先生是一个近乎完美的男性形象。他是一位真正的绅士,善良、正直,对弱者充满人道主义的关爱之情。他经常为家境贫寒的贝茨一家提供物资援助和车马之便;当社会地位低下的失恋少女哈丽埃特被埃尔顿夫妻残忍羞辱时,又是他主动请哈丽埃特跳舞,助其摆脱难堪局面,维护了她的自尊心;他友善地协助农夫马丁和哈丽埃特一对有情人,使他们最终喜结良缘。他更是成熟理智的化身,有着敏锐的观察力和洞察力。所以能一语道破埃尔顿企图以婚姻牟利的不良企图和弗兰克风度翩翩仪表下的用情不专,这些都是自以为是的爱玛看不到的。

对于恋人爱玛而言，奈特利先生不仅是朋友、姻亲，还是她成长道路上的导师，在其教育下，爱玛不断抛弃错误、幻想而走向成熟。他是看着爱玛长大的，对她万般疼爱，却从来都是不偏不倚、直言不讳地指出她的缺点。当爱玛热衷于保媒拉纤并为此洋洋自得时，他明确指出爱玛的指手画脚不合情理。博克斯山之行，爱玛毫不留情面地当众嘲笑饶舌的老处女贝茨小姐，遭到他狠狠的训斥，"你怎么能对贝茨小姐那样毫无同情之心呢？怎么能对她那样性格、那样年纪、那样处境的妇女这样蛮横无理呢？……我以一片肺腑之言向你进谏，以此来证明我是当得起你的朋友的，能这样我也就心安了"①。此番告诫明之以理、动之以情，爱玛这才认识到自己的唐突和无礼。博克斯山之行是爱玛人生的一个转折点，从此她意识到自己的德行尚需改进。在误认为爱玛爱上弗兰克时，他选择了默默离开，由衷希望爱玛能得到幸福，后得知弗兰克已有婚约，则迅速赶回来，方知两人已是心心相印。爱玛的成长离不开他的帮扶和引导，直到意识到对他的爱，她才真正成熟起来。

《诺桑觉寺》中的凯瑟琳并不是一个天生完美的女主人公。相反，她终日沉溺于哥特式小说的荒唐世界，以致分不清现实中的真真假假，做出许多令人啼笑皆非的事情。她受蒂尔尼将军之邀前往诺桑觉寺做客，却对这座古老的宅院产生了莫名其妙的想法，甚至怀疑将军夫人的死亡乃将军所为，并为此感到恐怖和痛苦。幸亏将军次子亨利·蒂尔尼及时地给她上了生动的一堂课，"亲爱的莫兰小姐，想一想你心头的猜疑是多么的可怕。请运用一下你自己的理智，你自己对于或然之事的认识，你自己对于身边发生的事情的观

---

① ［英］简·奥斯丁：《爱玛》，李文俊、蔡慧译，北京：人民文学出版社，2005：327 页。

察。我们所受的教育会叫我们犯下这样的残暴行为吗？我们的法律会默许这样的暴行吗?"① 正是亨利铿锵有力的言辞才猛地唤醒了凯瑟琳。知识渊博、聪明过人的他还教对绘画一窍不通的凯瑟琳如何欣赏油画，暗示凯瑟琳的密友伊莎贝拉矫饰轻浮，使不谙世事的凯瑟琳终于认清了伊莎贝拉的虚伪面目，懂得了交友须谨慎。随着故事情节的发展，凯瑟琳在亨利的指导下，一步一步地"完成了从幻想到回归现实理智的过程"。不懂事的小姑娘终于可以辨别真伪，一份真爱和幸福婚姻得以缔结。在凯瑟琳的成长过程中，亨利的机智、诚实、勇气与追求真理的德行表露无遗，他与凯瑟琳的婚姻十分圆满。

《理智与情感》中的布兰登上校是一个着墨不多的人物，他宽容大度，助人为乐，在埃莉诺为露西和爱德华将来的生活保障有求于他时，他赞扬爱德华的正直，并慷慨地提供给他一个教区牧师的职位。他虽然对玛丽安一见钟情，但当明白这位满脑子罗曼蒂克幻想的姑娘无意于他时，便选择了默默地守护，这是一种有涵养的祝福；得知玛丽安钟情的威洛比是个薄情负心之人时，急在心里。威洛比可憎的一面暴露后，他一如既往地对玛丽安关怀备至，最终玛丽安迷途知返，接受了布兰登上校真挚的爱情。

（二）关爱呵护型

埃德蒙·伯特伦是曼斯菲尔德庄园的二少爷。与擅长交际的哥哥汤姆相比，他"不善辞令，不会恭维取悦他人，但他的真诚坚定和诚实中有一别样的魅力"②。无怪乎势利、虚荣的克劳福德小姐都

---

① ［英］简·奥斯丁：《诺桑觉寺》，金绍禹译，上海：上海译文出版社，2010：212 页。
② ［英］简·奥斯丁：《曼斯菲尔德庄园》，孙致礼译，南京：译林出版社，2004：5 页。

会放弃有着继承权的长子汤姆而倾心于他。作为贵族的后代，他极力维护家庭荣誉感，托马斯爵士外出安提瓜期间，汤姆整日游手好闲，花天酒地，埃德蒙自觉担负起家庭的重责：照顾母亲和妹妹，处理庄园大小事宜，件件做得井井有条。

埃德蒙友爱诚挚，富有正义感，对小表妹范妮总是关爱有加。年幼的范妮初来庄园时，战战兢兢，埃德蒙是唯一一个主动关心她的人，当势利鬼诺里斯太太和伯特伦小姐欺侮范妮时，埃德蒙总是站出来替她主持公道；他常常为她排忧解难，鼓励她博览群书，帮助她树立起信心和勇气。在表哥的关怀和影响下，范妮成长为一个品格正直、品位高雅的姑娘。就道德观念而言，她几乎是埃德蒙的翻版。

但是这个人物也并非完美的，他存在些许瑕疵：爱情蒙蔽了他的双眼，以致使他失去了正常的判断能力和辨别力，看不到克劳福德小姐美丽外表下虚荣世故的一面。当克劳福德小姐对他即将从事的牧师职业表示轻蔑时，他却以她受到周围环境的不良影响为理由为之开脱，而对表妹范妮的多次提醒却充耳不闻。直到她对其兄亨利与玛利亚私奔表现得满不在乎、不以为意时，他才开始真正认识到，眼前的这位克劳福德小姐道德观念淡薄，缺乏严肃的人生态度。他痛苦又决绝地离开了她。好在范妮对他情深义重，可以弥补他爱情的创伤。

（三）爱侣型

《傲慢与偏见》的达西先生应该是奥斯丁小说中最受女性读者喜爱的人物了。"他身材魁梧，眉清目秀，举止高贵。"[①] 舞会上的

---

① ［英］简·奥斯丁：《傲慢与偏见》，张玲、张扬译，北京：人民文学出版社，1993：8页。

初次亮相就引起了全场人的注意。但达西绝不是单纯的纨绔子弟，他是慈爱、亲切的长兄，细心地呵护年幼的妹妹；他是善良宽厚的主人，管家、佃户对他的善行赞不绝口；他是可信赖的朋友，宾利格外看重他的意见。这种生活经历让他富有主见，头脑清晰，但同时也更多地以自我为中心，目中无人；他又性格内敛，不苟言笑，一副拒人千里之外的神情。在尼日斐庄园的舞会上，其傲慢激起了所有人的反感，在他看来，姑娘们个个平庸肤浅。班府的小姐们，大小姐简笑得太多，不够端庄；伊丽莎白没有漂亮到可以打动他的地步。然而在日后的接触中，他渐渐被伊丽莎白的睿智、富有生趣的个性所吸引，终于"屈尊纡贵"地向她求婚，但那傲慢的态度遭到伊丽莎白斩钉截铁的拒绝。

值得称赞的是，达西虽傲慢、目空一切，但却能深刻反省，知错能改。当天晚上，他给伊丽莎白写了一封很长的信进行自我辩白，并仔细解释误会的原因。之后在彭伯里庄园与伊丽莎白邂逅时，他彬彬有礼，与之前判若两人。达西不仅帮助简和宾利喜结良缘，更出力摆平班家小女儿与人私奔的丑闻，挽回了班家的声誉，两人在思想、志趣上日益靠拢，他高尚的品格和忠贞的爱情使伊丽莎白欣然接受了他的求婚。两人是在互相了解、尊重、热爱的基础上缔结的美缘。

《劝导》中的男主角是一个没有社会地位、财产与地产的海军军官。然而他聪明过人、才华横溢。他与安妮相爱了，两人私订终身，有了婚约。遗憾的是，他的求婚遭到势利的沃尔特爵士的拒绝，安妮也在教母拉塞尔夫人的劝导下狠心与其分手。带着伤感失望离去的上校并未一蹶不振。相反，他乐观的性格、无畏的精神使他的事业蒸蒸日上，成为海军舰长，并且有了一笔两万英镑的财富，跻身公认的上等人行列。风霜日晒并未使他失去往日的风采，反而让他更有男子气概。功成名就的他完全有资格向一个公爵的女儿求婚了。八年后爱的召唤使之重返巴斯，但他一时无法原谅安妮当年撕毁婚约的做法，故对她冷淡又客气，甚至打算另觅佳偶。不过通过日后的接触，他发现，八年的失恋苦痛已将当年那位毫无主见的少女磨炼成一位刚柔相济、才干过人、头脑冷静、观察力敏锐的女子了。心中的爱情无可抑制地死灰复燃，最终他原谅了对方的过错并再次向她求婚，有情人终成眷属。

相比之下，《理智和情感》中的爱德华在小说中较少被提及，是一个类似"葛兰底森"式的人物，愿意牺牲一己的情感去履行年少时草率缔结的婚约。我们姑且不去谈论这样做能否为双方带来幸福，但却不能不承认，这种把荣誉、责任感和对弱者的担当放在首位的抉择中有着传统风范所包含的某种近乎英勇的高贵气度。①

二、反面求偶者

在奥斯丁小说中，与品质优秀的男主角同行于求偶之路的，还有一系列相反的人物，比如《傲慢与偏见》中的韦翰、《理智与情感》中的威洛比、《曼斯菲尔德庄园》中的亨利·克劳福德、《劝导》中的威廉·埃利奥特。他们是金玉其外、败絮其中的伪君子。奥斯丁侧重对这类人物的某一特征进行了浓墨重彩的描绘，同样令读者叹为观止。

英国评论家瓦尔特·艾伦在《简·奥斯丁》一文中称，《曼斯

---

① 黄梅：《〈理智与情感〉中的"思想之战"》，载《外国文学评论》，2010（1）：175—192 页。

菲尔德庄园》的伟大功绩在于出色地塑造了玛丽亚和亨利两个人物，他们是光彩夺目的一对。

亨利·克劳福德见多识广，头脑灵活，风度翩翩，在情场上施展自如，如鱼得水。他轻易俘获伯特伦家两位小姐的芳心，周旋于二人之间，致使姐妹不睦，便又及时抽身而退，远走高飞。这个四处留情的花花公子，对自己的魅力相当自信，故当范妮不为其所动时，便卑鄙地打算利用范妮展示自己的魅力。"我不喜欢无所事事的生活。不，我的计划是让范妮·普莱斯爱上我。……不给范妮的心灵上挖开个小洞我就不会满足。"① 极具讽刺意味的是，该风流成性的浪子，竟然情不自禁地被范妮正直善良的品格所吸引，真正地坠入了情网。沉浸在神圣爱情里的亨利洗心革面，诚心诚意地追求范妮，不惜助其在海军任职的兄长升迁，还常去朴次茅斯探望贫寒的范妮一家，大有不达目的不罢休的架势。然而，伦敦舞会上他被一时的贪恋虚荣断送了，由于禁不起玛丽亚的诱惑，旧病复发与之私奔，以致名誉扫地，最终成为自己魅力的冰冷的牺牲品。

《傲慢与偏见》中的韦翰是奥斯丁极力鞭笞的一个恶棍形象。他巧言令色，谎话连天，是一个彻头彻尾的伪君子。他凭借英俊潇洒的外表和一番生动、充满感情的回顾过去，几乎毁掉了达西，因为那曾使伊丽莎白信以为真。他贪图物质享受，挥霍无度，且又道德观念淡薄。为了钱财，他企图诱骗年仅十五岁的乔治安娜。加入民团后，他专好猎取富有的待嫁女子，不料，两万英镑嫁资的金小姐弃他而去。负债累累的他匆忙外出躲债，仍不忘拐走轻浮放荡的莉迪亚，以供他在途中取乐，根本就没有与她结婚的打算。后通过

---

① ［英］简·奥斯丁：《曼斯菲尔德庄园》，孙致礼译，南京：译林出版社，2004：197 页。

对达西与班纳特先生的敲诈勒索，并与他们讨价还价，他终于达到了既定的目的。同时，他的寡廉鲜耻也是非同一般的。携莉迪亚回朗博恩后，他非但面无愧色，反倒泰然自若，丝毫不以他"先奸后婚"为耻。当伊丽莎白质问他对达西的诬陷时，他竟然声称自己说的是相反的话，神态轻松，仿佛是伊丽莎白的记忆力不好所致。

然而，亨利·克劳福德和韦翰并不是性情单一、头脑空空的恶人。

亨利以其互为矛盾但又无比和谐的性格成为奥斯丁笔下最具"魅力"的恶棍形象。他走南闯北，见多识广，擅长辞令，殷勤有分寸。庄园的年轻人排戏时，亨利筹划得当，显出了出众的才华；他朗读诗歌时，语调铿锵，感情丰沛，就连对身边事缺乏热情、只知埋头做既不漂亮又毫无用处的针线活的伯特伦夫人也为之吸引。甚至可以说，他的到来给死气沉沉的曼斯菲尔德庄园带来了一股新鲜的活力。无怪乎两位美丽的伯特伦小姐初见他时，觉得他身材矮小，"又黑又难看"，后来却又为他争风吃醋，姐妹不睦；就连老成稳重的托马斯爵士也被他所惑，视其为正人君子，指责范妮拒绝他的求婚是"意气用事"，并在日后想方设法地撮合他和范妮结合。这些不能不归结于他的头脑灵活和多才多艺。批评家们也认为亨利·克劳福德是奥斯丁塑造的一个血肉丰满的人物，符合其自身性格发展逻辑，也显得真实可信。

韦翰风度翩翩，谈吐风雅，头脑伶俐且富有魅力。他骗取了老达西先生的信任，使其将他视如己出，老达西先生临终前还要求家人照顾好他；挑剔、自命不凡的班纳特先生也认为，韦翰并非一无是处；伊丽莎白甚至曾经视他为"我见过的最可爱的男人"，也曾想过嫁给他。由此可见，韦翰的确非等闲之辈，他将个性魅力、机智与令人厌恶的卑鄙无耻之特性有机地融为一体。应该说，在韦翰身上，集中了封建贵族和早期资产阶级的双重劣根性。同时，韦翰也是奥斯丁给女性们上的一堂课，教导她们学会理智冷静地观察、判断一个人的人品，以防上当受骗。

《劝导》中的威廉·埃利奥特是贵族阶层所推崇的完美绅士典范。他举止文雅，处事圆滑，八面玲珑，优雅举止下掩盖的却是阴险狡诈。为了钱，他可以绝亲弃友娶一个令他厌恶的富婆；为了名誉，又回来讨好曾经不屑一顾的亲友，他完全是一个汲汲于名利的伪君子。同样将婚姻视为谋利手段的还有《理智与情感》中的威洛比，一个游手好闲、放荡不羁的轻薄公子，其内心是极度的冷酷和自私。

综上所述，奥斯丁在塑造此类伪君子时，努力造成"当局者迷旁观者清"的反差效果。对于读者而言，他们的面目不难识破，但对于主人公来说，则要经过一个曲折漫长的过程，他们的阻挠破坏也从反面推动了男女主人公感情的进展。

第二节　父亲形象

父亲，即父权社会的头领，在以他为主体组建的家庭中有着不可替代的义务和至高无上的权力。但是，奥斯丁笔下的父亲却不同程度地被置于家庭的统治权之外，几乎所有的父亲都存在着缺席或是失职的现象。有的在故事开始之前就已经撒手人寰（达什伍德姐妹的父亲）；有的一味在书房寻找乐趣以逃避生活责任（班纳特先生）；有的是专制势力的暴君（蒂尔尼将军）；有的极度自私，沉溺于享乐（沃尔特爵士）；有的虽有所作为却陷入内外交困的境地（托马斯爵士）。在他们身上，传统家长的尊严一落千丈。

先来看下《傲慢与偏见》中的班纳特先生。他智慧、幽默，具有躲避家庭棘手难题的能力。对身边的家人和周围人的愚蠢无知，他心知肚明：表侄柯林斯的滑稽做作，他能一眼看破，并不失时机地加以嘲讽；女婿韦翰的寡廉鲜耻，他也能比太太和女儿们提前察觉。可以说，他不乏一些学识和见地，然而他又异常懒散，自动放弃了"家庭领航员"的责任。年轻时，他因贪恋美貌娶了一个智力贫乏、心胸狭窄的女子。婚后太太的糟糕表现令他对婚姻彻底失望，但是二十多年来，他从未想过改善太太的性情，相反，对于太太的喜怒无常等缺点，他插科打诨，讽刺挖苦，甚至当着女儿的面揶揄嘲讽，并以此为乐。

在关于女儿的教育上，他更是失职的父亲，从来不把自己的父爱和智慧用在教育和培养女儿上。他终日躲在书房里，以此避开饶舌的太太和疯疯癫癫的女儿的纠缠。他常常一卷在手，不问晨昏。班纳特先生将女儿的教育问题一股脑儿丢给心性有缺陷的太太，任由她向女儿灌输不适当的价值观念，结果导致两个小女儿头脑简单，不懂得要保持良好的品行，一味热衷于跳舞、梳妆打扮和卖弄风情。玛丽因容貌不及其他姐妹产生的自卑感使她沉溺于书本，成为迂腐冷漠的女学究，有时显得更愚蠢。两个出色的大女儿也有不尽如人意之处：长女简单纯善良，容易轻信于人，常常听从他人的决定，顺从他人的意志，且逆来顺受，毫无行动能力，这些导致了她与宾利的恋情受挫；二女儿伊丽莎白天资聪颖，在五位姐妹中最有头脑，但仍然因为缺乏父亲的引导而变得极为挑剔，言语刻薄，易生偏见，她对周围人的判断常常失误，如闺中密友夏洛特的虚伪，直至她与柯林斯订婚后才有所察觉，金玉其外、败絮其中的韦翰的几句漂亮的奉承话就打动了她的芳心，如若不是富有的金小姐中途出现转移了韦翰的注意力，她更有可能早于莉迪亚陷入情网。由此可见，班纳特家的女儿们都没有受到恰当的家庭教育，对现实世界缺乏正确的认识，她们在人际交往和婚恋上吃尽了苦头，这不能不归咎于班纳特先生的不尽父职。

　　班纳特先生虽自视清高、自命超脱，却是个缺乏能力之人。按照英国的遗传法，班纳特家的地产要由远亲柯林斯先生继承，而他的妻女却无权过问。即便如此，他仍然庸庸碌碌，丝毫不为自己身后家人作打算。小女儿莉迪亚生性轻浮，喜欢与军官们打情骂俏，他也从不约束管教，仅以冷嘲热讽对待，称之"又傻又无知"。当伊丽莎白劝告父亲制止莉迪亚去布兰顿那种混乱的地方以免做出蠢事来，班纳特先生却只是笑笑："莉迪亚不去公共场所出出丑，她是不会善罢甘休的，既不用家里的钱，又不用家里麻烦，真难得有这样的好机会呢。"① 他对女儿的建议不予理睬，还同女儿打趣："怎么？她把你的哪个情人吓跑了？"② 一个丝毫不负责任，不为女儿的将来操心的坏爸爸的形象跃然纸上，关键时刻他放弃了父亲的督导责任，直接酿出女儿私奔这一有辱门风的丑闻。出了这样的事，他一筹莫展，还要两个大女儿拿主意、亲戚出面干预才得以让事情尘埃落定。可见，其已不足以配得上"父亲"这个庄严的称号

　　① ［英］简·奥斯丁：《傲慢与偏见》，张玲、张扬译，北京：人民文学出版社，1993：185 页。
　　② ［英］简·奥斯丁：《傲慢与偏见》，张玲、张扬译，北京：人民文学出版社，1993：185 页。

了。虽然他也一度检讨自己，并对另一个女儿严加管教，可事后不久，他又重新回到那种懒散、冷漠、玩世不恭的状态。与那位在伦敦经商的内弟相比，他不仅缺乏男子气概，更少了一份坚定原则。

如果说班纳特先生在他最疼爱的女儿伊丽莎白身上还有一点为人父的样子，那么《爱玛》中的伍德豪斯先生更像是一个贪图被照顾的老小孩了。他万般依赖女儿，把内外家庭事宜全权交由她处理，自己只操心夏天的散步和香喷喷的薄粥。对于父亲，爱玛自是心里有数，办事往往自行其是，伍德豪斯先生正考虑要给老贝茨家送点生鲜食品时，爱玛早已把东西送过去了。伍德豪斯先生是一个虚弱守旧的旧式地主，胆小怯懦，惧怕任何变化。外出做客时，听到女婿搞恶作剧说的一声"外头下大雪了"，他都要惊慌失措，战战兢兢。有时，他更像一个愚蠢的老妪，口中烦琐的道歉和客套的啰唆足可与贝茨小姐媲美。

伍德豪斯先生更是一个极端的利己主义者。有评者认为，这个被温和的自私心理左右的滑稽人物是书中最隐蔽的坏蛋，他的家宅对爱玛来说形同监狱。①无论什么对其不利，便认定此事对任何人都不合适，他永远想不到别人的感觉或许有所不同，比方他不爱甜食，就制止别人吃蛋糕。在女儿的婚事上，他更是自私到了极点，张口闭口"可怜的伊莎贝拉""可怜的泰勒小姐"云云。他憎恨女儿结婚，因为那样身边就少了一个可以聊天解闷的人；当爱玛宣布要结婚时，他利用女儿的孝心，装出一副可怜兮兮的样子，差点使女儿放弃，只是一桩意外事件扭转改变了他的主意——邻居家的失

---

① UK, Richard Jenkyns：*A Fine Brush on Ivory：An Appreciation of Jane Austen*，Oxford，Oxford University Press，2004：154-158.

窃事件让他胆战心惊，认为必须有一个强有力的女婿来保护他和他的家庭。伍德豪斯凡事皆为一己之利，毫无父辈应有的担当，他是一个完全放弃责任的父亲。

《曼斯菲尔德庄园》中范妮的养父托马斯爵士是奥斯丁小说中唯一受到赞许的父亲。他不似范妮的生父普莱斯上尉那样浅薄粗俗，也不似班纳特先生故作超脱，对妻女冷嘲热讽。他是个有作为的资产阶级化了的贵族地主，既尽心尽力履行议会职责，还兢兢业业经营西印度群岛的产业。他品德高尚，颇有一副古道热肠，多年来一直尽心帮助贫困的姻亲普莱斯一家，收养普家长女范妮，使她受到良好教育。当势利鬼诺里斯太太要范妮步行外出参加宴会时，他会好心地劝慰范妮并派出马车接送。他希望范妮将来有个好的出路，故十分关心她的婚事。

应该指出，奥斯丁笔下的理想男子的形象是由青年来担当的，如达西等。在他们身上，将原则、责任、温柔的感情融为一体。① 她对父亲这一形象并不特别认同，即使对托马斯爵士也一样，小说中托马斯爵士的缺点显而易见，他为人世故，沉溺习俗，对出身寒微的范妮亦不无防范，唯恐其粗鄙性情影响到他的孩子。对子女的教育，他出现了严重失误，即太关注礼仪培养而忽略道德约束；对女儿的态度也太过严厉，加之性格内敛，不苟言笑，以致子女都不愿与其亲近，不敢在他面前流露自己的想法。年幼的范妮初来曼斯菲尔德时，见到他都会吓得发抖，女儿玛利亚和朱莉娅甚至也对他敬而远之；伯特伦夫人又是个头脑空空、毫无主见的女人，姨妈的

① ［英］利奥特尔·特利林：《曼斯菲尔德庄园》，象愚译，见朱虹，《奥斯丁研究》，北京：中国文联出版公司，1985：241 页。

一味溺爱纵容使伯特伦小姐们和大少爷均有较显著的性格缺陷。长子汤姆游手好闲、自私自利；两位娇容小姐心智和礼仪无懈可击，却自私不懂克制，品行恶劣，道德感差。哥哥汤姆病重期间，两姊妹居然能做到心安理得地待在伦敦享乐却不回家探望，实在令范妮惊奇不已。托马斯爵士明明看出拉什沃斯先生头脑愚蠢，却从世俗利益的角度既而允诺了女儿的亲事，以致酿成玛丽亚与人私奔又被抛弃的悲剧。至于朱莉娅与耶兹先生的私奔，其原因在于惧怕回家面对严苛的父亲，尽管这当中可见朱莉娅愚蠢的一面，但更显现了托马斯爵士家庭教育的失败。

对待同辈人，他的判断力和处事能力也是不尽如人意。诺里斯太太自私虚伪、自以为是、吹嘘炫耀，自认为劳苦功高，应受尊重和爱戴。可就是这么一个人，托马斯爵士却对其格外信任，把女儿的婚姻问题托付给她，甚至还允许她在曼斯菲尔德庄园建立自己的权威，成为他的部分化身。但正是诺里斯太太引诱两个女孩堕落，并迫害范妮。他执迷不悟，还当诺里斯太太只是好心办坏事而已，直至出现家庭丑剧，才追悔莫及。家里一连串的打击让他措手不及。作为一个权威的家长，其认识水平尚不及人微言轻、少言寡语的范妮。托马斯爵士的权威，必须用范妮那种具有原则性、符合宗教教义的理智来调和指导。

值得一提的是，奥斯丁在前期创作中的父亲形象并不是一无是处。比如，班纳特先生的风趣明理，伍德豪斯老先生的和蔼善良，托马斯爵士的正直品格，均可赞可叹，作家之于他们的嘲讽也是善意而温和的。但在后期，温婉的揶揄就不复存在了，取而代之的是辛辣的嘲讽。

沃尔特爵士是《劝导》中最具讽刺意味的人物形象。他平日里只关心外貌、爵位，愚蠢到被情妇牵着鼻子走。他自命不凡却又愚昧无知，克罗夫特将军接收庄园时曾对夫人提到"汤顿的村民有很多议论，看来这位爵士大人不是很有作为的人"①。其形象于人眼中可想而知。他爱慕虚荣，挥霍成性，缺乏责任感，最终负债累累，不得不出租象征贵族地位和荣耀的凯林奇大厦。可即便落魄到这种地步，他也仍然放不下男爵的架子，一定要把庄园租给有身份、有地位的人，以防有损"尊贵"的府邸。沃尔特爵士没有给子女树立好的榜样，也就无法得到子女发自心底的尊重。他对女儿们也极不公正，独爱大女儿伊丽莎白，"父女二人一直亲密无间，彼此都感到十分幸福"②，却视两个小女儿可有可无。失恋后的二女儿安妮得不到父亲的抚慰，只得靠散步和叹息排遣心中苦闷，伤心忧郁取代了青春欢愉，悲哀使她过早失去青春的妍丽。三女儿前来探亲，他态度冷淡，嫌弃女儿一家留宿给自己带来麻烦。

　　沃尔特爵士是非不分，愚蠢无知，对他人缺乏客观评价。他瞧不起前来求婚的温特沃思上校，只说了句"绝不会给女儿带来任何好处"，便冷漠地不管不问了，对女儿安妮的关心尚不足拉塞尔夫人这样一个没有血缘关系的外人。八年后，名利双收的温特沃思上校衣锦还乡，并再次向爵士求婚，他开始觉得上校漂亮的面孔还可以与自家高贵的府邸相配，便"欣然同意将这门亲事记录到那本尊贵的爵谱中"③。沃尔特爵士对落魄的史密斯太太和达林普尔子爵

---

① ［英］简·奥斯丁：《劝导》，丁克南译，海口：南海出版公司，1997：28 页。
② ［英］简·奥斯丁：《劝导》，丁克南译，海口：南海出版公司，1997：3 页。
③ ［英］简·奥斯丁：《劝导》，丁克南译，海口：南海出版公司，1997：218 页。

夫人的态度更是判若天壤。他坚决反对女儿安妮与身份低微的史密斯太太交往，对该女士的一番评论毫无绅士风度可言。可是，在达尔林普尔子爵夫人母女面前，沃尔特爵士却是那么卑躬屈膝、阿谀奉承，为了谒见这位远亲，可以说是费尽心机，回访之后逢人便谈"我们在劳拉广场的表亲"，"我们的表亲达尔林普尔子爵夫人和凯克雷特小姐"，① 庸俗之至。再来看他身边的两个红人：出身卑微的克莱夫人和继承人埃利奥特先生。前者是一个献媚邀宠、八面玲珑的寡妇，企图通过爵士攀高枝，进入上流社会。她与沃尔特爵士关系暧昧，可后来却与其侄儿埃利奥特先生有了私奔的丑闻，此结局正是对沃尔特爵士的绝妙讽刺。奥斯丁吝于加诸他一丝美德。

《诺桑觉寺》的蒂尔尼将军是一个专横跋扈的暴君，表面上的风度翩翩、温文尔雅，掩饰不了他内心的冷酷与势利。在家他专横跋扈，妻子在世时从未享受过一丝温情，最后郁郁而终。长子蒂尔尼寻花问柳，品行败坏，和已与他人缔结婚约的伊莎贝拉公开调情。女儿埃莉诺性格柔弱，全心全意侍奉父亲的生活起居，就这样，蒂尔尼将军仍不虑及她的幸福，嫌贫爱富的他百般阻挠女儿与心上人成婚，直到得知人家意外获得丰厚遗产，才喜笑颜开允诺亲事，称女儿为侯爵夫人，呈现出一副谄富欺贫的嘴脸。

其势利心态更集中表现在对凯瑟琳的前恭后倨上，受一丘之貉的索普所惑，他极力怂恿次子亨利追求富有的凯瑟琳，并热情邀请她去诺桑觉做客，将她视为上宾，对她嘘寒问暖，关怀备至。然而一旦听说凯瑟琳家一贫如洗，便立马撕下温文尔雅面具，气急败坏地驱逐她连夜离开，并命令儿子将她彻底忘记。好在蒂尔尼不似其

---

① ［英］简·奥斯丁：《劝导》，丁克南译，海口：南海出版公司，1997：202 页。

父，敢于违抗父命寻找凯瑟琳。

总而言之，奥斯丁笔下的父亲虽然品格、地位、贫富各异，但都存在着难以掩饰的失职现象。对于子女的教育和婚姻，均未给出恰当的指导和建议，更有甚者，还一度成为他们人生道路上的障碍。这一切说明，奥斯丁通过其小说创作，曲折地反映了作为女性作家，其自我意识的觉醒和对父权制的不满。

第三节　牧师形象

在奥斯丁小说的人物画廊里，另有一类典型形象颇引人注目，那就是牧师形象。

牧师是基督教新教等大多数教派中主持宗教仪式、管理宗教事务的神职人员。出身于牧师之家的奥斯丁好似对牧师有所偏爱，她的每部作品都安排牧师出场，如《理智与情感》中的爱德华、《傲慢与偏见》中的柯林斯、《爱玛》中的埃尔顿、《曼斯菲尔德庄园》中的埃德蒙、《诺桑觉寺》中的亨利·蒂尔尼、《劝导》中的查尔斯。他们有的是女主人公的精神导师，有的是普通的布道者，有的是无节操、无见识的蠢汉，有的更是自私自利、品行低劣的小人，如柯林斯和埃尔顿均以各种形式受到作者的讥讽。

柯林斯牧师可谓"流芳百世"的愚人和英语文学最典型的喜剧人物之一，是"糊涂，满脑子错觉和自相矛盾的典范"。作者借伊丽莎白之口对其盖棺论定："柯林斯先生是个自高自大，喜欢炫耀，心胸狭窄的蠢人，只有头脑不健全的女人才会嫁给他。"① 他生活在自己一厢情愿的错觉之中，既自高自大，又奴性十足。作为班纳特先生未来的继承人，他洋洋自得，自以为是，以一副"恩主"的架势慨然来到朗博恩，居高临下地宣布他要娶班家的一个女儿为妻，以弥补对班家母女继承权的损害，但又为餐桌上一句不妥的话花一刻钟来道歉。这说明柯林斯无法胜任这一有着继承权资格的有尊严的角色，因为他是在权贵的羽翼下生存的，灵魂浸满奴性，阿谀奉承在其生活中有着极其重要的意义。有趣的是，当班纳特先生嘲讽他对凯瑟琳夫人的谄媚才能时，他居然恬不知耻地说："大半是临时情形想起的，不过有时候我也给自己打趣，预先想好一些很好的恭维话，平时有机会就拿出来用而且临说的时候总是要自然地流露出来。"②

柯林斯还附庸风雅，趋炎附势。在班府，他以上流人士自居，却又问哪一位表妹烧得一手好菜，表现出对上流社会的极不熟悉；在内瑟斐德舞会上，他明明不会跳舞却不自知，频频出错，不停地道歉，却不留意自己的步伐，更暴露了他的粗鄙可笑。他心胸狭窄、自私自利，班府出事后非但不去帮忙，反倒急着撇清干系，幸灾乐祸，"早知如此，令爱（私奔的莉迪亚）不如早夭为幸"③；伊丽莎白嫁给达西，成为彭伯里庄园的女主人后，他又忙着见风使舵。就是这么个对他人不加宽容和毫无献身精神的人，竟然是位牧师。

① ［英］简·奥斯丁：《傲慢与偏见》，张玲、张扬译，北京：人民文学出版社，1993：95 页。
② ［英］简·奥斯丁：《傲慢与偏见》，张玲、张扬译，北京：人民文学出版社，1993：56 页。
③ ［英］简·奥斯丁：《傲慢与偏见》，张玲、张扬译，北京：人民文学出版社，1993：234 页。

不仅如此，柯林斯还是一个盲目自信的主观主义者，自视甚高，受人奚落而不知，甚至自鸣得意。他把班府折腾个底朝天，也没有娶其中任何一个女儿，当班家人腻烦透顶地急于打发他走时，他居然允诺再给班家来一封谢函。自视甚美的他怎么也想不到在别人眼里自己已经成了一个讨人嫌的人物，于是形成巨大反差，令人哑然失笑。

柯林斯最令读者忍俊不禁的行为是他的求婚。此人感情淡薄，思想肤浅，结婚仅仅是他人生的一个必备仪式，所以才发生两天内向三个姑娘求婚的闹剧。和班纳特太太的几句闲聊就使他将结婚对象由已有过交往的大小姐简转向二小姐伊丽莎白。更荒唐的是，他还为结婚准备了数条理由："第一，我认为，在安适的环境中，每个教士在自己的教区建立榜样是一种正当的事情；第二，我深信，这将大大增进我个人的幸福；第三，这是那位我有幸效力的高贵夫人特别建议和叮嘱的。"①

这番表白，如他在教堂宣读布道文一样的虔诚和有条不紊，但也因此显得乏味和令人作呕，暴露出了十足的愚蠢和呆板。细究上文可发现，由"第一""第二"等顺序词所带来的表面的逻辑与其后荒唐的理由形成了鲜明的对照。婚姻是神圣的，是出自双方真挚的爱情。但在这几条近乎齐全的理由中，唯独没提到"爱情"，可见它其实缺乏任何合理性与可能性，纯粹主观臆想罢了。其恩主凯瑟琳·德伯格夫人打牌娱乐时，一句随口而出的闲话居然被他奉为神圣不可违逆的信条，暴露了他对权贵阿谀奉承的奴才嘴脸。

如果说柯林斯仅仅是一个无节操、无见识的蠢人，那么《爱

---

① ［英］简·奥斯丁：《傲慢与偏见》，张玲、张扬译，北京：人民文学出版社，1993：87 页。

玛》中的埃尔顿则面目可憎得多。从表面看，他天性快乐，态度殷勤，举止文雅，给人一种谦谦君子的印象，实际上他却是一个极其自私势利的人：对有产者阿谀奉承、谨慎小心，对地位低下者则趾高气扬。误认为爱玛对其有意时，就一味地吹捧爱玛，对她的朋友哈丽埃特赞不绝口；求婚遭拒后，则马上变一副嘴脸，贬低哈丽埃特地位低下，没资格与他匹配。对他而言，爱玛比哈丽埃特更值得爱，是因为爱玛是有着三万英镑的伍德豪斯小姐，而哈丽埃特只是一个身份不明、没有资财的私生女。身为海伯里的牧师，他没有为集体承担更多的责任和义务，相反，其大部分时间用于如何获取名誉和财富。他的可憎更在于他的冷酷和残忍：娶回一个暴发户女人后，他得意扬扬，四处卖弄。在海伯里舞会上，他和那位品行同样不堪的妻子羞辱单纯的失恋少女哈丽埃特，在奈特利先生高尚品格的映照下，他极其微小可怜。一个受过高等教育的牧师，品行竟然如此低劣，一个令人鄙夷的小人形象跃然纸上。

奥斯丁笔下的牧师也不乏品行高尚者，如三位作教职的男主人公：博学多才的埃德蒙、亲切和蔼的爱德华、极具见识的亨利·蒂尔尼。还有一些牧师只是芸芸众生中的一员，如《劝导》中的查理斯·李特尔和《曼斯菲尔德庄园》的格兰特博士。应该说，奥斯丁笔下形形色色的牧师形象与作家的宗教意识及道德评判标准等不无相关。

在19世纪的英国教会，如若不是全部"为瘴疠之气缭绕弥漫"的话，其死气沉沉和平庸世俗也比它精神上的热诚更加引人注意。那是教士们"敬畏他们的造物主而且尊崇他们的上帝"的时代，尽管那时谋生方式形形色色，但世俗保管教会财产以及视教会中人为长子之外继承人的观念仍很流行。正如库伯所说"牧师最清楚谁认识公爵"①。故《傲慢与偏见》中的伯爵夫人凯瑟琳资助柯林斯成为牧师，享受他对自己尊贵地位的顶礼膜拜；《曼斯菲尔德庄园》中的托马斯爵士和《诺桑觉寺》中的蒂尔尼将军分别推荐无继承权的次子埃德蒙、亨利出任所在教区的牧师。与此同时，复杂动乱的政治局势使神职人员不同程度地卷入党派之争，宗教上的精神追求相应地减弱，这些被 20 世纪的文学批评家认为是"英国教会的失职反映"和教会世俗化的体现。不过，这并未从根本上改变人类对上帝的虔诚信仰，尤其是对于奥斯丁这样一位来自中产阶级的淑女作家。

奥斯丁生于英格兰汉普郡的一个牧师家庭。父亲乔治是两个教区的主管牧师，两个兄长成年后也从事牧师职业。据女作家之兄亨利说，简本人就是一位虔诚的基督教徒，在宗教方面受到良好的教育，一生严格遵守英国教会信条。可以说，其宗教信仰的深度是不容置疑的。

正如安·塞·布拉德雷所认为的那样，奥斯丁"有她的正统观念和对于宗教的笃诚"，"她既是一个道德家，更是一个幽默家"，严格说来，她"更是一个幽默家"②。在她看来，宗教信仰并不与心灵的困惑相冲突，故其诙谐的笔下不乏柯林斯和埃尔顿之流。从他们的出场、求婚、成家等人生历程中，读者看到了一个个骄傲自大、情感淡漠、谦卑低下的乡村牧师。柯林斯和埃尔顿虽然不足以

---

① ［美］道格拉斯·布什：《奥斯丁笔下的英国》，张玲译，见朱虹，《奥斯丁研究》，北京：中国文联出版公司，1985：380 页。

② ［英］安·塞·布拉德雷：《论奥斯丁——"道德家与幽默家"》，罗少丹译，见朱虹，《奥斯丁研究》，北京：中国文联出版公司，1985：63 页。

证明奥斯丁对宗教质疑的思想倾向，但至少可以看出她对宗教人士的挪揄嘲讽。她的艺术处理显示了她那著名的"有节制的憎恶"——一种客观冷静的态度。

女作家一反男性作家对女性的歪曲，真实而公正地塑造了一系列栩栩如生的男性形象。他们不再是传统意义上叱咤风云、扭转乾坤的英雄，高贵优雅、几近完美的王子，济危救穷、行侠仗义的骑士，而只不过是芸芸众生中的一员，有着普通人的喜怒哀乐和爱恨情仇。乔·亨·刘易斯赞叹"她始终不离平凡的小事，不离那些生活在普通阶层的人物，这才有了有气概有独创的写生"[①]。

第四节　对男性优越神话的解构

一、男性形象黯淡

在奥斯丁笔下，男性形象已不同于以往作家所书写的那般光辉、伟岸。他们要么扮演父权制丧失标志的角色，要么沦为被讽刺的对象，甚至还出现了类似于滑稽小丑的角色（柯林斯牧师）；即便那些优秀的男主人公，相比于光芒四射的女性形象也大为逊色。西蒙·波伏娃在谈及两性关系时写道："解放妇女，就是拒绝把她禁锢在与男人的关系中，而不是否认这些关系；她既为自己而存在，同时也仍然为他而存在：双方都承认对方为主体，而同时相对于对方却又都是别人；他们之间关系的相互性并不会使人类分为两

---

① ［英］列奥·基尔什鲍姆：《〈傲慢与偏见〉的世界》，薛虹时译，见朱虹，《奥斯丁研究》，北京：中国文联出版公司，1985：178 页。

部分所产生的奇迹消失：欲望，占有，爱情，梦幻，奇遇，那些使我们激动的字眼：给予，征服，结合将依然存在——"①

究其因，不能不看到这是奥斯丁作为女性作家自我意识或者性别意识的反映。在其艺术世界里，女性和男性一道共同存在于两者的关系中，奥斯丁的女性自我意识实现与对男性的知性理解、判断是紧密相连的。或许她试图通过弱化男性的力量来解构父权制社会，从而唤醒女性自我意识，提高女性社会地位。

马克思曾说，妇女在社会中的地位，是衡量历史进步的一个标志。然而，历史车轮驶过 18 世纪生产力繁荣发展的英国，妇女仍然地位低下，处于受奴役、受压迫的不觉醒阶段。在英国，妇女"再也没有比在十八世纪那么不受尊重了"②。尽管如此，席卷全欧的启蒙运动的思想风潮仍然不可避免地波及英国。而启蒙运动的目标之一就是要将文学艺术普及到普通男女中去。同时，哲学家们也对女性角色做了相关论述。具有典型性的是卢梭在《爱弥尔》中的论述，在他看来，男女都有各自的角色，男性优于女性，或者女性优于男性的观点并不值得争论："因为每一种性别的人都是在按照他或她特有的方向奔赴大自然的目的。如果两种性别再彼此相像一点的话，那么，反而不能像现在这样完善了。"③孟德斯鸠则提倡女性教育，"如果男女教育平等，力量亦必相等"。虽然没有直接证据表明奥斯丁曾阅读过这些启蒙哲学家们的著作，但其作品和书信中

① ［法］西蒙娜·德·波伏娃：《第二性》，见张容选编，《第二性》，石家庄：河北教育出版社，1996：220 页。

② ［英］大卫·莫那翰：《简·奥斯丁和妇女地位问题》，常立译，见朱虹，《奥斯丁研究》，北京：中国文联出版公司，1985：333 页。

③ ［法］让·雅克·卢梭：《爱弥尔》，彭正梅译，上海：上海人民出版社，2011：146 页。

非常明显地表现了她熟悉他们的著作，她对女性个体存在和自我价值自有独到的观察和意见。

与此同时，法国的妇女运动兴盛起来，其中所标榜的旗帜鲜明的口号自然影响着当时受过教育的妇女们的思想，她们程度不同地感受到社会的变化，因此观念逐渐改变，对深陷父权制社会没有任何权利的可悲境遇，产生诸多不满和质疑。聪敏睿智者如奥斯丁，更对此洞察于心。她曾自豪地说："我就是那位未接受正统教育且无知但敢于从事写作的女作家。"① 她有意通过不同的笔法来解构男性权威，批判父权社会，张扬女性品德，闪烁着适应时代潮流的女性主义思想的光芒。

二、父权与夫权的旁落

凯特·米利特在《性的政治》中对父权制做了以下描述："我们的社会像历史上任何文明一样，是一个父权制社会，只要稍微回想一下，军事、工业、技术、高等教育、科学、政治机构的财政，一句话，这个社会通往权力的途径，包括警察局的强制权力，完全掌握在男性手里，事实也就不言而明了，如果一个社会以父权制作为制度基础，占人口一半的女性就被人口另一半的男性所控制。"② 古往今来，无论中外，抑或现实社会和文学作品，都是以男权为中心，男性在形而上学上被视为创造一切的本质，基督教理论甚至认为女性是男性"多余的肋骨"，是由男性创造的。亚里士多德的观

---

② ①　［英］玛甘尼塔·拉斯奇：《简·奥斯丁》，黄美智、陈雅婷译，上海：百家出版社，2004：100页。
　　②　［美］凯特·米利特：《性的政治》，钟良明译，北京：社会科学文献出版社，1999：25页。

点一语道出西方父权制的本质：男人是完全的，女人只是一种残缺不全的版本。试图以生理上的先天差异将性格歧视合法化。文学更是一个男性专属的领域，由他们执笔的男性形象总是居于中心，掌握强势话语，代表着规范和价值标准。男性人物形象大都是优秀的代名词，他们处事果敢，性格刚毅，勇于担当，是社会和家庭的支柱；女性却往往是被观察、被欲望要求的客体。奥斯丁一反传统的重男轻女立场，从女性角度展开故事叙述，以女性视角审视、评判作品中的男性人物，颠覆了几千年男性作为社会中心和家庭主宰的传统，解构男性权威，发出自己对男性的独特见解，同时对女性的聪慧和自我价值给予充分肯定。这就独具特色地消解了以男性为中心的话语系统，也批判了强大的父权制文化，弘扬了鲜明的女性意识。

（一）父权的旁落

在人类社会发展史上，女性由于生理和心理诸多因素的制约，大都把关注的焦点放在以家庭为中心的参照物上，而男子在家庭里发挥着重要作用。奥斯丁的作品以婚姻和爱情为题材，一反传统作家对父权的颂扬和赞美，通过一系列不称职、权力旁落的父亲等形象，表现了对父权的蔑视和挑战，解构了男性优越论，打破了男权神圣的神话。

父亲作为父权制社会的代表，在家庭统治中有着至高无上的权威。在男性话语系统中，他以责任和威严赢得后辈的尊敬和爱戴。然而，奥氏小说中却很难找到这样的父亲形象。《傲慢与偏见》中班纳特先生懒散自私，躲在书房里寻找乐趣，以逃避妻女的纠缠和生活的重负；《诺桑觉寺》中的蒂尔尼将军则是专制、冷酷的暴君；

《劝导》中的沃尔特爵士醉心享乐，虚荣堕落，极度自恋；《爱玛》中的伍德豪斯先生是个一惊一乍的老病号，贪图女儿照顾的老小孩；《曼斯菲尔德庄园》的普莱斯上校言语粗俗，对女儿感情淡漠，范妮甚至以他为耻。以上的父亲形象冷漠自私，缺乏原则和坚定的精神，很难树立起威严的形象。《曼斯菲尔德庄园》中范妮的养父托马斯爵士，是唯一受到奥斯丁赞许的父亲，却依然陷入内外交困之境。

从心理学角度说，父亲形象的失职与奥斯丁作为一个女性作家难以摆脱的身份焦虑有关。正如桑德拉·吉尔伯特和苏珊·古芭所言：对妇女而言，性别是一种痛苦的障碍，她们总是焦虑于没有自己的声音、没有自己的身份、缺乏自己的权威与得不到恰如其分的对待，担心写作活动会孤立她们甚至会摧毁她们。① 同时成为女性作家的一种心理期待和书写策略，父亲作为父权制的代表历来压抑女性发展，剥夺女性独立和言说的权力，从而使女性陷入失去自我的失语状态。让强势的父亲形象集体失职或权力旁落也就道出了作家的心理期待：女性渴望摆脱父权制重压，自主地决定命运。

（二）夫权的矮化

质疑、反叛父权制，除了表现于揭示父权的旁落，还表现在对丈夫形象的矮化。奥斯丁笔下已难见那种坚强、果敢、挺拔的"大丈夫"形象了，其小说中的男性消极、卑怯、飘忽不定，甚至愚蠢，要么成为父权制权力丧失的标志，要么沦为被讽刺的对象。例如《傲慢与偏见》中，班纳特先生不仅是失职的父亲，更是不合格的丈夫。他贪恋美貌而草率成婚，婚后又对太太大失所望。对妻子

---

① 杨莉馨：《西方女性主义文论研究》，南京：江苏文艺出版社，2002：113页。

的浅薄无知非但不加以引导，相反以嘲笑为乐事。同时他也消解了丈夫应养家糊口之天职，明知自己死后产业将会旁落，而无继承权的妻女必陷一贫如洗之境地，却仍然浑浑噩噩，毫无未雨绸缪的打算。在他看来，责任、义务均无足轻重。道德败坏的韦翰更面目可憎，婚后继续寻花问柳，置妻子于不顾，使莉迪亚只得去姐姐那里寻找安慰和帮助。至于柯林斯，简直就是小丑一个，沦为笑柄还不自知，反而沾沾自喜，洋相出尽，在妻子夏绿蒂眼里愚蠢得不可救药。韦翰、柯林斯之流是对男性形象的彻底颠覆，其卑鄙、愚钝、矫揉造作浓缩了男性身上的致命弱点。女作家讽刺以婚姻做交易的男权至上主义者，给被男性主宰的婚姻市场一记响亮的耳光。

如前所述，奥斯丁笔下的男性黯淡无光，即便是理想的主人公也远非完美。《傲慢与偏见》中的宾利虽善解人意、温文尔雅，但缺乏主见、唯唯诺诺；达西算是最出色的人物了，可还是经历了一个被伊丽莎白改造的过程。《爱玛》中的奈特利先生尽管成熟理智，有崇高的利他精神，却仍难摆脱善妒的嫌疑。至于《曼斯菲尔德庄园》中的埃德蒙，则显得意志不坚、摇摆不定。总之，在一个个灵动丰盈的女性形象面前，绅士们都不免多少有点灰头土脸。

第五章
奥斯丁小说的女性群像

英国文学批评家大卫·莫那翰曾尖锐地指出：英国妇女"再也没有比十八世纪那么不受尊重了"①。男性把持了社会的经济、政治和所有意识形态领域，妇女被视为头脑贫乏、能力低下的异类，排斥于公共生活之外。与奥斯丁生活在同一世纪的奥斯加·勃朗宁就说："最好的女人，比最坏的男子在智力上还差。"② 女性没有独立的生存空间，完全隶属于以父权、夫权为主导的家庭，家庭被认为是"最适合"她们的舞台。"谦卑的自我克制，深居简出，含蓄，避开公众的目光。"③ 这种贬抑女性的观念渗透于英国社会各领域，文学领域也概莫能外。

备受轻视的小说向来被视作女性专擅的文学形式。"十八世纪的大部分小说实际上是由妇女写就的。"④ 如弗朗西斯·伯尼和玛利亚·埃奇沃思等人的风俗小说受到来自社会各阶层读者的好评，在很大程度上源于其中的浓厚的说教性，即对青年女性克己慎行的谆谆教诲。主人公多为幼稚、缺乏实际经验，需要男性"导师"的教

---

① 朱虹：《奥斯丁研究》，第1版，北京：中国文联出版公司，1985：333页。

② ［英］弗吉尼亚·伍尔夫：《一间自己的屋子》，王还译，北京：生活·读书·新知三联书店，1989：65页。

③ 朱虹，《奥斯丁研究》，北京：中国文联出版公司，1985：335页。

④ Watt, Ian. *The Rise of the Novel*：*Studies in Defoe, Richardson and Fielding.* Harmondsworth, Penguin Books, 1957：p. 339.

导才能走向自我完善的青年女性。这在某种程度上似乎印证了男权社会对女性的思维惯性和根深蒂固的偏见，即套用男性权威口吻将女性本性评判为软弱、善感，过于感情用事。

实际上，无论是伯尼等女性小说家建构的"说教传统"，抑或理查森的感伤主义小说（常"骄傲地以家长身份出现在妇女圈子里"），貌似关注女性成长，实则均是变相地维护男性权威和其主导的现行秩序，直接导致了18世纪文学家笔下女性形象的空洞和两极化。尤其是男性作家笔下的女性形象，多半基于臆想，原因在于对女性情感和生活缺乏切身的体会，不能将女性当作真实的个体，而是仅仅从男权社会既定性别规范来理解，女性形象扁平化、单一化就不难理解了。伍尔夫曾愤懑地指出，"当一个男人透过性别偏见架在他鼻子上的黑色或玫瑰色眼镜来观察那个部分时，他所能了解到的东西又是多么少，只能在超凡入圣和堕落不堪这两个极端之间交替轮回"①。女性仍是处于被描述、被观察的边缘化的社会地位，被剥夺了自我表达的权利。

作为一个观察敏锐，富有正义感的女性，奥斯丁深深感受到女性受到的压迫、束缚，从心底里发出了妇女反抗的呼喊。而她勇敢地拿起手中之笔，从事文学创作，这一果敢行为本身就是对世俗成见的蔑视与挑战。奥斯丁研究者玛格丽特·柯卡姆说，"在那个时期，当作家本身，就是一种体现了女性意识的行动"②。奥斯丁敢于逆潮流而动，绝不附和既有的性别规范来塑造完美的"家庭天使"

---

① ［英］弗吉尼亚·伍尔夫：《论小说与小说家》，瞿世镜译，上海：上海译文出版社，2000：141 页。
② 转引自：裴因：《奥斯丁与英国女性文学》，《上海大学学报（社会科学版）》，1996 年（6）：29。

来迎合大众口味和男性读者的猎奇心理，而是怀着极大的热情刻画了一个个思想睿智、言辞犀利，富有洞察力和明辨是非能力的优秀女性，赞誉女性的智慧和能力，在其成长的人生之途对妇女地位、权利、禀赋等问题做出理性的思考，也冷静地剖析了她们面对现实的人格局限和不足，表达了清晰自觉的女性意识，体现了作家对女性生存现状的密切关注和对女性生存环境的深刻思考。下文试将女性群像分为新女性、凡庸的母亲、饶舌的老姑娘、睿智的女性长辈四类。时隔两个世纪，奥斯丁的女性人物画廊至今为评论家和读者所称颂。

第一节　青年女性形象

一、"得体"的新淑女

在 18 世纪的英国，随着资本主义的迅猛发展和商业社会的初步成型，妇女的生存空间日渐萎缩，社会地位每况愈下。贞洁、顺从、谦卑、摈弃个人、以家庭为中心是 18 世纪末的文化语境对女性的要求，小说更是以此严厉的女德标准教化于人，如理查森的《帕梅拉》中，地位卑微的女仆帕梅拉端庄秀美、品德高尚，赢得了主人 B 先生真正的爱情和尊敬，两人超越主仆之别缔结良缘。帕梅拉因符合主流价值规范而"美德有报"，成功地实现了阶层跃迁。小说出版后，虽博得了中产阶级女性读者的一片赞誉之声，但仍有有识之士指出帕梅拉的"守护贞洁"等情节实为欲擒故纵的伎俩，最具代表性的批评就是菲尔丁仿作对其刻薄的嘲讽和戏谑，但他笔下的汤姆·琼斯深爱的苏菲亚也是一位完美无瑕的女性形象，宽宥汤姆的荒唐冲动和事实出轨，没有对其失去信心，最终获得了幸福。《帕梅拉》式的"美德有报"，即美丽的容貌加上传统女德是女子获取幸福的唯一砝码。同时代的女性作家范妮·伯尼、夏洛特·史密斯也以此写作旨归，谱写了一篇篇"道德寓言"。

奥斯丁以客观的现实主义精神和旁观者的敏锐洞悉到完美女性的虚妄，并尝试打破这一传统文学形象构架。她意识到质疑一套不公正的社会规约最合宜的做法莫过于建构一套新女德标准。作为英国文学史最早提倡以理智与情感之间的平衡来构建理想的女性品格的女作家，奥斯丁对既定性别规范和传统女德的质疑和挑战由其笔下理性、美德、智慧的女性人物艺术化地呈现出来。

埃莉诺、伊丽莎白、范妮、爱玛、凯瑟琳和安妮都是新时代女性，她们都有着自己的思想、洞察力和强烈的自我意识，她们不再是刻板的"天使"或"妖妇"，而是有着独立的人格、鲜明的个性和女性主体意识。正如伍尔夫所说，"直到奥斯丁的时候，所有戏剧里的伟大的女人不但是仅仅由男人眼里写出来，而且仅因为她们和男人的关系而写来"[①]。美国学者玛丽·普维站在新历史主义批评的角度，探讨了奥斯丁笔下理想的女性人物设定，并称其为"得体的淑女"。有别于传统男权话语体系下的温柔顺从的"帕梅拉"，奥斯丁塑造的新女性在接受传统"贤妻良母""家庭天使"角色定位的同时，她们有自己的思想，表现出一定的行动能力。

1. 勇敢热烈的玛丽安

《理智与情感》作为奥斯丁的处女作，以性格迥异的两姐妹埃莉

---

① ［英］弗吉尼亚·伍尔夫：《一间自己的屋子》，王还译，沈阳：沈阳出版社，1999，78 页。

诺和玛丽安的婚恋之路讲述女子追求爱情时对理智和情感的认识与转变过程。与遵行情感主义和伪情感主义者的露西不同，玛丽安的可爱之处在于她的率真、直言不讳、敢说敢为和思想的敏锐与深刻。

与谨言慎行、处事得体的姐姐埃莉诺相比，玛丽安的性格外露，言辞爽利的玛丽安在周围人眼里看来缺乏所谓的"涵养"，得理不饶人，出言不逊，有时显得刻薄，比如詹宁斯太太好心为她物色佳偶，她非但不领情，还常常在言谈中夹枪带棒，对长辈多有不敬。玛丽安后来承认，她对别人的评价并不公平，总是无视他们的优点，显得傲慢自大，即使悭吝寡恩的约翰夫妇也没有得到应有的对待。18世纪安置到女性身上的一系列"伦理术语"，如美德、礼仪、谦逊、贞洁，在玛丽安身上都找不到踪影。然而，正是这样另类的女子，得到了无数读者的喜爱，甚至唤醒了心如枯槁的布兰登上校，她的活力、丰富的情感和张扬的个性，昭示了一个新的文学时代即将来临。

外表迷人的玛丽安敢说敢为，不遵守传统规范，对于男性代表的权力不屑一顾，甚至直接向男士们挑战。她的表亲约翰爵士打趣她挑逗威洛比时，玛丽安气冲冲地说："约翰爵士，你这种说法我特别讨厌。这样的话都是粗俗而无教养的。"[①] 这一回应不仅告诉读者她极其厌恶低级庸俗的玩笑，也不留情面地嘲讽了当时婚姻市场欲擒故纵、猎取有钱夫婿的上流社会恶习。玛丽安势利的嫂嫂范尼说埃莉诺画的屏风"有点像莫顿小姐的绘画风格"，玛丽安不顾莫顿小姐的贵族身份，尖刻而大胆地说道："这种夸奖真新鲜！莫顿小姐关我们什么事？谁认识她？谁管她画得好坏？我们考虑和说

---

① ［英］简·奥斯丁：《理智与情感》，武崇汉译，上海：上海译文出版社，1996：45页。

的，是埃莉诺。"① 敢于直抒己见的玛丽安无畏贵族头衔，更显出她的胆识，即使是对自己的家里人也毫不顾及。当玛丽安和爱德华等人讨论人们赞美自然美景的词语时，玛丽安说："很对，赞美美景的词语已成了十足的俗套。第一位说明美景的人，见识高雅，于是人人都装懂，鹦鹉学舌。"② 在对婚姻的看法上，玛丽安主张财富仅能保证生活的舒适度，并不能给人带来真正的幸福，因为"钱是不能给人什么真正满足的"，人的情感需求是无法用财富去衡量的。这是其与众不同之处，玛丽安虽然希望拥有财富，但不会对金钱顶礼膜拜，丧失自我，遗漏了心灵的幸福与自由。而这恰是奥斯丁一贯主张的观点，她以终身不嫁诠释了对这一原则的坚守。玛丽安有别于只关注容貌和女德，并幻想以此为凭借换取富有结婚对象的传统女子，她已经对婚恋中的女性情感有所关注，试图从婚姻中发现人生的快乐。虽然她感觉到了习俗成见和男权文化传统的挤压，却没有从制度层面质疑，而是寄厚望于婚姻，希望凭借婚姻改善社会地位，实现个人价值和个人幸福。然而，在当时的条件下，玛丽安这样意识的萌发已属难能可贵。

2. 聪慧的伊丽莎白

在奥斯丁描绘的众多女性人物之中，人们从不掩饰对《傲慢与偏见》中的伊丽莎白的喜爱之情，令人过目不忘的她寄托了奥斯丁崭新的女性人格理想。

伊丽莎白绝不属于英国社会柔弱淑女的形象，她举止大方，不矫揉造作，性格中更是找不到谦卑、温顺的影子。她自尊与自信，

---

① ［英］简·奥斯丁：《理智与情感》，武崇汉译，上海：上海译文出版社，1996：233 页。
② ［英］简·奥斯丁：《理智与情感》，武崇汉译，上海：上海译文出版社，1996：97 页。

有强烈的人格尊严感，表现出高度的理性精神，令贵族子弟达西刮目相看，并使之深深被吸引。作为班纳特先生最看重的女儿，伊丽莎白展现了众多男性人物都不曾拥有的优秀素质。

面对爱情选择，伊丽莎白既不像莉迪亚一般糊涂冲动，也不像夏绿蒂那样以冰冷的理性处理婚姻，而是以理性对待，坚守原则，有理有据地捍卫人格尊严。柯林斯先生作为朗博恩的继承人和有地位的教区长，他娶亲的动机之一就是取悦恩主凯瑟琳·德伯格夫人，为自己找一个赏心悦目的女人，而不是找一个情投意合、相伴一生的妻子。女方的个人情感和品德不在其考虑之中。而且，柯林斯一直用手里唯一的王牌"无继承权将导致日后衣食无着"来逼诱威胁，这种无视对方尊严的做法使伊丽莎白果断拒绝了他。对于达西的求婚，伊丽莎白同样斩钉截铁地拒绝，原因在于他傲慢的姿态，以及他对其女性身份和社会地位的轻蔑。两次拒婚道明了女性追求平等独立人格的态度。正是伊丽莎白的不卑不亢和高度的人格尊严感，才使得傲慢的贵族子弟达西重新审视自我，再次"降尊纡贵"地向她求婚。原因在于，达西从她身上发现了很多超出传统女德之外的优秀品质，对渴求深度思想交流的达西来说，这是难能可贵的。无论是婚姻、友谊、人际交往等各方面，女性都不是低人一等的第二性，男女间的相互尊重才是思想行为的重要准则，女性应对自我主体价值进行重新审视和书写。

伊丽莎白的不同凡响最明显体现在她对等级社会规则的蔑视和反抗精神。聪慧而有主见的她对一些陈腐的社会规范不以为意。她一个人步行三英里泥泞的路去探望生病的姐姐，仪表不整地出现在上流人士面前，全然不顾宾利小姐的嘲讽。她敢于调侃财势两旺的贵族达西先生，在面对德伯格夫人时，不畏上流社会地位，从容面对她的每次刁难，"大胆"地对德伯格夫人的问题不予回复，或机智反驳德伯格夫人提出的问题。当社会规则的代表——凯瑟琳·德伯格夫人气势汹汹地兴师问罪，对她的事情大加干涉时，她毫不畏惧，毫不退缩，以"达西先生是绅士，我是绅士的女儿，旗鼓相当"有力地回击了对方的嚣张气焰，也巧妙地借助"绅士"弥补了双方因财产地位悬殊造成的鸿沟，有尊严地捍卫了自己追求爱情的自由和权利。

伊丽莎白表现出来的智识弥足珍贵。她的理解力出众，观察力敏锐，富有很强的判断力，对很多事情具有自己的独立看法。她能够一语道破宾利小姐彬彬有礼外表下的自私虚荣——为了达到一己之私，造谣欺骗简。伊丽莎白在简绝望的时候鼓励她，甚至在莉迪亚酿成大祸之前就预见其单独外出必将惹火上身，做出有辱门风的事，于是极力劝说班奈特先生加以阻止，后来事态的发展证明此举绝非杞人忧天，甚至连一直以机智之士自诩的父亲也望尘莫及。

伊丽莎白的聪慧更表现为她那诙谐高雅的"语智"上。睿智在很大程度上是通过语言加以表现的，说话不能口吐莲花，言之无物，而是要切中要害，表达精当，故只有具有内在修为的人，才能说出精妙的言语。奥斯丁所倡导的智慧特征之"语智"，表现在对自负愚蠢的柯林斯求婚的斩钉截铁的拒绝，对达西的一次次反唇相讥。在此，女作家打破性别的界限去评判人物，头脑机灵，见识高明，奥斯丁认为，优秀的品格和才能绝不局限于男性，女性也可以具备此类品质，一反对女性智力的贬义和调侃，这无疑宣扬了作者本身对女性智力的信心。

奥斯丁不仅重新强调了知识教育对女性的重要性，而且通过班纳特夫妇不正常的夫妻关系印证了这一观点。班纳特夫人年轻时也有一副姣好的容颜，但由于她思想贫瘠，不学无术，与丈夫丧失了思想交流的可能性，当容颜老去后，沦为被丈夫嘲弄取笑的对象，婚姻生活的悲凉不言而喻。而伊丽莎白却能成功嫁入高雅的彭伯里庄园，这无异于一种有别于帕梅拉的"美德有报"——其中的美德就是才女与淑女的结合体。漫长的婚姻必会经受日常琐碎的消磨和种种考验，具备一定的爱情智慧是爱情永葆生机的秘诀，也是女性必备的素质。

在小说中，奥斯丁也借达西之口阐释了她对新女性理想品格的见解，妇女不仅必须精通"音乐、歌唱、绘画、舞蹈以及现代语……，她除了具备这些条件以外，还应该多读书，长见识，有点真才实学"。换言之，即女性不需要凭借取悦男性的表面才艺求得依附地位，而应该用与男性相当的智力来展示自身的魅力，化被动为主动，达西被伊丽莎白成功改造即为例证。

奥斯丁对把温顺作为一种重要的女性美德的主流观点不予认同，她更看重女性的思想、心智等理性能力，而不仅仅在意徒具形式的华丽才艺，她认为富有见地的女性一样可以引导两性关系。在《劝导》中，奥斯丁不仅塑造了感伤的女性化"男子形象"来挑战传统性别范式，更将自己心中的理想女性特质投射到安妮身上。作为奥斯丁小说中"最具完美的女性形象"，安妮性格兼具温柔、优雅、感性、浪漫的感性气质和刚毅、冷静、果断的理性气质，可谓理智与情感的完美结合。

安妮性情温柔，举止娴静，趣味高雅，善解人意，对人性有细

微的观察和深刻的认识，是大家信赖和倾诉心扉的最佳人选。无论
何时何地，凡她所在之处，都能形成温馨、友好的人际氛围，她的
善良坦率使她能和接触到的新面孔成为朋友：她与凯林奇大厦的租
客克罗夫特夫人、哈维尔上校成为朋友；她细心宽慰本威克舰长，
助其走出情感低谷，开始新的生活；当她得知老朋友史密斯夫人生
活陷入困境时，不顾势力的家人反对，一如既往地去看望她；婚
后，安妮夫妇又帮助旧友重新获得其夫在西印度群岛的遗产，从而
使其过上了稳定的生活。

安妮这一人物最令人注目的是其表现出的男性气质的一面：坚
忍刚毅，理智冷静，自控力强。忍受了八年的孤独和痛苦，造就了
她性格中坚贞的一面，在孤独、缺少依靠的凯林奇庄园，她不在意
父亲的偏心和姐姐的冷漠，逆境中的她并未妥协，相反，她构建了
自己坚强的精神世界。在多年落寞的独身生活中，她时刻加强知识
修养，不断完善心智，最终才能正确对待来自他方的劝导，也重新
找回了自己的幸福。"莱姆事件"是安妮人生的转折点，唯有她临
危不乱，镇定自若，表现出非凡的清醒和魄力，得到了温特沃思上
校的重新认识和尊重。

"莱姆事件"发生时，包括经历过大风浪的温特沃思等人都惊
骇得六神无主，是安妮临危不乱地指导救援，好言安抚，才使温特
沃思情愿放下心中的怨愤和成见，重新审视安妮。也正是凭借如此
的理性与情感，安妮幸运地接受了意中人的再度求婚。

二、婚姻市场的谋产者

通观奥斯丁所著的六部作品，除了体现作家正面理想的青年女

性步入婚姻殿堂外，还有一类年轻却经济拮据的女性群体活跃在没有硝烟的"婚姻战场"。她们举步维艰的现实困境迫使其以婚姻作为生存手段，希冀寻觅一个"不会挨饥受冻的储藏室"，赤裸裸地追求物质财富，浴火炎炎地奔赴婚姻这一"名利场"。

夏绿蒂·卢卡斯是《傲慢与偏见》中伊丽莎白的密友，两者智识不分轩轾，夏绿蒂的戏份虽不多，但她对人情世故和两性关系的精辟判断足以证明其聪慧。作为简和宾利恋情的见证者，她认为简在与宾利相处时过于端庄，掩饰一己感情，"要是一个女人在她自己心爱的人面前，也用这种技巧遮遮掩掩，不让他知道她对他有意思，那她可能就没有机会博得他的欢心；那么，就是把天下人都蒙在鼓里，也无补于事"①。在她看来，听其自然是很难成其好事的，也许恋爱的开头是随随便便的，但如果想继续发展下去，就需要顺水推舟了。应该对对方多一些暗示鼓励，尽可能主动些，只有这样，才能使意中人知晓自己的心意。

夏绿蒂是这样想的，也是这样做的。她的心机城府是愚笨的柯林斯无法望其项背的。但这场婚姻最终达成了，原因在于双方各取所需，带有极高的目的性。柯林斯为了无心理负担地继承班纳特家的财产权，佯装慷慨地打算在五个表妹中择一为妻子，当然，也为了满足女恩主的期待，为所在郊区树立一个好榜样，未想到却在伊丽莎白这里碰壁。自负的柯林斯定然不肯罢休，转向邻家剩女夏绿蒂。

虽然柯林斯天生一副蠢相，但为了他的那笔财产和牧师太太的社会地位，和他结婚总胜过变成衣食无着的老姑娘。于是，夏绿蒂

---

① ［英］简·奥斯丁：《傲慢与偏见》，张玲、张扬译，北京：人民文学出版社，1993：18页。

决定主动出击，有意逗引柯林斯先生跟她谈话，免得他再去向伊丽莎白献殷勤。这一招果然见效，刚碰过钉子的柯林斯立即发现了这一点，次日便急不可耐地赶去她家求婚。夏绿蒂也绝对不会故作矜持地设置考验，而是佯装偶然相逢的样子，立即答应了他。

夏绿蒂的允婚不无凄凉，她固然聪明睿智，然相貌平平，出身卑微，她十分渴望借助这份婚姻摆脱现状，就像书中所说的，"结婚是她们唯一体面的归宿，至少于生计方面是无忧无虑了"①。婚姻关系到没有继承权等条件的女人后半生的生计问题，其中的利害不言自明，夏绿蒂也需要一个"可靠的储藏室"。认清了这一点之后，理性的夏绿蒂积极策划，伺机而动，做好了牺牲情感换取终生饭票的打算。柯林斯先生在伊丽莎白处的碰壁让夏绿蒂心中暗喜。她精心策划并引导了柯林斯的"求婚"。大功告成的她如愿以偿地成为牧师府的女主人，有了一座房子、一个花园和一个相对舒适的家，成功避免了步步紧逼的单身女人面临的经济困境和他人投来的蔑视的眼神，已婚女子的社会身份让她能够有尊严地生活。与此同时，这门姻缘为她未曾婚配的兄弟姐妹创造了机会。当然，这种缺少爱情的婚姻其本质就是一种经济需求，目的是获取生存的安全感。夏绿蒂的婚姻选择实则苍凉无奈，当是女性生存的社会困境使然。

婚后的夏绿蒂衣食无忧，把家业打理得井井有条，伊丽莎白去看望她时发现，"操作家务、饲养家禽，以及许许多多附带的事，还没有使她感到完全乏味"。"只要不想起柯林斯先生，整个环境可真是很有一种安乐舒适的气氛"②，但风口之下，冷暖自知。面对愚

---

① ［英］简·奥斯丁：《傲慢与偏见》，张玲、张扬译，北京：人民文学出版社，1993：101 页。
② ［英］简·奥斯丁：《傲慢与偏见》，张玲、张扬译，北京：人民文学出版社，1993：129 页。

蠢自负的柯林斯先生，她也只能够装聋作哑。为避免长时间相处，她以劳作有益健康的理由鼓励柯林斯亲自打理户外花园，还煞费苦心地重新布置起居室，目的是减少与丈夫单独相处的时间，这样一来，夫妻总能保持着适当的距离，有效确保了眼界、志趣的天差地别而导致婚姻的不幸，伊丽莎白也禁不住称赞夏绿蒂的安排很是高明。凭借其清醒和聪明才智，硬是把一门"屈就一些世俗的利益"的婚事改良成了一种世人称羡的"美满婚姻"。然而，这种乏味的、处心积虑的婚姻又能带给当事人多少幸福呢，这种不得已而为之的选择是现实强加给她的无奈之举。正如列奥·基尔什鲍姆在《〈傲慢与偏见〉的世界》一文中所认为的那样："夏绿蒂·柯林斯的故事在《傲慢与偏见》中具有重要意义。这是严格的、毫不含糊的现实主义——是生活，而不是罗曼史。"① 在此，奥斯丁无奈的现实主义婚姻观得到了最好的体现，也是对男性沙文主义的直接控诉。

如果说夏绿蒂所为是现实权衡下的无奈之举，那么露西则代表了尚藏在暗处的精明和狡黠的"谋产者"，称得上是奥斯丁笔下最高明而稳妥的成功"野心家"。

露西·斯蒂尔是奥斯丁小说中出身微贱的人物之一，甚至经济状况、社会地位逊于埃莉诺姐妹。她和嫁不出去的姐姐常年辗转于亲友之间，借此寻觅姻缘，企图嫁个有钱人。虽然露西没有受过多少教育，却头脑灵活，善于奉承、世故圆滑，对周围人的脾性喜好拿捏得很到位。其溜须拍马的功夫与谄媚之态在米德尔顿爵士家做客时让人可窥一斑，但真正把这功夫做到家的应是在她结婚之后。她凭借那张三寸不烂之舌和款款殷勤就能让米德尔顿夫人这类的糊

---

① 朱虹：《奥斯丁研究》，北京：中国文联出版公司，1985：177 页。

涂主妇们颇为喜爱，视其为最有用的陪客。而约翰·达什伍德夫人不理会同父异母妹妹的反对，而是邀请她来家小住，就是她能力的最好证明。

举例来说，露西与潜在情敌埃莉诺打交道就进退有序，运筹帷幄。街坊四邻的闲谈让她意外得知未婚夫爱德华已经移情埃莉诺，她却不动声色，而是想方设法地接近后者，与之相谈甚欢，她们俨然成为众人眼中的情投意合的好姐妹。在她们频繁的接触中，露西佯装一时失言道出了和爱德华的婚约，后又故作深情状倾诉两人的分离之苦及守护婚约的坚定。精明的她深知埃莉诺这类淑女具有荣誉感和柔软的善心，于是先发夺人，将自己打造成忠贞爱情的守护者，借此让埃莉诺知难而退。露西这一手腕绝非鲁莽下的草率决定，而是基于对埃莉诺的认识、衡量利弊得失的考量，她也的确达到了目的。而那句"爱德华对我许下了诺言，不是对莫顿小姐……或其他任何人"① 的言外之意是——你就是没有爱德华的婚约的"其他人"，不要心存幻想了。经过几个回合，露西的谋划成功击退了情敌埃莉诺，而且还花言巧语地赢得了费华士夫人的青睐。

再来看她与费勒斯兄弟之间的斡旋钻营。首先，她以忠于婚约的名义拒绝在爱德华落魄之时解除婚约，信誓旦旦要与其共度危局。精明如露西，她当然明白爱德华即便失去继承权也胜过没有一纸婚约。后来，对兄长遭遇缺少同情心的花花公子罗伯特来劝她退婚，她把握时机，小心迎合，撩拨得肤浅自负的罗伯特意外地发现自己的魅力在哥哥之上，喜不自禁地向她求婚，这正中她下怀。结婚对象迅速由哥哥转移到刚获继承权的弟弟。这一戏剧化的情节带

---

① ［英］简·奥斯丁：《理智与情感》，武崇汉译，上海：上海译文出版社，1996：42 页。

来的喜感不亚于《傲慢与偏见》里柯林斯牧师"两天向三个姑娘求婚"。露西需要的不是和谁步入婚姻，而是这桩婚姻带来的财产，谁是家族财产的法人代表才是她关心的。这一煞费心机的暗箱操作鲜明地体现了恩格斯所说的资产阶级中"婚姻的缔结……完全依经济上的考虑为转移"①的情状，不亚于《名利场》里的夏泼这个女谋略家。露西出人意料地成功了，而且，与约翰开口必谈钱财，虽谈钱财，却满嘴情意，高明地将谋财的意图蛰伏在符合主流道德观念的范畴内。她的成功讽刺性地说明，为了自身利益，无论面临多大阻力，只要锲而不舍，牺牲良心和道德，总能够达到目的。

再有就是《诺桑觉寺》中的伊莎贝拉·索普。她打破道德规范，极端利己，谎话连篇，为实现靠婚姻谋财这一目的不择手段。她先是甜言蜜语使凯瑟琳相信了她对詹姆斯的忠贞不渝。"如果我有百万财富可以支配，如果我能主宰这个世界，你哥哥是我唯一的选择"②，可惜单纯的凯瑟琳只能理解到这些华丽宣言的表面意义，她却意识不到还有言下之意，"如果你哥哥掌管着几百万镑，他一定是我唯一的选择"，所以当后来得知男方仅有四百镑收入时，脸色立马阴沉下来，嘲讽这些收入不够维持正常生活。显然，伊莎贝拉不是真爱詹姆斯本人，而只是在乎詹姆斯的财产，当有财产更丰厚者出现时，她很快抛弃詹姆斯，不知羞耻地与亨利的哥哥蒂尔尼上校公开调情，擅长逢场作戏的蒂尔尼上校很快弃她而去，伊莎贝拉计划落空，又虚情假意地用拙劣的伎俩恳求得到凯瑟琳和詹姆斯

① ［德］恩格斯：《家庭、私有制和国家的起源》，见中共中央马克思恩格斯列宁斯大林著作编译局，《马克思恩格斯选集》，第4卷，北京：人民出版社，1972：75页。
② ［英］简·奥斯丁：《诺桑觉寺》，王雪纯、尊别译，北京：人民文学出版社，2002：110页。

的同情，最后招来的是别人的嘲讽和鄙夷。

大卫·戴克思曾说道，在"揭露人类行为的经济原因方面，简·奥斯丁从某种意义上可以说在马克思之前就是马克思主义者了"。何至于此？严酷的现实使然。没有经济收益的女性被迫将婚姻作为一种生存下去的必需，并以实利的标准来衡量婚姻的幸福指数。当然，伊莎贝拉难掩道德缺损；露西投机钻营得来的看似风光、称心的婚姻总感觉不太真实，手段更是让人不敢苟同，但将其放置在19世纪贬抑女性的文化语境，并观照其岌岌可危的人生机遇之后，不免为之叹息。她们都是洞悉社会本质的理性主义者——所做的一切抉择均是为了保障最基本的生存！如此一来，婚姻市场上尔虞我诈乃至机关算尽，都似乎无可厚非。其实，《傲慢与偏见》中那一"举世公认的真理"，并非富翁需要娶妻，而是"没有财产权保障的妇女需要一个富有的丈夫"。聪敏的奥斯丁对此深有体会，在她貌似超然平静的叙述口吻下，对女性生存困境的关切和所受到不公正待遇的愤慨溢于言表。

第二节　年长女性形象

"文学中的妇女形象，直到最近还是由男性所创造的。"基于根深蒂固的性别偏见，男性作家们笔下的女性形象呈现平面化倾向，中老年女性人物塑造就更差之毫厘，谬以千里，她们被冠以"女巫""恶魔"之名，无视其作为"人"的尊严。如英国戏剧之父莎士比亚剧作中虽不乏优美、富有人性光辉的女性形象，如苔丝德梦娜、茱莉亚、鲍西亚等，但麦克白夫人、哈姆雷特的母亲等年长女性却很难令人认同，她们或残忍冷酷，或淫荡软弱，总是负面性的人物。蒲柏、约翰逊有许多诗作或小品文论及中老年女性的狭隘、愚蠢，并对其肆意嘲讽。菲尔丁笔下的维斯顿小姐、贝拉斯顿夫人等老妇也属精于算计、汲汲于名利之流。

关注女性情怀的奥斯丁在创作中也塑造了滑稽老妇类型人物，但不同于男性作家所塑造的单一化的与生活存有距离感的凶狂悍妇，她们大多身负妻子、母亲多重角色，是生活中实实在在的人。奥斯丁对她们固有的弱点和不足毫不留情地进行了挖苦，如班纳特太太等人心智不足，在世间待了几十年仍没有修得一点儿智慧。不过，奥斯丁对老妇们的理解要比那些男性作家（如蒲柏、约翰逊等人）深刻得多：她把老妇乖戾、偏执的个性和行为进行鞭辟入里的分析，并指出造就人格缺陷的社会根源。女权主义者波伏娃掷地有声地指出："女人并不是生就的，而宁可说是逐渐形成的。"老妇们的言行看似荒谬可笑，实则满腹辛酸，奥斯丁以悲天悯人的情怀和非凡的艺术勇气，探讨男权社会最敏感、最怕疼的问题，揭示女性遭遇的不公正对待，批判了虚伪专横的社会现实。

一、凡庸失职的母亲

一直以来，母亲形象都是家庭社会中独特的亲缘符号。奥斯丁的六部作品都以探讨婚恋和女性成长为主线，而母亲作为女儿成长之路的第一任导师和家庭中的重要成员，对女儿的成长和价值观塑造起到举足轻重的作用。然而，奥斯丁笔下的母亲形象却少了神圣的光环和母爱的温馨，相反，母亲在为人处世、价值立场上有太多值得臧否之处，难以令人苟同。她们庸碌无为，自私懒散，短视冷漠，在子女成长、教育中都没发挥应起的作用。爱玛的母亲和安妮的母亲更是早早过世，处于缺席的状态。总的来说，奥斯丁对其不乏贬损或嘲讽之意，极少见到由衷的肯定和赞誉。

《傲慢与偏见》刚开篇就给班纳特五姐妹的母亲班纳特太太定下了基调：喜怒无常、孤陋寡闻、智力贫乏。与"高尚"毫无瓜葛，这就决定了她无法给女儿的成长提供合格的家庭教育，影响了五个女儿价值观的形成。最受宠的小女儿莉迪亚不知自重，每天四处招摇，放浪形骸，并最终做出了辱没家声的私奔丑行。玛丽力图弥补缺失的母爱，一头扎进故纸堆，成为迂腐的女学究。长女简优柔寡断，辨别能力欠缺，容易轻信于人，这些缺点成为她和宾利的婚姻的重重障碍。

班纳特太太为人势利刻薄，对女儿的情分随着婚事的可能性而变化。"她只认得钱和钱所带来的物质利益，根本不知道人还有一些其他的要求（感情上或心智上）也需要照顾。"① 最不受她待见的二女儿伊丽莎白因为拒绝愚蠢的继承人柯林斯的求婚遭到她破口大骂，后来伊丽莎白嫁到彭伯里庄园后，班纳特太太顿时将其视为荣耀，喜不自禁地向四邻八舍炫耀。在这位母亲身上，利益战胜了母性，金钱左右了人生。伊丽莎白姐妹在人际交往和婚恋上接连碰壁，这不能不归咎于班纳特太太的不尽母职。

《曼斯菲尔德庄园》中范妮的生母普莱斯太太是失职庸碌的母亲的典型代表。由于子女多和家道艰难，普莱斯太太很早就把范妮送到亲戚家让人代为抚养。九年来，她和远方的女儿没有任何往来，她对女儿不闻不问，更没有前去探望。成年之后的范妮带着对

---

① 黄梅：《双重迷宫——外国文化文学随笔》，北京：北京大学出版社，2006：109 页。

母爱的渴求回家探亲，然而，她很快失望了。虽然普莱斯太太真诚地欢迎女儿归来，"但是，她的感情没有继续增长，她没有和女儿更多地谈心，她对女儿不是越来越亲。她既没有时间又没有感情用到范妮身上。她从来就不怎么重视她的女儿"①。范妮自然失望无比，情不自禁怀念起有人关切记挂的曼斯菲尔德庄园，每天都在盼着早日离开。由于普莱斯太太对经营母女情感的漠然，她和范妮之间的感情鸿沟更加拉大了。

范妮的养母伯特伦太太尽管过着其他人羡慕不已的养尊处优生活，但同样是一个失败的母亲。她懒惰，贪图安逸，头脑空空，没有自己的思想。她把四个孩子一股脑儿丢给自私贪财的姐姐，以躲避清净；这位看似完美的妻子总是无条件地服从丈夫，甚至打牌的花样都要征求丈夫的意见。

作为母亲，她更是令人啼笑皆非，终日无所事事、半睡半醒地抱着哈巴狗坐在沙发上做着既不漂亮又毫无用处的针线活，对女儿们成年后出入社交场合不管不问，将责任一股脑抛给了有人格缺陷的姐姐，任由姐姐散播不恰当的道德价值观念。少了母亲的管束，涉世未深的两位伯特伦小姐几乎对亨利的大献殷勤毫不设防，姐妹俩竟然为此争风吃醋，最终都禁不住诱惑而先后与人私奔。眼睁睁地看着女儿们身败名裂，家族蒙羞，伯特伦夫人却只能仰天长叹，导致女儿那样的结局正是因为这位母亲的教育缺失。

《劝导》中的拉塞尔夫人是以安妮的教母身份出现的。她是安妮生母的密友，是位骑士的遗孀。囿于本阶层的偏见，她极为重视门第、财产在婚姻缔结中所占的分量。正是这位夫人的偏执判断和

---

① ［英］简·奥斯丁：《曼斯菲尔德庄园》，孙致礼译，南京：译林出版社，2004：384 页。

错误劝导使安妮的青春黯淡无光。安妮在敬重的长辈的引导下，听从了她的殷殷劝导，取消了婚约，放弃了自己的爱情。之后凄苦、压抑的生活和容颜、心境的枯槁无疑证实了教母的误判。安妮的青春年华就此被耽搁。后来当这对旧日情侣再次相见时，两者的境况几乎完全翻转过来，对此安妮也着实懊悔不已。拉塞尔夫人本意是给安妮寻觅一个有保障的婚姻归宿，母亲凭借先天的情感联结，对女儿的感情世界有着毋庸置疑的影响。女性应尽为母职责，为女儿的成长担当指路人，给予女儿合适的教育。但是视野狭隘、目光短浅的拉塞尔夫人却适得其反，她给安妮带来的是分离和痛苦的思念。

总而言之，奥斯丁笔下的母亲们远达不到差强人意，她们缺陷重重，不自知且不知人，难以尽到为人母的职责，不仅不能提供合宜的指导和恰当的教育，甚至成为女儿婚姻路上的障碍。

然而，这些不合格母亲的群像绝非愚人可一言以蔽之。只会喋喋不休抱怨、神经衰弱的班纳特太太能吸引到机智诙谐的智者班纳特先生；头脑空空、一无所长的伯特伦夫人能嫁到财势两旺的曼斯菲尔德庄园，说明她们当初都是淑女教育的合格产品，也曾得到过社交界的认可。她们婚后夫妻关系和亲子关系的不尽如人意固然与本身素质低下有关，根源却在于父权制社会对女性的贬损。

歧视女性的观念渗透于社会各领域。女性首先被剥夺了教育权，仅能接受到的才艺教育也是有着极强的功利性导向：服务于求偶。未婚女子所接受的才艺教育内容包括弹琴、刺绣、跳舞、绘画、针线活等。出色的琴技和婉转的歌喉可以使其在社交界增添魅力，吸引男性倾慕的目光；跳舞更是与未婚男性接触的主要途径。

而学习社交礼仪的目的也是成为父权社会所期盼的亦步亦趋的淑女，为未来的夫君充当贤内助做准备。技能和知识教育是被排除在外的，汉内莫尔断言："妇女不善于像男性那样归纳概括她们的思想，她们的头脑也不具备像男人们那样理解重大问题的能力。"① 波伏娃在《第二性》里嘲讽了这一荒谬的观念："把轻视女人的普遍态度同给予母亲尊重轻易地协调起来的做法，具有极大的欺骗性。"婚前所接受的那些徒具其表的教育既不能培植兴趣爱好，更谈不上提升人的心智，成功缔结婚姻后，才艺变得可有可无，女性也疏于花费时间精力再去深造，因为一纸婚书得来的终身饭票足可让其衣食无忧，作为女性再不用担心婚姻状况和经济收入，但这也决定了女性在婚恋中的被动性。长久下去，这些主妇们逐渐依附于丈夫，成为男性的附庸，没有自我，沦为家庭的摆设和生儿育女的工具。除了变得更无知、更庸俗外别无出路。

奥斯丁执着于还原本真状态的母亲形象，将缺陷重重的母亲群体在婚姻家庭中真实的生存境况展现在读者面前，充分暴露了已婚女性在家庭环境、个人视野上的晦暗狭窄和在婚姻生活中的边缘地位，以及由此引发的形形色色的家庭悲剧。这样看来，女子应该止步于心满意足地扮演家庭天使的角色，应该不断完善自己的理智，拓展自己的生存空间，尽己所能地实现自我价值。但女作家显然也无法旗帜鲜明地给出一个确切答案：一方面，她敏锐地意识到，一个女性一旦肩负起家庭的重负就不可避免地受限于此，影响了人格完整和精神独立；另一方面，奥斯丁也将婚姻视为女性的必然归

---

① ［英］阿萨·勃里格斯：《英国社会史》，陈叔平、刘城、刘幼勤译，北京：中国人民大学出版社，1991：333 页。

宿，伊丽莎白等女主人公的人生结局均是缔结理想婚姻，而且婚姻也是确保社会有序发展的必要手段。然而如何将两者予以调和，在婚姻生活中完善理智、提升自我，这些都是凝聚在作品中共通的主题：女性如何正确面对生活，认识自我，走出现实的困境，选择坚强。

二、缺陷重重的单身女性

18世纪的英国，人们在向现代化转型的过程中也经历着前所未有的婚姻危机。随着资本主义的兴起和工业化的快速发展，人们的金钱观念不断增强，唯金钱是从的理念渗透到家庭伦理中，婚姻也概莫能外，甚至沦为某种赤裸裸的交易。对女性而言，更不容乐观的是，男人对婚姻的期望值、依赖程度比农业时代大大降低，更倾向于通过自我奋斗实现对财富的渴望，这无疑需要时日；一系列的战争造成巨大的人员伤亡更使适婚男女的前景雪上加霜。婚姻市场男女比例严重失调的情况对女性而言是灾难性的。由于时代的局限和自身技能的缺乏，英国妇女没有财产权和继承权，不具备独立谋生的能力，即使原生家庭富庶，可一旦没有成功地把自己嫁出去，就会沦为家中兄弟的负担，穷困潦倒，孤独终生。为生存而去做家庭教师实则不得已，被认为坠为劳工阶级，有失身份。因此，结婚便成为唯一体面的出路，婚姻是保证女性一生"挨饥受冻的储藏柜"。但年轻女子若想在本阶层寻觅结婚对象确是难上加难，女性须有一份不菲的收入做陪嫁，因为单身男子同样指望通过婚姻获取财富，威洛比、韦翰之流就是企图凭借婚姻谋取利益的野心家。

然而，适婚男女比例的悬殊使出嫁绝不容易，这才有了《傲慢与偏见》的班纳特太太整日为五个女儿的归宿忧心忡忡，以致喜怒无常。原因无非在于担忧女儿衣食无着，成为失去依靠、庇护的老姑娘。奥斯丁曾在信中写道："独身女子对贫困有一种极端的畏惧，这是有利于婚姻的一个强有力的原因。"[①] 在猎取有钱夫婿这场没有硝烟的战争中败北的女性，构成了奥斯丁人物画廊的又一独特形象序列。

老姑娘的典型代表是《爱玛》中的贝茨小姐。贝茨小姐的父亲曾是海伯里教区的牧师，她出生时家境优渥，但随着父亲的过世，她失去了经济来源，家境一落千丈。而贝茨没有夏绿蒂那么幸运，对姿色平平的她而言，"储藏室"遥不可及，她蹉跎了青春年华，只能和年迈的母亲相依为命，靠着一小笔收入勉强维持生活。外甥女简一度要去从事她所鄙夷的"贩卖人智"的家庭教师职业去糊口。可以说，她家几乎有一条腿探进了劳力者们的队伍。

老邻居伍德豪斯父女和奈特利先生垂怜其境遇，对贝茨一家关照有加，或给她们送点生鲜食品，或者在她们外出的时候提供马车。贝茨也沦为村民表达公益爱心和社会关怀的主要标的之一，被势利眼的埃尔顿太太圈定为表达公益爱心和社区关怀的对象。埃尔顿太太还四处炫耀她是如何照应贝茨的。单纯迟钝的贝茨察觉不了埃尔顿太太干的是扬己抑人的勾当，何况困窘的经济现状也由不得她，她只得照单全收，并由衷地感谢邻居们的关照。她不讨爱玛喜欢的地方在于嗜说无度，总是人前人后喋喋不休地到处唠叨家庭琐事。凡她所在之处，都是她一人自顾自说，其他人没机会插嘴。久

---

① ［英］简·奥斯丁：《信》，罗伯特·威廉·查普曼编，杨正和、卢普玲译，北京：新星出版社，2007：225 页。

而久之，她变成了一个惹人讨厌的絮叨怪物。博克斯山之游览，她自告奋勇要讲几句逗趣的话，年轻任性的爱玛当众调侃她话痨，令她在很多晚辈面前丢脸。事后爱玛意识到自己的唐突和无礼，主动登门致歉，贝茨选择了原谅。除了不计前嫌、宽容厚道的性格使然，更不能忽视的是她糟糕的现实境遇。贝茨过去常接受邻人们的施舍，日后毫无疑问还要仰仗伍德豪斯小姐等高邻照拂。毕竟现实是一道跨不过去的门槛。

　　贝茨一家令人唏嘘不已的境遇绝非个例。18 世纪英国女性没有财产权和继承权，如若不能出嫁，会成为兄弟的负担，还要忍受世人的冷眼和偏见，老处女的人生被认为是荒废的，甚至是可鄙的。在世人眼里，家庭是妇女的主要活动区域，以个人身份从事社会活动是不被社会允许的。当老处女既没有家庭需要经营，又没有更广阔的社会空间可以施展时，过剩的精力和受压抑的生活足可改变一个人的正常心理和习性。只能从街谈巷议、道听途说得来的小道消息当中获得一些娱乐。在不知不觉中，她们逐渐成为絮絮叨叨的怪物，变得惹人厌烦也就不难理解了。这一特殊群体深深地刻上所属时代的烙印，更与妇女在低下的社会地位紧密相关。

　　有资料显示，在奥斯丁生活的"18 世纪末，找不具备贵族血统的女富翁结婚的贵族越来越多，其比例逐渐达到 46%"①。如此一来，微薄嫁资的中产阶级适龄女子婚姻前景惨淡。奥斯丁深感于当时中产阶级妇女在经济上的窘迫处境，敏锐地意识到妇女在家庭、社会中处于屈从地位的根源乃是缘于经济地位的受限。她借爱

---

① 钱乘旦、陈晓律：《在传统与变革之间——英国文化模式溯源》，杭州：浙江人民出版社，1991：380 页。

玛之口一针见血地道出了财产对女性的重要性："一个收入微薄的单身女人，肯定要变成一个荒唐可笑、令人讨厌的老姑娘，成为人人调侃的对象！可是一个富有的单身女人，既聪明又讨人喜欢，比谁都不逊色。"① 这一认识与她的亲身经历不无关系。奥斯丁的父亲生前留下遗产，她和母亲姐姐一度依靠兄弟的资助维持生活。当然，这种经济上的拮据不比于社会底层的衣食无着的绝对贫穷，但对于一个有着高度自尊心又有非凡文学才能的简来说，仍是悬挂在头顶的达摩克勒斯之剑。自身的生活经验和感触使奥斯丁有着观照社会、俯瞰人生的独特角度，也催生了她倡导女性经济独立的观念。

三、睿智通达的女性长辈

奥斯丁似乎对年长女性颇有微词，在其书信中也有反映："可怜的斯腾特太太！她总是会妨碍我们，对事不公正，不受人欢迎。"② 作品里除了光彩照人的青年女性之外，不尽如人意的年长女性比比皆是，她们中也不乏一些为作家所赞赏的女性。她们智力出众，德才兼备，社交圈里有口皆碑，有和睦的家庭关系，羡煞旁人。

首先要提的是《爱玛》里的威斯顿太太，她不像爱玛那样，是世家小姐出身，她一开始只身来到海伯里做家庭教师，后来木秀于林的她凭借出众的才貌赢得了富绅威斯顿先生的倾慕，在周围一片祝福之声中鱼跃龙门，迈入上层社会。她处事大方得体，通晓世

---

① [英] 简·奥斯丁《爱玛》，李文俊、蔡慧译，北京：人民文学出版社，2005：74 页。
② [英] 简·奥斯丁：《信》，罗伯特·威廉·查普曼编，杨正和、卢普玲译，北京：新星出版社，2007：75 页。

事，判断力比她的丈夫还要稍胜一筹。继子弗兰克·邱吉尔婚前允诺会及早来拜访她，却三番两次推迟行期，于情于理不合适。威斯顿太太尽管自尊心受到伤害，却也能不计前嫌，在众人面前尽力维护其印象。她对专横跋扈的邱吉尔太太的行事做派也能做大致准确的分析和评判，令丈夫自叹弗如。在克朗旅馆举行舞会时，又是威斯顿太太提早筹划，未雨绸缪，这才让舞会圆满结束。威斯顿太太富有同情心，性情善良，曾有过摸爬滚打生活经历的她更能够真正同情弱者，富有同理心，肯设身处地为他人着想。孤女哈丽埃特和贫困的贝茨小姐一家常常感念其善行。哪怕在和势利眼的埃尔顿太太打交道时，她也是进退有序，处事得体。

而《劝导》里的克劳福德夫人是奥斯丁倾情塑造的一个崭新的妇女形象。她不像同时期作家笔下讴歌的家庭天使，仅仅停留在客厅中的寒暄客套、舞会上的礼仪应酬，这是一个具有颇多男子气概、富有传奇色彩的新女性。她勇于担起部分本应由男性承担的社会职责，如出海、驾驶马车，甚至比男士更技高一筹。再如，夫妻二人一同驾车出游时，她总能指导丈夫成功避免车子出事故。在家庭内外事务中，她不会低声附和，而是享有发言权，丈夫总是格外尊重她的意见。承租凯林奇庄园时，她提出的很多关于纳税、管理方面的问题让阅人无数的律师谢泼利先生格外赞赏。在社交活动中，克劳福德夫人也同样出色，她热诚大方，教养有素，表现得同军官们一样机智敏锐、热情大方。

同时，克劳福德夫人也不乏女性的特质。她优雅大方，谈吐诙谐，善于营造轻松愉快的氛围，也会照顾周围人的情绪。她注重夫妻之间的交流和精神陪伴，凡事和丈夫有商有量，以丈夫的成就自豪，夫妻常常一起散步出游，感情融洽，这令安妮羡慕不已。克劳福德夫人更有着积极达观的心态，兴趣广泛，视野开阔，怀有一颗真挚的爱心，无私地关爱他人，乐于对群体对他人有所贡献。在慷慨助人的同时，她同样收获了自我价值感和周围人的敬意。

在奥斯丁看来，克劳福德夫人高出班纳特太太、伯特伦夫人等人之处在于，她并不像后者那样充当玩偶妻子，而是有独立的人格尊严，把自己放在与其丈夫平等的地位，敢于指出丈夫的不足，并督促其改正。这有力地证明了女性绝不是智力和能力低于男性的"大孩子"，而是有着同样的自我认知能力和智慧，可以主导自己的生活，创造家庭幸福。

对于这类年长的具有超前意识的优秀女性，奥斯丁从正面予以肯定，持积极的赞赏态度，并借此纠正了男尊女卑的传统社会模式，重新建构女性社会地位，表达了男女平等这一观念，这种超越时代的性别视野实属难得。

在某种意义上，奥斯丁笔下的青年女性和年长女性构成一种暗合：大多数年轻女性抱有的爱情幻想和婚姻憧憬，正是年长女性曾经经历的；而年长女性婚姻经历和家庭生活的遭遇也预示了青年女性的难以摆脱的宿命。健康的家庭生态、和睦的夫妻关系寥寥无几，年长女性们的婚姻质量都不尽如人意，无一例外暴露了当时中产阶级妇女所面临的种种困境。无论是流光溢彩的伊丽莎白，还是几近完美的安妮，都没能走出家庭，到大千社会谋求一席之地，抑或随丈夫奔波在海上的克劳福德夫人，也仅仅是将军事业的辅助。她们的种种挣扎抗争依旧在婚姻家庭范围内进行，很难有质的突破。其他人就更不乐观了，步入婚姻围墙的多数人毫无例外地参透、认同了婚姻的实质：丈夫和妻子同化成一个人，这个人就是丈夫。[①] 女性逐渐在料理琐碎的家事和养育儿女中变得目光短浅、满眼世俗气，迷失了自我，智慧和灵性消磨殆尽，尽管她们也曾美丽动人，这无一不显露出作者对所处年代婚姻的悲观态度。奥斯丁对此深感痛心又同情，她批判父权社会对女性的歧视和对女性教育权、财产自主权利的剥夺，希望女性经济自主，接受技能和知识教育，增长阅历和生活经验，不断提升个人素养，拥有成熟的心智和独立的人格。反观作者本人，她聪慧，才思敏捷，对择偶一事始终是审慎的，甚至放弃世俗眼中有利可图的姻缘。她将自己完全投入文学创作，将作品当作自己的孩子便是最有力的佐证。而这也是对令人失望的婚姻现状无言的反抗。

第三节　超越世俗又陷于世俗的女性观

奥斯丁一反传统文学模式，将女性作为正面主人公，淋漓尽致地展现女性作为独立的"人"的个性魅力。在奥斯丁写作的时代，官方所认可的女子教育，基本上是培育淑女性格与淑女才艺。才艺是衡量中产阶级女子重要的文化指标。才艺包括唱歌、跳舞、绘画、乐器，以及掌握制作彰显品位、以装饰为目的的女红等，为的是展现卓越的社会地位，凸显中上层家庭特有生活情趣。女子如果才艺不佳，至少可以做到"勤勉"。重才艺、轻视知识教育的现象比比皆是。才气过人的女子被冠名为"蓝袜族"，据悉，此称谓出

---

① ［英］阿萨·勃里格斯：《英国社会史》，陈叔平、刘城、刘幼勤等译，北京：中国人民大学出版社，1991：217 页。

自由贵族女性发起的文化沙龙，因首位受邀参与其事的男士出身寒微，常穿一双蓝袜子而得名。其中讥讽之意显而易见，拥有咏絮之才的女子绝不会受到诚心诚意的赞赏，因为在世人眼里，只有培养出众的才艺方能受到认可。这些仅仅提升外在魅力的才艺教育，目的只有一个，那便是让女性默许其附属地位，心甘情愿地承担起"社会花瓶"式的角色。

总的来说，奥斯丁接受了女子应该学会那些才艺的观点，进入适龄期的女子迈入社交圈，音乐、舞蹈、绘画等才艺表演和优雅的外貌举止往往为其增添独特的光彩，女子们通过才艺展现个人魅力，吸引年轻男子为之倾倒。奥斯丁本人对以上才艺也是相当娴熟，这让她在当时赢得了许多倾慕者。没有直接证据说明她反对世俗赋予女子的地位和角色。奥斯丁在世时亲自打理家政，客居兄弟家中时热心照顾侄子、侄女的生活，并教她们练习写作，为其修改样稿，这些都足以说明她对传统赋予女性社会角色的认可。长期以来的传统观念早已潜移默化地为生活在其中的人们所接受、认同，不易被打破和改变。

但与此同时，奥斯丁对当时的主流观点，即所谓妇女的美德就是"温顺"一说提出了异议。她认为，女性不应是备受压抑的，应该有与男性同样的权利来表达她们的喜怒哀乐。一味用所谓"温顺"来苛求女性压制自己的感情是极不道德的。《爱玛》里那位贤妻良母式的伊莎贝拉，婚后全身心地投入小家庭，相夫教子，勤勉恭谦，照当时流行的操行书来看，这位贵族小姐符合主流价值观，呈现出 18 世纪英国女性的理想状态。但其缺点也是显而易见的，伊莎贝拉理解力不强，反应稍显迟钝，判别力不足，她感念身边人的优点，对他人的缺点却视而不见。而且她胆小怯懦，多愁善感，总是一副忧心忡忡的模样。奥斯丁对其评价是："若说这是她的命，也该算是正派女人有福气的命吧。"通过"若说""也该算是"这些带有惋惜之意的语气，我们可以清楚地感受到奥斯丁对唯唯诺诺的家庭天使无甚好感。在读者眼中亦是如此，这类形象无法让人喜欢。

换言之，奥斯丁理想的女性品格绝不仅限于此，她刻画的一系列理性明事理的青年女子令人耳目一新。她们思想睿智，有着辨别是非的能力，他们在精神上表现出高度的自信和独立，也寄托了作者心目中理想的人格。在此，文化修养功莫大焉，它是女性价值必不可缺的一部分，而理性是女性自我保护意识的体现，是女性在步履维艰的男权社会树起的一道屏障。女性唯有自尊、自立、自爱才能得到来自男性和传统社会的尊重，一味地屈从和唯唯诺诺反而会使女性丧失自我。女性并非"天生智力低劣"，而是与男性一样具有理性力量，她们尽管有着不可避免的缺点，但仍可以凭借自身理智，克服情感和性格问题。《曼斯菲尔德庄园》中的范妮，姿色平平，寡言少语，不似伊丽莎白光彩照人，但其闪光点在于认可理智与自我管理的重要性。她克制自身欲望，抑制对埃德蒙的爱，拒绝克劳福德的求婚，成长为自己理想的模样：良善、虔诚、理智。后来，她甚至成为埃德蒙的精神导师，帮助埃德蒙认识到克劳福德姐弟金光灿灿外表下其实包藏祸心，最终促使埃德蒙觉醒，做出了正确的选择。奥斯丁不再是单纯地重复灰姑娘的故事，认为女性同样可以扮演好引导者角色。

当然，奥斯丁始终是在爱情的领域——当时的女性唯一的事业空间，展现出女性意识的觉醒。她的作品"更多地描写了妇女在维护优良习俗与道德方面所发挥的作用"①。女性秉承了男权社会的性别期待特征，如美丽、温婉、贤淑、温柔，这些男性社会里被津津乐道的风景线。从伊丽莎白到爱玛、安妮，概莫能外，她们均是外表美丽、内心纯净的理想人物，她们坚守自己的价值底线，"美德有报"，获得了完满的婚姻。虽仍有难逃保守之说，但在此过程中，女性是作为良好的道德风气的坚守者和平等爱情的呼唤者而存在的，这在压抑女性的文化氛围里无疑代表了女性意识的最强音。然而即便在爱情的领域，她们仍处于被动地位，只有静默地等待男性的追求和求婚，缺少如简·爱般主动求婚的勇气与魄力。这在《傲慢与偏见》《劝导》中体现得特别明显。不论伊丽莎白多么卓尔不群，却与一般女子无本质不同，她虽然心里爱慕达西，却不能主动追求达西，只能等着达西来求婚。如果达西不再来的话，伊丽莎白会毫无疑问地老死在朗博恩。《劝导》中的安妮更是如此，她没有因为弗雷德里克上校的再次回来而将自己多年的感情向他坦白，她仍只有等待上校向自己表白。这些男女主人公之间的爱情是真挚而可贵的，只是作为女性，是不能够主动出击的，这种被动是淑女应该具备的风范。所以，在爱情中，女性始终是被动的。

不仅如此，那些流光溢彩的青年女性也全无谋职以求经济独立的想法与愿望，尽管奥斯丁极为赞赏女性的学识和知识教育，在她的作品中，没有受过知识教育的妇女婚姻生活不如人意，即便是结了婚，也会遭到丈夫的轻视和嫌恶。例如《傲慢与偏见》中头脑贫乏的班纳特太太常常遭到丈夫的揶揄嘲讽。新贵宾利小姐虽然接受

---

① 朱虹：《奥斯丁研究》，北京：中国文联出版公司，1985：342 页。

了学校教育，优雅的仪态、有趣的谈吐无非用来增添自身魅力，以此在婚姻市场上有更多卖点而已。其最终的目的是成为作为协助丈夫打理产业的居家太太，而不是培养一技之长，走出家门自食其力。总体来说，奥斯丁笔下那些见解不凡的女性仍然停留在空谈感情的层面上，"伊丽莎白们"日后的婚姻能否长久幸福有谁能确保呢？这也是客观形势使然，18世纪英国女性处在现实世界权力结构的边缘，其生活圈子脱离不开家庭琐事和男婚女嫁之类俗务，也就不可能有社会性的人生价值抉择。相比之下，简·爱争取到的幸福则更为真实。

究其原因，这或许和当时英国的女权主义运动有关。奥斯丁同时代女权主义者玛丽·沃尔斯通克拉夫特在《女权辩护》一书里慷慨陈词，力主妇女应当在教育、就业等方面享有平等的权利。这一观点在当时收获了许多的支持，然而奥斯丁这位出身士绅阶层的作家，不可避免地受到极端保守的托利主义的影响，对女权主义那些显得激进的主张始终持有保留态度。这就直接影响了其笔下理想女性人物的精神面貌，即内敛、谦卑，带有明显的"阴柔"特征。她们人生最大的满足在于嫁给一个在智力、财力和社会地位方面都优于她们的男性。如此一来，不难理解"奥斯丁一方面推崇女性的智力，另一方面，她的女主人公们又并没有雄心勃勃地想谋一份职业，管理庄园或去军队服役，相反，她们一直都把精力集中在世态习俗上"[①]。

换言之，奥斯丁所塑造的新女性还不具有纯粹的女性独立人格或姿态，她只是写出了女性面对不公正待遇后的觉醒和理性思考；

---

① 朱虹：《奥斯丁研究》，北京：中国文联出版公司，1985：339页。

她笔下的女性不是对女性自我价值和社会价值进行寻求和确认，而是立足现实，在一个可以掌控的逼仄的家庭婚姻领域尽最大可能追寻自我。奥斯丁认为女性的可爱、聪慧来自高度的自信心和对自身价值的正确认识。作为一个领先于时代的女性作家，其创作中囊括了具有革新意义的女性观，但又无法摒除传统男权中心主义的影响。身不由己的她常常徘徊在清醒地表达女性意识和不自觉地顺从主流意识形态的纠葛里。尽管如此，我们不能忽略女作家倡导的理智、独立在女性全面而自由发展的道路上迈出蹒跚的第一步的启迪之功。

奥斯丁小说的"现代社会想象"

——乡村共同体

第六章
历史变迁中的乡村共同体

奥斯丁一生大部分时间都在乡间度过，其文学创作植根于英国乡村，塑造的人物、建构的场景带有明显的乡土性，故有"乡间两三户人家"之说，奥斯丁也因此被称为士绅阶层作家。然而，不能忽视的是，其秉承的价值观却超越了地理和阶层的局限，她关注18世纪末的英国乡村在现代化转型中的动荡和焦虑感，回眸农耕时代的田园共同体，寻求新时代背景下共同体的构建途径，展现了清晰的共同体意识。

第一节　共同体理论阐释

人类社会的演进是一部构建共同体的历史。西方思想界有着源远流长的思考共同体的传统，"共同体"这一概念在不同的历史语境中与各种思潮产生互动，其内涵也不断增殖，处于动态演变之中。

"共同体"一词起源于古希腊语，在亚里士多德所著的《尼各马可伦理学》中，意指具有共同利益和共同伦理价值取向的个体聚合起来形成的共同的生活方式。在《政治学》中，亚氏细致划分了共同体的形式，认为城邦可称作完美的共同体的典范，盖源于其代表城邦公民共同利益，并有一套对全体公民均适用的伦理道德标准。现实中的每一成员对城邦虽有着殊异的个体诉求，但也有着追求共同利益的夙愿，并愿意携手一起行动，由此构成一个联合的共同体。其出发点在于对群己秩序的规范和集体"至善"的追求，显示出特有的人文关怀。

及至古罗马时期，"共同体"一词在政治学领域层出迭见，此与罗马人注重政治、法治建设密不可分。享有盛誉的共和国元老西塞罗，在其著述《论义务》里将共同体理解为遵守同一法律并具有共同利益而相互联系起来的社会群体的集合。进入中世纪，"共同体"用来指代处理公共事务而召开的集体会议。显而易见，这一时期的共同体更多呈现出制度化和政治化的色彩，逐渐成为一种依照政治和法律而组建起来的社会实在。[①]

近代共同体思想的集大成者首推德国社会学家滕尼斯，其学说深受霍布斯、黑格尔等思想家的影响。霍布斯提出个体通过让渡个人权利、签订社会契约，维系和平与自身利益的"契约共同体"的概念。与之相比，洛克阐释的共同体更倾向于"安全与秩序共同体"，个体进入共同体是为了更好地保护自身自由、生命和财产权利。联系所处时代背景，不难发现自由资本主义时代财富的重要性和与文化话语权、政治权利的直接勾连，均强调对个体权利的保障。而在卢梭的社会契约论中，则复兴了古希腊的共同体精神，宣扬共同体的最终目的在于达到人人自由、平等的理想境界。德国哲学家黑格尔与几位前辈相比，思想独树一帜，抛开现实境遇，移步

---

① 谷若涵：《雷蒙德·威廉斯"共同体"文化理论研究》，济南：山东大学硕士论文，2021：9 页。

精神领域，将法的精神引入"共同体"概念。"共同体"成为绝对精神的表征，法的精神本身也是凌驾于共同体成员个体意志的精神实体，他提倡用绝对国家的形式扬弃家庭和市民社会这两种伦理性的共同体。①

从社会变迁的角度来看，"人类社会从十七至十八世纪到二十世纪中期逐渐完成了从传统社会向现代社会的巨大转变"②。滕尼斯的研究恰逢由传统农业文明到现代工商业文明的演变时期。在《共同体与社会——纯粹社会学的基本概念》一书里，他分别以古希腊城邦、近代欧洲资本主义国家为例阐释人类社会发展历程，划分出共同体与社会两种社会生活方式。

作为霍布斯思想的研究者，滕尼斯关于社会的阐释明显受到霍布斯的影响。在滕尼斯看来，社会的要素主要包括劳动、价值、商品、交换，货币、纸币以及由这些过程而产生的契约，"社会——通过惯例和自然法联合起来的结合——被理解为一大群自然的人和人为的个人，他们的意志和领域在无数的结合中处于相互关系中，而且无数的结合也处于相互结合中，然而他们仍然是独立的，相互之间对内部没有影响"③。社会建立在浅表多样的个体联结基础之上，取决于个体"理性意志"和现实利益的利弊权衡，社会成员通过共同利益联结在一起，人与人之间的关系是淡漠疏离的，正如霍布斯笔下的"一切人反对一切人的战争"，如商业联合会的深思熟虑乃至钩心斗角，这自然是一种被否定的生活方式。概言之，"社

---

① 谷若涵：《雷蒙德·威廉斯"共同体"文化理论研究》，济南：山东大学，2021：10 页。

② 苑国华、丁明利：《滕尼斯的社会变迁理论及其启示》，载《经济研究导刊》，2013（36）：232—233，278 页。

③ ［德］斐迪南·滕尼斯：《共同体与社会》，林荣远译，北京：商务印书馆，1999：108 页。

会"是以个人的理性意志、契约和法律为基础形成的缺少情感交流的社会团体。

相比于社会机械的构造和建立在理性主义原则基础上的组合，滕尼斯更推崇立足整体利益、基于情感、相互扶持的有机共同体："共同体代表着人类意志的完美统一，意味着真正的、持久的共同生活；而社会不过是一种暂时的、表面的东西。因此，社会是一种机械的聚合和人工制品，共同体本身必须被理解为一种生机勃勃的有机体。"① 滕尼斯的共同体建立在本质意识的基础上，主要存在于农业文明时代的乡村社会，人与人休戚与共，同甘苦，共生活，并由此衍生出共同体的三种类型：亲缘共同体、地缘共同体和精神共同体。

亲缘共同体是共同体现实的最普遍的表现。② 其具体表现形式是亲属，形式即亲子关系、夫妻关系、兄弟姐妹之间的关系。它以最质朴的方式体现了共同体精神和共同体所带来的情感归属感。耳鬓厮磨的家庭生活中形成了成员内部共同的情感记忆、价值认同。即使家庭成员之间相距万里，也会存在一种心理上的依恋。对个体而言，家永远饱含温情。

地缘共同体是建立在共同的村庄生活和耕地的基础上的，村民世居于此，世代相依，逐步形成了宗族、乡绅等内生于乡村中的治理力量及乡风民俗，结成了紧密的村庄共同体。③ 由于受到住所的限制，共同体成员常需要借助习俗的力量作为维系手段。"习俗和

---

① ［德］斐迪南·滕尼斯：《共同体与社会》，林荣远译，北京：商务印书馆，1999：54 页。
② ［德］斐迪南·滕尼斯：《共同体与社会》，林荣远译，北京：商务印书馆，1999：76 页。
③ 王玉亮：《中世纪晚期英国村庄共同体的公益与互助问题研究》，载《河南大学学报（社会科学版）》，2010（5）：112 页。

习惯法占据了统治地位，人们以此进行乡村事务管理，履行他们对乡村共同体的义务"，"共同体意志的真正实质是它的习俗"。① 风俗习惯与管理秩序作为一种共同意志又反过来支撑和强化着地缘共同体。由此可见，地域共同体更强调习俗、文化的特征。

精神共同体由地缘共同体发展分化而来，建立在"自由选择"的基础上，具备一种"心灵"的性质，比如友谊。"友爱是把城邦联系起来的纽带。……若人们都是朋友，便不会需要公正；而若他们仅只公正，就还需要友爱。人们都认为，真正的公正就包含着友善。友爱不仅是必要的，而且是高尚的。"② 精神共同体，即个体为满足自身的心理情感需求而积极开展的精神交往活动，意味着人们朝着一致的方向相互影响，彼此协调。精神共同体可谓最高级的共同体类型。

总的来说，滕尼斯所阐释的共同体是"一种人类生存和相处的结合机制，主要由血缘、地缘、精神关系构成"③。他尤其肯定"情感"和"共识"在共同体形成中发挥的重要性，指出共同体依靠情感和相互认同而成，一再强调共同体概念的情感维度。

滕尼斯对共同体这一概念的理解源于其乡村生活实践。正如其传记作者卡斯滕斯写道："斐迪南·滕尼斯是在风景如画、一望无际、仅仅受到地平线限制的艾德斯泰德一个湿地的农家大院里的菩提树下成长起来的，是个农村的快乐的孩子，备受宽宏大量的父母

---

① ［德］斐迪南·滕尼斯《共同体与社会》，林荣远译，北京：商务印书馆，1999：301-307 页。
② ［古希腊］亚里士多德：《尼各马可伦理学》，廖申白译，北京：商务印书馆，2017：250 页。
③ 李维屏：《论英国文学中的命运共同体表征与跨学科研究》，载《外国文学研究》，2020（3）：6 页。

的呵护……"① 滕尼斯的早年生活经历可以说是一种共同体的生活，和他后来经历的都市生活形成了一种强烈的对比。而 18 世纪中叶的英国工业革命和纷至沓来的生产力、生产关系的急剧变革粉碎了心仪的共同体生活，他敏锐、深刻地洞察到了一个与传统社会迥异的全新社会的到来。

在工业革命发源地的英国更是如此。传统的英国乡村正是共同体的写照，皆有腾氏所描绘的血缘、地缘、精神这三种共同体的特质。中世纪以来，乡绅农民世代祖居乡村，相互扶持，互助互惠，在处理大量乡村事务和协调各类关系（如"睦邻"政策）的同时，形成了强烈的休戚与共意识，加深了共同体内部的情感连接和凝聚力。而乡村共同体则指代这一前工业化时代由乡绅主导的，重视秩序、礼仪、责任等传统价值观念，以农业生产方式和生活方式为基础的人与人互济互助、利益共享、和谐共生的生活形态。

乡村作为英国文化生活的特殊的存在，蕴藏了英国人对民族文化、民族精神的集体想象。英国文学也有着根深蒂固的乡村情结。在华兹华斯、哈代等文坛巨子笔下，乡村被赋予鲜活的生命力，成为某种英国精神的象征。无论时代怎么变更，乡村仍然是作家文学想象的对象，"直到整个英国社会已经绝对城市化以后，在整整一代人的时间里，英国文学主要还是乡村文学。即使到了 20 世纪，在这个城市化、工业化的国度，一些以前的观念和经验仍然有影响"②。与喧嚣不已的城市文化相比较，乡村地区生活的共同体要强

① ［德］乌韦·卡斯滕斯：《滕尼斯传——佛里斯兰人与世界公民》，林荣远译，北京：北京大学出版社，2010：11 页。
② ［英］雷蒙·威廉斯：《乡村与城市》，韩子满、刘戈、徐珊珊译，北京：商务印书馆，2013：2 页。

大得多，更为生机勃勃。[①]

　　然而，随着18世纪工业革命浩浩荡荡的进程以及不断地向英国各地推进，地域疆界被打破，基于地域的乡村共同体面临巨大的挑战。"有机共同体"传统被有组织的现代国家所取代，日出而作、人际温馨的稳定"乡村共同体"被都市的、机械化的现代生活所取代。农业宗法社会濒临瓦解，大工业文明席卷英伦。农业经济基础逐渐瓦解，新兴的劳资关系打破了原有的生产互助协作，共同体内部经济力量的对比发生变更，一种新的经济关系和人际关系在乡村社会浮现。传统关系格局酝酿着一场变革，人际关系密切的旧式村庄走向分崩离析。

　　久居乡村、生长于斯的奥斯丁以现实主义的笔触展现了平静的、田园诗般的乡村生活，描摹了与农业社会生产力相契合的乡绅群体，但也敏锐地察觉到时代的变迁对乡村社会的冲击，并在写于晚期的三部作品中以见微知著的方式展示了新兴资本主义价值观念对乡村社群生活和婚姻关系产生的无法回避的影响，社会转型期引起的焦虑感跃然纸上。

第二节　奥斯丁与乡村共同体

　　伟大的艺术和它的环境同时出现，绝非偶然的巧合，而的确是环境的酝酿、发展、成熟、孵化、瓦解，通过人事的扰攘动荡，通过个人的独创与无法预料的表现，决定艺术的酝酿、发展、成熟、

---

① ［德］斐迪南·滕尼斯《共同体与社会》，林荣远译，北京：商务印书馆，2013：54页。

孵化、瓦解。[①] 小说的思想内容和审美品格的形成跳脱不出作者所处的时代和社会环境，因此把女作家及其作品置于广泛的历史和文化背景之下，深入分析奥斯丁的人生经历和思想中的共同体意识对她的小说创作产生的影响无疑具有重要意义。

一、奥斯丁的乡村生活经历

奥斯丁出生于英国南部汉普郡的史蒂文森镇，它偏居一隅，地理位置相对封闭，交通不便，正源于此，较少受到外界经济和社会变革的全方位波及，是当时英国最繁荣、最稳定的农村地区。史蒂文森民风淳朴，社会关系单纯，生产方式以耕牧为主，仍是传统的农业型社会，以土地经济和土地所有制为核心的道德体系占据主导地位。与日益工业化的喧嚣城市相比，史蒂文森独特的乡村文化尤为明显。居住在乡间的除了少数世代簪缨的大贵族外，以乡绅阶层、租种田地为生的佃农和村民居多。继承祖业、收取地租的乡绅阶层是乡间社会生活的实际领导者，他们具有与生俱来的优越感，以维护传统农耕制度为己任，积极组织并参与各种社会事务，履行对佃农的帮扶义务，并借此发挥其影响力，宣扬士绅价值准则，巩固自身的阶级利益。

此外，在农业文明时代，宗教思想服务于国家政治，教区和教士也在济贫、民众日常生活中发挥了不可或缺的作用。奥斯丁的父亲乔治·奥斯丁学识渊博，曾毕业于牛津大学，后就任史蒂文森教区牧师长。尽管他无地产，俸禄微薄，但作为该区的宗教领袖，拥

---

① ［法］丹纳：《艺术哲学》，傅雷译，北京：人民文学出版社，2004：74 页。

有宽敞的牧师宅邸和体面的社会地位，常与当地土地贵族和乡绅等头面人物共同商讨教区的税收、教育等事宜，按照其所处时代的阶级的划分，奥斯丁一家属于颇受人尊重的乡绅阶层。

作为乡村牧师的女儿，奥斯丁对自己的地位和见识是相当自信的，久居乡野的她对乡村社会遵从的价值体系、人际关系模式和安逸自在的生活有着深刻的认识与认同。关于这一点，我们从她对英格兰乡村的"睦邻"政策赞同态度上可见一斑。"睦邻"意味着同一社区的人们有互助的义务，乡绅们有责任和义务关照同一个村里的佃农和租住户们，在行为规范方面达成一定的共识。其二，它是一种在某种意义上包含着平等和互助，并不完全考虑财产和地位差别、平行的人际关系。①

诚如玛里琳·巴特勒所言：奥斯丁每一部作品都是探讨如何实践有关士绅角色和品质的传统观念的寓言，如爱玛为自己无意中调侃了贫寒的贝茨小姐自责不已，反思自己未尽到乡绅的责任等；在埃利奥特爵士一家搬出凯林奇庄园临行前，安妮·埃利奥特不忘到小佃农家去访贫问苦；彭伯里庄园主达西最令人交口称赞的美德就是对穷人乐善好施。以上皆是代表作者理想的正面人物。

无忧无虑的青年时代很快一去不返。1801年，乔治·奥斯丁年事已高，决定让长子接任教职，带着妻女迁往小镇巴斯。这一年，奥斯丁已经二十六岁，她对离开故乡万分不舍，当家人告诉刚刚外出归家的奥斯丁这一消息时，她昏倒在地。在巴斯的四年，奥斯丁情绪低落，常常感到与这个商业化气息浓郁的城市之间存在很

---

① 黄如敏：《史蒂文顿：造就天才作家奥斯丁的摇篮》，载《泉州师范学院学报》，2008，26（5）：80页。

大的隔膜。五年后，奥斯丁父亲去世，奥斯丁又和母亲、姐姐卡桑德拉"带着逃避的快乐"①，重返汉普郡乡下，此后就在此一直居住到1817年离开人世。终其一生，奥斯丁对乡间有很深的依恋。尤其在早期的练笔生涯里，她往往更倾向于站在士绅的立场并秉持他们的处世原则，她对此表示深深认同。

但是，奥斯丁并非盲从于此，在其写作的年代里，英国传统农村社会正处在解体前的最后挣扎阶段，大规模圈地是农村资本主义化的关键"动作"之一。奥斯丁作为英国古典写实主义的终结者，对世纪之交苟延残喘的乡绅社会价值体系有着较为清醒的认识。事实上也是如此，身处社会转型期的女作家面对巨大的社会变革不会无动于衷，时代的变迁、阶级势力的演变及对普通人生活轨迹的影响及改变得以清晰地显现。她意识到其所处的乡绅阶层价值观念保守落后的一面，阶层内部的离心力会导致旧体制的分崩离析，故处理商业和农业两种社会价值的冲突过程是比较客观化的，较少掺杂个人主观情感。但作为现存社会秩序的受益者，奥斯丁仍寄希望于士绅阶层通过主观能动性维持传统的乡村共同体秩序，憧憬理想的共同体愿景。而这些，在她此生最重要的写作生涯里，得到了清晰的艺术呈现。

二、乡村文化对奥斯丁创作的影响

对生于斯、长于斯的奥斯丁来说，其青年时代充满了欢乐和温情。故乡幽静的峡谷、怡人的乡间美景、宽松的家庭氛围对其一生

---

① 黄如敏：《史蒂文顿：造就天才作家奥斯丁的摇篮》，载《泉州师范学院学报》，2008，26（5）：80 页。

影响至深。史蒂文森可谓是其精神乳母，乡村是培植天才女作家的摇篮、小说创作的乳母。乡村社会的人际交往、固有的习俗和优美的自然环境以及生活在其中的绅士、淑女的情感心理构成了奥斯丁小说的基本因素。幽雅简单的乡间生活、清新的空气、一望无际的原野培养了奥斯丁幽默诙谐、自由奔放的艺术风格。迁居商业城市巴斯的四年，她情绪低落，基本处于封笔阶段。直到 1806 年重返乡间，她才有了灵感的迸发和异彩纷呈的后期佳作，并相继写了《爱玛》《曼斯菲尔德庄园》和《劝导》，以见微知著的方式描写了资本主义制度和财富观念对乡村社群生活和婚姻关系的冲击。①

《爱玛》则以现实主义的笔调构建了一个安宁、和谐、有序的乡村共同体——海伯里。这个共同体主要由以奈特利先生为首的乡绅组成，重视传统的礼仪、规则、责任，有明确的边界意识，强调绅士风度，共同抗拒以弗兰克、埃尔顿太太为代表的实利主义风潮的冲击。共同体的居民奈特利、伍德豪斯两家都属于生活优渥的绅士阶层。书中有多处关于其"绅士"身份的直接说明，如他们都有古老的家世：海伯里是座"底盘很大，人口众多的村子。世居于此的伍德豪斯一家是那里首屈一指的大户，全村人都敬重他们"②，这些都说明他们并非靠商业起家的资产阶级暴发户"绅士"，而是古老的世家子弟，与前工业化时代的士绅传统相联系。他们秉承热情好客的传统，相互尊重友爱，互帮互助，体现出一种"持久的和真正的共同生活"③。其生活的主要内容是聚会、宴饮、郊游等活动，

---

① 李维屏：《论英国文学中的命运共同体表征与跨学科研究》，载《外国文学研究》2020（3）：55 页。

② ［英］简·奥斯丁《爱玛》，李文俊、蔡慧译，北京：人民文学出版社，2005：3 页。

③ ［德］斐迪南·滕尼斯：《共同体与社会》，林荣远译，北京：商务印书馆，2013：54 页。

第六章 历史变迁中的乡村共同体 ◇ 181

格外注重秩序、礼仪、责任、尊严等传统价值观念。这里他们的责任意识值得一提：作为当地首富和治安法官，奈特利先生自觉承担起维护乡村秩序、教育后辈的责任。

当地教区的埃尔顿牧师是一心想凭借婚姻"提高自己的身价，捞取钱财"的不折不扣的功利主义者。追求名媛爱玛希望落空后，为了掩盖自己的丑闻，他不惜和妻子一起在舞会上诽谤无依无靠的孤女哈丽埃特。对此，奈特利挺身而出，一向不喜欢跳舞的他主动邀请哈丽埃特跳舞，及时化解了难堪局面，也打破了埃尔顿之流肆无忌惮地践踏社交礼仪之举，维护了海伯里乡村小世界的秩序。

年轻的爱玛由于父亲的溺爱和纵容凡事固执己见，依己行事。在家庭教师泰勒小姐出嫁后，爱玛更是处于无人管束的状态。身边没有了人对她监督与管理后，她更自以为是地武断专行。比爱玛年长十六岁的奈特利先生及时弥补了爱玛父母的缺席，给予爱玛父亲般的呵护，但同时也以长者的身份纠正了爱玛的缺点，教育她。对为人处世、人情世故有着更深刻理解的奈特利先生更是引导爱玛去认清周围人的本质和品性。所有这些无不显示出海伯里的传统乡绅属性，海伯里描绘的正是英国前工业时代典型的乡绅生活，是一个由乡绅组成的传统乡村共同体。

类似的情节在《曼斯菲尔德庄园》也曾出现。这部说教性较强的作品更是以维护乡绅的道德价值观为主旨，塑造了范妮这位曾极力排斥城市新兴中产阶级价值观念、信守传统乡绅美德和捍卫乡绅生活方式的杰出女性，但来自伦敦的克劳福德兄妹的自身魅力却让人有难以抗拒之感。令女作家伤感的是，伴随着现代工业的入侵以及传统宗法社会的崩溃，传统价值观受到破坏，如梦如画的乡村田园共同体也逐渐走向解体。《劝导》里的安妮在父亲被迫出租凯林奇庄园抵销债务时，出发前依依不舍向佃户们告别，心中无比惆怅。可以肯定的是，晚年的奥斯丁敏锐捕捉到了社会转型期乡村社会正在经历的诸多变革，不无伤感地感叹传统乡村共同体的衰颓之势，表达了对于社会转型的焦虑。另一方面对乡村在书写中表露出一种深切的现实关怀，寄托了她对新型共同体的展望。

然而，如何建立一个共同体新格局，这成了当时有识之士所思考的时代主题。奥斯丁巧妙地将共同体意识融入小说之中。通观奥斯丁的作品，哪些方面显示了当时社会共同体意识缺位的状况？女作家认为构建共同体的途径是什么？下文拟试做探讨。

本文试图从社会学层面，以滕尼斯共同体理论为观照，从乡村社群趋于瓦解、士绅价值观念式微和敛财逐利社会正在形成、人际关系疏离、乡间情感认同减弱四个维度阐述乡村共同体危机表征，以此揭示奥斯丁在小说中所传达的人文关怀。

第七章
乡村共同体危机表征

第一节 乡村社群趋于瓦解

自中世纪以来，在广大的英国乡村，以封建土地所有制为核心的文化价值观念占据主导地位。而这一价值观念的捍卫者——乡绅和土地贵族理所当然地充当了英国社会的中坚力量，在维护和传承国教意识形态和传统价值观念方面起着关键的作用。然而，随着工业革命的兴起，18世纪英国早期工业化催生了由市民中上层、商人、律师等职业者构成的处于社会等级制中间状态的商业中产阶级，他们凭借自身勤奋努力积累了一定财富，身价倍增，试图与既得利益者平分秋色。伴随着这一新兴阶层的闪亮登场，乡村社会的阶层流动、人际关系、风俗习气发生了翻天覆地的变化，资产阶级商品文化正逐步取代传统封建道德文化。奥斯丁的故事模式虽不外乎由婚嫁故事敷衍全篇，但仍暗藏着土地贵族和城市中产阶级两种社会价值体系的交锋及阶级身份的融合这一历史发展的必然趋势。社会新旧势力并存且互相较劲，传统农村社会在新兴商业文明的强有力冲击下，每况愈下，而大规模圈地则是农村资本主义化显著标识之一。威廉斯说，当时英国社会处于活跃而复杂的发展过程中，并非"划一而固定"，其时"敛财逐利的正宗资本社团与农业资本主义的瓜葛最为明显"。社会变革打破了之前固化的社会结构，各阶层的流动性增强，新兴社会力量开始慢慢渗透。如此看来，奥斯丁小说所描绘的乡村生活绝非表面看来的那么波澜不惊，而是暗潮涌动：映射了18世纪英国社会发展的主流趋势，即资产阶级的上升和贵族、士绅阶层的没落与转型。乡绅的没落衰微通过士绅阶层分化、衰颓，中产阶层异军突起，以及贵族妇女择偶观的变化淋漓尽致地表现出来。

（一）士绅阶层分化、衰颓

奥斯丁的诸部作品都是探讨如何实践士绅角色和品质的传统观念寓言，然而理想化乡绅社会的图景却是罕见的。士绅往往不尽如人意，他们虽代表着某种社会和道德秩序，却陷入内外交困的境地。社会经济转型使工商业者获利，乡绅这一中小土地所有者却因为政府税收改革、农村劳动力流失遭遇空前危机，乡绅的社会空间日益萎缩。这一阶层对变革的态度出现了分化，一部分人独具慧眼，积极响应时代变化；更多的人对这股新兴力量怀有复杂的心理，他们固守旧的观念，坐收地息，一成不变的生活方式让他们不思进取，面对新变革，他们只能对其避而远之，躲进自己熟悉的环境中惨淡度日，但却不可能逆转历史。

对土地的过分依赖造就了士绅经济基础的脆弱。奥斯丁的六部小说不约而同地涉及乡绅家庭的经济来源问题。最早揭示庄园经济危机的要数《傲慢与偏见》。朗博恩乡绅班纳特先生貌似机智风雅，其本质上却是一个缺少担当的无能之辈。他在经济方面不善经营，捉襟见肘，也常感慨早年未能广开财路，导致五个女儿嫁资微薄无人问津，妻女在他身后无容身之地。再就是道德说教色彩较浓的

《曼斯菲尔德庄园》，庄园主人托马斯爵士虽是一个有作为的士绅，但庄园的经济保障还要依靠远在海外的殖民地，他不得不亲自赶往那里料理自己的产业。实际上，庄园在外部势力入侵时就已经内忧外患，危机四伏。沾染伦敦城市享乐风气的长子汤姆挥霍无度，早已使庄园负债累累，宣示着乡村共同体受到商业经济的冲击，这种传统的"由于持久地保持与农田与房屋的关系而形成的共同体生活"① 遇到了前所未有的挑战。

《劝导》里的凯林奇庄园则更糟糕。由于埃利奥特爵士醉心于奢华的排场和漂亮的面孔，以高贵的门第自诩，攀附权贵，肆意挥霍，导致出现严重经济危机。作品不仅揭露了这位贵胄的陋习和鄙薄，更嘲讽他的无能。妻子在世时，庄园经济全靠妻子料理，妻子亡故后，无实际生活能力又虚荣成性的他债台高筑，经济实力早已不能维持其体面地位，又不能接纳朋友开源节流的建议，曾显赫一时的贵族之家只得落魄到出租祖产的窘迫境地。这一情节发人深省，应该指出，在乡村环境下，庄园土地的意义举足轻重，经过几代人的传承，早已超出了单纯的经济意义，成为家族历史的载体和盛衰荣辱的见证人。唐韦尔也好，凯林奇也罢，都承担了传统的社会结构和职能，是士绅子弟生活和统治的中心，社会责任和使命感也由此产生。乡绅一旦与其脱离，便失去了存在的根基。故爵士出租祖传庄园和举家迁移，不只是一个平常人家的家事和变故，也意味着失去了一切社会责任和职能。乡绅这一群体的失势，对以其为中心的乡村社会而言，无异于殿失强梁。

与这种经济的困顿相对应的是士绅思想的保守和愚鲁。《爱玛》

---

① ［德］斐迪南·滕尼斯：《共同体与社会》，林荣远译，北京：商务印书馆，1999：54 页。

的叙述也不外乎家长里短的私人日常琐事，但用心透视故事的一些细节和人物对话的弦外音，仍能解析出具有历史意味的内容。在19世纪的英国乡村，往往是有威信的士绅担任治安法官，承担起维护地方秩序的责任。《爱玛》里的伍德豪斯先生曾几何时也是海伯里上层社会的权威人物。但如今时过境迁，海伯里已见衰颓之势，权威者所发挥的作用也急剧减少。故事开始时，家长制权威老伍德豪斯先生已蜕化成一个贪图女儿照顾的老小孩，作为老旧势力的代表，他像愚蠢的老妪般目光短浅，害怕一切变化，抵制一切新鲜的事物，甚至拒绝离开家半英里，就连下雪天出门都让他战战兢兢。

在以财力取人的社会，即便伍德豪斯徒有家财万贯，却仍然得不到尊重，人们总是对他阳奉阴违，甚至是刻意地忽视他，如弗兰克随意更改老先生选定的舞会举办地点，实是将其看作易于操控的弱者，态度颇有几分肆无忌惮。在外来力量邱吉尔之流的步步紧逼下，旧时权威却转化为弱势者，只是唯唯诺诺，没有任何招架之力。伍德豪斯先生所属的乡绅阶级在世纪之交表现出的无能、昏聩和固有权利的削弱与消解，也折射出这一时期英国社会生产关系层面的一场变革，由父辈主导的旧有土地所有制和由其所奠定的生产关系正被"去势"，取而代之的是新兴阶层和资产阶级，这无疑是对乡村政治气氛的暗示，也从侧面说明了旧社群的分崩离析在所难免。

奥斯丁在进行乡村叙事时，已经洞察到了英国传统农村经济正处于解体前的挣扎这一现实。默斯格罗夫太太的妹妹一家在上克罗斯有250多英亩的土地，在汤顿还有一个农庄，严格地说，属于乡绅阶层。但其住所"既不美丽，也不庄严。一幢普通的、矮小的农舍，四周是谷仓和农场建筑物"①。在周围人眼里，他们已经沦落到在财产上无足轻重、在社会地位上乏善可陈、在社交场合只能充当配角的境地。这些暗示了像海特夫妇那样的人，在农村经济高速发展、新型农民快速积累财富的进程中，已经沦为被抛弃群体的事实。

与固守诺曼时期沿袭下来的生活方式的旧式乡绅不同，并非所有地产阶层都全盘否定经济现代化，部分乡绅此时已展现出新的精神面貌，明显富有某些职业阶层品质——自信乐观、积极进取、善于理财等，而他们也从中攫取了巨大的利润和权力，如出身乡绅世家子弟的青年地主约翰·达什伍德和奈特利先生。

前者实为地产者转型后的农业资本家形象，是奥斯丁笔下少有的为之浓墨重彩刻画的次要人物。他一言一语都活灵活现，如他与妻子讨论如何履行对亡父的诺言给继母生活补助的一个场景，夫妻探讨几个回合成功地将资助金额降为零，一副悭吝冷酷嘴脸暴露无遗。然而，约翰不仅仅是小气的资产者，他还野心勃勃，头脑精明，赶上圈地运动的东风，圈占村庄公地，吞并乡邻地产，还涉足金融领域甚广，搞金融投资，买卖股票。约翰的为人处世风格可谓遵循金钱逻辑的"理性"或者可以理解为资本的人格化，他坚信个人有增加自己财富的义务和责任。当然，奥斯丁对约翰的功利主义思想是不能苟同的，字里行间尽是对其的嘲讽之音。

《爱玛》里的奈特利先生则是一位名副其实的绅士，堪称具有传统乡绅价值观的代表，他热情、善良、稳重，对弱者怀有关爱之情。更让人称赞的是，他思想开明、积极乐观地接纳新事物。比

---

① ［英］简·奥斯丁：《劝导》，孙致礼译，南京：译林出版社，2015：72 页。

如，身为唐纳德庄园的主人，他外出总喜欢步行而不是乘坐彰显其身份的豪华马车，他不屑于身份地位有别等世俗迂腐的观点，洞悉到农夫马丁的品德，与其友好平等地交往，并称赞他具有绅士的品质。在从事农事改革方面，奈特利也乐于采纳新技术，每次和在伦敦从事律师职业的兄弟见面时，总会讨论改良农田灌溉和农事经营事宜。思想富有前瞻性的奈特利明白，改变不见得是坏事，如能为我所用，还能带来收益，不失为一桩美事。而奈特利这位亦旧亦新的绅士和老伍德豪斯对社会变革的不同态度显现出当时英国乡村社会的中坚力量——乡绅阶级内部的分化。奥斯丁也敏锐地意识到这一点，本阶级的内部离心力将导致旧体制的分崩离析，但她仍对渐行渐远的田园生活充满了依恋之情，仍寄希望于有作为的乡绅阶层的优秀人物，而这种喜剧结局削弱了小说的现实批判力。

（二）中产阶层异军突起

19世纪初的英国不仅见证了士绅群体的分化，也造就了社会阶层流动的渠道。圈地运动前的英国，社会等级界限分明，土地贵族和士绅是社会秩序的基础，乡绅控制着广大乡村，是英国社会的实际领导者。[①] 然而，工业革命和海外贸易的蓬勃发展为平民阶层提供了难得的机遇，产生了商人、自由职业者、市民中上层为主体的新兴工商业中产阶级，社会阶级体系呈现出相对流动性，年轻人凭借个人才干和努力可以实现阶层跃迁，改善社会地位。尤其是18世纪末持续近二十年的英法战争更是为社会流动提供了契机。昔日只能由贵族子弟加入的军官行列也对有理想、受教育的平民青年敞

---

① 苏耕新：《简·奥斯丁的小说中的阶级流动性》，载《复旦外国语言文学论丛》，2019（1）：60页。

开了大门。

　　一般来说，年轻人先要在位于朴次茅斯的皇家海军学院接受两三年的专业训练，而后加入海军。上船后，他们先担任船长助手，习得航海技术，在此期间，不乏出人头地的机会，六年后就有晋升军官的资格。《曼斯菲尔德庄园》中的威廉就是一例。沃尔特爵士对军官名利双收愤懑不已，理由不外乎社会流动破坏了原来的等级秩序。海军给出身微贱者带来过高的荣誉，使他们得到了先辈不曾奢望过的高官厚禄，而这些似乎将之前界限分明的等级堡垒忽略了。①

　　主人公所属阶层，不再是拥有地产的贵族或乡绅，而是个"白手起家"的人物。温特沃思上校的衣锦还乡就是威廉奋斗生涯的延伸。就财产来源而论，温特沃思实则是暴发户，通过参加海军，在海上抢夺战利品实现发财致富，这在当时也是一条捷径。他和安妮破镜重圆的最大助力在于海战劫夺船只获得财富，而不是阶级地位的变动。而俨然以流动资产身份出现在贵族社交场合的上校，也因为资产雄厚受到尊敬。温特沃思上校之所以能够和安妮这位落魄的贵族小姐重修旧好，很大程度上在于他 2 万英镑的身价，而这笔财富与地租毫无瓜葛。正是流动资本的加持，温特沃思与安妮不再有身份地位的诧异，也无须接受殷殷的"劝导"了。这也着实印证了崛起的中产阶级只要努力进取，不畏艰辛，终会凭借财富与传统贵族平分秋色。

　　海伯里可谓等级差异显著又历经变迁的英国社会缩影。在对年轻男女浪漫婚嫁故事的描写中，家长里短的叙述另有深意，暗藏了

----

　　① ［英］简·奥斯丁：《劝导》，孙致礼译，南京：译林出版社，2015：14-15 页。

社会结构或隐或现的变化。受长期"轻商"思想的影响，经商是受到轻视的职业，如写于早期的《傲慢与偏见》里的伊丽莎白舅父母加纳第夫妇，人物还未登场就被一群贵族小姐冷嘲热讽。《爱玛》中提到的科尔夫妇，早年也因为出身低贱，靠经商起家，被排挤出上流社会交际圈。然而，随着社会的变化和与之而来的价值观念的改变，贵族等英国社会中上阶层涉足工商业，腰缠万贯的商人被逐步获得认可，如奥斯丁后期小说中出场的绅士们已经非常商业化了。科尔夫妇、威斯顿等人，包括被公认为古老世家的伍德豪斯家族的主要财源都不是土地，甚至连乔治·奈特利也不再有喝酒打猎等消磨时光的老式做派，而是成为倾心农场管理的新型地主。科尔一家早年因经商受乡邻冷落，然世事变迁，商人在经济实力增强的同时，逐渐地被上层圈子接纳。爱玛刚开始不愿意降尊纡贵地参加科尔家的舞会，后来看到其他乡绅出席后又担心不被邀请，只得改变主意赴会。以科尔家为代表的资产阶级在社交界的日趋活跃和伍德豪斯老派地主的因循守旧展现了士绅阶层的换血和变迁。

中产阶级的崛起不仅仅在于其生财有道，更体现在其对自身形象的打造上。相比贵族阶级自私虚伪，中产阶级的道德品质让人交口称赞，如科尔夫妇行事低调，待人友善，在当地也口碑颇佳。在送到伍德豪斯府的请柬里，特别提到考虑到其父伍德豪斯的身体状况，已专门从伦敦订购了一面屏风，其待人之体贴入微堪与奈特利相比。向来挑剔的爱玛也不得不承认，请帖措辞得体，言语中透露真诚。海军群体更令人过目难忘。克劳福德将军夫妇对安妮的友好坦率以及善良热情无不体现出他们极强的人格魅力。路易莎不慎摔倒，哈维尔夫妇细心周到地照顾她，他们任劳任怨的态度让我们看到底层人民的优良淳朴的品质。奥斯丁借少女路易莎之口表达了对这一新兴阶层的认可，"他们好客、热情、坦率、正直，是值得尊敬的人"①。中产阶级的经济、道德的不断完善使得上层妇女开始以新的眼光打量这群时代骄子，并重新审视这批人物的群体形象，将其纳入终身伴侣的人物行列。

（三）贵族妇女择偶观的变化

英国历史学家劳伦斯·斯通在《英国的家庭、性与婚姻1500—1800》一书将婚姻缔结动机归为以下四类：为了巩固家庭的经济、政治或社会地位，为了个人的感情、友爱和情谊，性的吸引，激情之爱。② 这几乎囊括了与之同时代奥斯丁婚恋故事中的所有婚姻类型。奥斯丁显然对出于自身利益权衡的第一类婚姻嗤之以鼻，并借达西姨母凯瑟琳夫人如意算盘落空调侃奚落。可现实中出于此类考虑的婚姻却是相当普遍。英国贵族自矜高贵的血统和特权，总是在阶级内部寻觅良缘，这表示出明显的轻视下层民众的心理。

"在理想的贵族婚姻中，家族世系的延续、强大的政治联盟的建立、家族财产的保护和积聚、家族社会联系的扩大、家族社会地位的上升，是首要考虑的问题。"③ 关于这一点，可从《劝导》里自负的沃尔特爵士为女择婿的态度中窥见其影响：门当户对的贵族绅士是择偶的最优选择，有权有势的乡绅稍逊一筹也可以勉强接受，而同一位既无爵位又无财产的男性缔结婚约，则有失体面。拥

---

① ［英］简·奥斯丁：《劝导》，孙致礼译，南京：译林出版社，2015：14-15页。

② ［英］劳伦斯·斯通：《英国的家庭、性与婚姻1500—1800》，刁筱华译，北京：商务印书馆，2011：103页。

③ 姜德福：《社会变迁中的贵族：16—18世纪英国贵族研究》，北京：商务印书馆，2004：103页。

有贵族头衔、丰厚的财产、稳定的收入和房屋土地等不动产的绅士，显然是最理想的结婚对象，而在此基础上的绅士风度、高尚品德和英俊相貌更是锦上添花。故此，《劝导》里的埃利奥特先生正是迎合这种普遍的择偶观打造出来自己的人设，以致他可以被认为是一个绝佳的结婚对象，颇受恪守士绅阶层价值准则的拉塞尔夫人的青睐。

然而工业革命后，随着社会经济结构的变化，中产阶级积聚了雄厚的经济实力，道德素质焕然一新，上层社会妇女逐步逾越了狭隘的等级界限和苛求尊贵的阶级观念，对这一时代的新贵青睐有加，并选择他们作为人生伴侣。

《劝导》里，作者浓墨重彩地描绘凯林奇庄园沃尔特·埃利奥特爵士次女安妮的爱情之路，还夹杂其大姐伊丽莎白和默斯格罗夫家两姐妹亨利埃塔、路易莎的婚姻选择。这四对婚姻无一不是一波三折，尤其是安妮，早年屈于身边殷殷劝导的压力，取消了婚约。等待她的，是八年的心境枯槁和花样年华逝去。所幸，再次邂逅时温特沃思重新认识并爱上了经历八年岁月打磨、已经在心智情感上焕然一新的安妮。安妮听从内心真实情感的召唤，排除迂腐世俗成见，"下嫁"给出身寒微但却品行良好、为人坦率真诚、衣锦还乡的旧日恋人，婚后走出庄园，掀开了新的人生篇章。以坦纳、布朗为代表的批评家认为，本书见证了以士绅地主阶层为中心的英国传统等级秩序的解体。男女主人公缔结的婚姻不再以固定地产作为基础，也没有围绕着士绅的地产构建出一个稳定的共同体结构，而仅仅意味着他们之间的私人情愫。[1]

---

[1] 陈毅栋：《〈劝导〉中的情感具身认知与情感应对策略》，载《外国文学》，2022（2）：157 页。

与安妮相仿的还有亨利埃塔姐妹，她们的爱情之路之所以举步维艰，概源于对方身份卑微产生的阶级身份的差异，而最终结果却柳暗花明。这一阶级身份取舍的过程无一不在昭示生机勃勃的新兴中产阶级凭借自身实力已经令徒有其表的贵族膏粱子弟无还手之力。等级森严的阶级身份制约因素在婚姻缔结上的影响已经微乎其微，也说明了英国乡村社会阶级身份的界限在不断地淡化，阶级身份在不断地走向融合。

安妮的姐姐伊丽莎白没有那么幸运。这位秉承了埃利奥特家族传统阶级观念的贵族小姐自欺欺人地崇拜自己的高贵门第，一直念念不忘的是维持贵族的排场和寻觅与其门当户对的如意郎君。她一直盼望，"一两年之内攀上一个体面的准男爵，她将为之大喜若狂"①。然而，命运跟她开了巨大的玩笑，最有资格继承凯林奇庄园的埃利奥特先生却是一个阴险、狡诈的小人，而且追求的是妹妹安妮。等待她的将是英国上流社会最为尴尬的另一种妇女的生存道路——沦为受人嫌恶的老姑娘。

相比于姐姐自以为是的清高，妹妹玛丽却极其清醒理智。她早早嫁给地位身份稍逊一筹的上克罗斯家的长子查尔斯·默斯格罗夫。由于在很大程度上继承了埃利奥特家自负的传统，不管遇到什么不快，她总是疑心自己遭到了忽视和屈辱。玛丽一向认为自己是男爵之女，阶级身份远远高于婆家成员，故这里的任何人都应该对自己礼遇有加，玛丽自己也一再强调不能因为她是上克罗斯家中的一员，就丧失了其原有的地位和身份。因为玛丽过于看重自己的身份，以至于在婆家几乎得不到大家的真心喜爱。在与查尔斯的夫妻

---

① ［英］简·奥斯丁：《劝导》，孙致礼译，南京：译林出版社，2015：7页。

关系上，玛丽有着极强的受挫感。查尔斯总是以打猎为由避开她无尽的唠叨、抱怨。婚姻的无爱加上对阶级身份的在意，是玛丽婚姻陷入僵局的根由。而一厢情愿地抬高身家、一味苛求身份平等的做法，是对彼此最大的伤害，最终只能自取其辱。

作为世俗理性化身的拉塞尔夫人对教女安妮择偶价值取向的改变更是一个典型的例证。骑士的遗孀这一身份让拉塞尔夫人很难无视婚姻中的阶级性，无财产、没有家世背景的温特沃思在她眼里犹如洪水猛兽；而有着贵族头衔、丰厚财产的绅士威廉显然是她最中意的、对安妮来说最理想的结婚对象，这也代表了旧贵族圈子的主流择偶观。八年后，当温特沃思凭借财富和地位重新出现在安妮面前时，拉塞尔夫人献上的祝福同样是出于理性的。前后大相径庭的态度皆由理性出发，变化的却是应时代而转变的价值判断，贵族的头衔、高贵的社会地位已不再是评判结婚对象的唯一标准。"贵族选择配偶非常注重门当户对，一般实行内婚制。随着社会经济结构的变化，16—19 世纪的贵族婚姻逐步跨越了等级制的界限，变得比较开放，贵族阶级内婚率逐渐下降，但对于财富却非常重视。"[1]如今的温特沃思有能力也有条件给予安妮相对稳定的生活，别人再没有了反对这桩婚事的理由。拉塞尔夫人对于温特沃思上校的接受，代表的是世俗社会对跨越门阀观念的婚姻的接受，也是对旧贵族择偶传统的颠覆。

而这些无疑在说明，不管上层阶级如何在意自己的身份，阶级身份的确在不断地融合是不争的事实。身份、地产已经不是婚姻选择和判定人的唯一标准，人品才能、经济实力占据了越来越重要的

---

① 傅新球：《英国社会转型时期的家庭研究》，合肥：安徽人民出版社，2008：91 页。

地位。对作者而言，本阶层内部的升幅起落并非关注焦点，真正令她忧虑的是乡绅失势将危及主流秩序和价值体系的连带冲击。

第二节　士绅价值观念式微

士绅价值观念式微也是乡村共同体意识缺位的表征。奥斯丁所属的乡绅是一个以农耕文明为基础的传统阶级，其价值取向建立在传统的农业生产与宗法社会关系之上。乡绅在维护托利党国教价值观念、地方秩序、服务地方、扶弱济困等方面发挥了重大的作用，其价值观念的核心为责任和使命感。责任是不可推卸的，是必须履行的，一个无法履行责任的人将丧失荣誉。埃德蒙·伯特伦的行为便诠释了这一点。他为了替哥哥还清欠债不得不长期放弃自己的经济利益。另外，乡绅认为有义务帮扶领地里的居民，维护领地治安，也应为他们举办某些文化活动。《理智与情感》中年长的约翰爵士极好地履行了这一职责。他殷勤好客，附近每迁入一新住户，他都竭尽地主之谊，第一时间登门拜访，帮助新居民融入当地生活。这种慷慨好施与源自中世纪的骑士精神多有重合之处。工业革命之前的英国，古老的士绅传统在凝聚人心、规范人们行为方面发挥了关键的作用。

而随着中产阶级在经济上的崛起，英国乡间一些属于中产阶级、来自城市的价值观也开始侵蚀与改变乡间的淳朴风气与有序秩序。"闲适、从容、有序"的乡间生活正受到以"喧嚣、杂乱"的城市商业文明为代表的价值观念的强力冲击，使乡间绅士阶层的价值观念遭受严峻的考验。工商业中产阶级发家于城市，得益于资本主义生产方式很快聚集起大量的财富，然而，对个体价值和财富的强调常与过度欲望和极端个人主义联系在一起，催生以自我为中心的行事风格。在奥斯丁的小说里，存有一群因雄厚经济实力跻身于乡绅之列，但并未接纳乡绅价值与秩序的工商业资产阶级新贵，不良的态度与行事风格大多由这群人带入乡间，他们试图瓦解乡村稳定的生活方式、行为规范、道德准则和信仰。

《爱玛》里的埃尔顿夫妇就是典型范例。身为牧师的埃尔顿作为教民的宗教生活的指引者，理应身体力行践行道德规范。但此人毫无同情心和社会责任感，秉承功利主义的那套做派，不仅没有为社会和集体担负更多的义务和责任，却把所有的精力都专注在如何获取更多的财富和更高的名誉上。其言行更是令人咋舌，埃尔顿太太原生家庭类似暴发户，因商业发迹创下万贯家财，对此这位富家千金难掩骄傲之情，公然在社交场合炫耀娘家的富有生活。嫁于牧师后成功跻身乡绅之列，然而并未内化乡绅的传统价值和行为规范，反而在待人接物上粗俗不堪，行事作风带有极强的功利性，践踏传统价值，扰乱现有社会秩序。例如，她常拜访穷困的贝茨一家并主动帮孤女简寻觅工作，但此举绝非出于关爱之情，而是为了扩大个人影响力，妄图与爱玛争夺海伯里社交界领导权。社交领袖常常扮演阶级价值观念仲裁者和维护者的角色，而此类角色往往由品行过关的人物充任。妄自尊大的埃尔顿太太为人与德行实属不堪，既不理解士绅阶级肩负的使命和社会责任感，接受与维护其价值之说自然无从谈起，海伯里的传统秩序和和谐的氛围也因她和她的一些陋习受到了一定的威胁和冲击。功利主义和拜金主义带来的杀伐之力不可等闲视之。

玛里琳·巴特勒认为，《曼斯菲尔德庄园》中的对话是"不同价值体系发生冲突的场合"，是发生在"现代个性精神和老式正统观念"之间的"思想之战"。① 以曼斯菲尔德庄园为代表的传统乡村社会秩序，也遭受着以克劳福德兄妹为代表的城市资本前所未有的冲击。他们在伦敦生活多年，行事风格上具有浓重的城市色彩。他们热衷功利，贪图享受，自私，感情淡漠，用自己的价值取向腐蚀传统的道德标准，他们的出现打破了乡村秩序的平衡状态。亨利虽然表面上见多识广、魅力四射，但实则轻浮善变，完完全全是一位道貌岸然的伪绅士。这一类人衣着华美，生活优渥，凡事以自我为中心，没有社会责任感和集体使命感。他们带来的是城市腐化堕落的道德观。亨利虚荣，耽于享乐，尤其在情场上长袖善舞。来到曼斯菲尔德庄园之后，他急于证实自己的个人魅力，因此游走在两位待嫁的伯特伦小姐之间，姐妹俩几乎因他感情失和。后来因为亨利虚荣心的萌发，引诱已为人妻的玛利亚与其私奔。这当然不是出于真爱的追求，而仅仅是一种征服的欲望，借此享受争夺的快感。这种自私、轻浮的行为对宁静、传统的曼斯菲尔德庄园来说是极大的破坏。对于这种行为，早有评论家指出："伦敦最糟糕的东西已经侵入神圣的曼斯菲尔德庄园。它喧嚣、粗俗、是一种糟糕的生活。"②

在亨利妹妹玛丽看来，金钱是最富有威力且所向披靡的，有钱就没有办不成的事。这才有了出钱雇人去伦敦取竖琴的想法。当

---

① 黄梅：《不肯进取》，沈阳：辽宁教育出版社，1996：10页。
② ［美］苏珊娜·卡森：《为什么要读简·奥斯丁》，王丽亚译，南京：译林出版社，2011：150页。

然，在繁忙的秋收时节，这自然遭到以土地为生的农民的拒绝，也暗示其价值观在淳朴的乡村风俗面前碰壁。随后，她的金钱万能观点又转移到恋人埃德蒙的职业上，浸染伦敦风尚的玛丽认为牧师俸禄微薄，出人头地的可能性几乎为零。考虑到当时的社会现实以及伦敦资产的快速流动，认为让埃德蒙去做一名能迅速积累起财富的律师或军人才是比较明智的选择，而这一切都源于她对金钱的崇拜。尽管如此，正直、富有道德感的埃德蒙也难掩对其爱慕之情。作者似乎通过兄妹二人难以抵御的个人魅力凸显了都市资本主义滋生的不良习气对年轻一代的强烈诱惑。

如果说克劳福德兄妹的到来是城市价值观对曼斯菲尔德庄园从外至内的渗透，那么这座庄园内部的年轻人对伦敦堕落思维的接受则是由内而外的腐化。在18—19世纪的英国有着严格的世袭制度，对长子继承制有着极为苛刻的要求，只有长子汤姆可以被称为伯特伦先生，继承托马斯爵士的头衔和庄园。整顿家族秩序、规范众人道德的重任自然由汤姆肩负。而汤姆却是个沉溺于物欲中的纨绔子弟，常混迹于伦敦交际场，沾染了那里纸醉金迷的不良风气，学会了赌博、赛马和酗酒，变得挥霍无度。在伦敦习俗的浸染中，他不仅迅速接受了自私享乐的金钱思维，并且尝试用伦敦堕落的道德观来统治淳朴的曼斯菲尔德庄园，以此来打破这里"死气沉沉"的传统氛围。故事的最后，他终于被伦敦堕落、放纵的风气所打倒，酗酒导致重病，濒临死亡。以亨利兄妹为代表的新兴资产阶级在财力的掩护下，深入到士绅们建构的乡村秩序的中心，并对其进行蛊惑与破坏。在这一系列新旧的交锋中，每况愈下的旧贵族们体会到了处在社会转型期的痛楚。

利欲熏心、享乐主义盛行的社会现状使先前维护共同体平稳发展的生活方式和价值观念渐行渐远。由士绅价值观凝聚的乡村共同体被打破，此时的英国社会犹如滕尼斯笔下的一个"机械的聚合和人工制品"①。奥斯丁不无感伤地意识到这一点，也预见传统价值的传承之链将有中断之虞，因此着意将乡间绅士、淑女的生活织进细密的社会生活之网，填入新旧力量的对比冲突及阶级力量的浮沉起落，表达了对传统农业社会解体后人际阶层关系走向的近忧和远虑。

第三节　人际关系的疏离

　　作为工业革命的发源地，英格兰最早实现了从农业社会到工业社会的转型。然而，工业文明在创造大量物质财富的同时，也冲击了稳定的社会秩序和传统价值体系。一系列的负面效应接踵而来，贫富悬殊，唯利是图，阶级矛盾尖锐，对金钱和个人利益的推崇使原有的社会结构、信仰状况、人际关系、生活方式都为之变化，决定人们身份标识的不是"出身所赐的血统和法律特权"，而是"财富"，金钱已赫然成为社会的上层建筑。对金钱的追逐使之前宗教和亲属关系建构的有机共同体被打破，使过去曾将人们凝聚在一起的社会维系方式脆弱不堪，托克维尔一针见血地指出："人类精神的全部精力投入到对财富的牟取之中，英格兰人活着就是为了追求

---

① ［德］斐迪南·滕尼斯：《共同体与社会》，林荣远译，北京：商务印书馆，1999：54 页。

财富。"① 在奥氏小说中，俯拾皆是的"财产""英镑"等字眼无不映射出这一时代语境。在这一以金钱法则为中心的语境之下，人们都在追寻利润最大化，当人人都着眼于个体的利益时，维系人际情感的内聚力就会消失，共同体生活的意义就荡然无存。古老的英格兰乡村社群共同体在现代化商业文明的冲击下面临危机。

滕尼斯在《共同体与社会——纯粹社会学的基本概念》中把共同体分为三种形式，即血缘、地缘和精神。三者相互融合，密切相关。"地缘"顾名思义，即以"邻里"关系为基础的乡村共同体，"邻里关系成为最普遍的社会关系形态"②，它主要体现为邻里以及亲人之间的关系疏离。家族是共同体的一种社会形态，"是共同体的植物形式，依托理念上的整体社会意志"③。世纪之交的英国处于由从农业资本主义向全面的资本主义过渡时期，农业文明在新兴工业文明的强力冲击下节节败退，依照血缘建立的亲属和社会关系发生了相当大的变化。奥斯丁对传统乡村社群生活有着切身的体验，女性处境又使她敏锐地洞察到共同体内部向心凝聚力的减弱。准确地说，奥斯丁未直接将症结归并为农村资本主义经济的兴起和冲击，但作品中却给人一种新型价值观念侵蚀传统的压迫感。而疏离是乡村共同体危机的一个重要表现，它主要体现为亲人以及邻里之间关系的疏离。

如前文所述，传统具有的社会价值资源在奥斯丁创作的后期已

---

① 文蓉：《"找家"的书：〈霍华德庄园〉中的共同体重塑》，载《四川师范大学学报（社会科学版）》，2019（4）：120页。

② 龚浩宇、龚长宇：《道德共同体的现代建构：基于滕尼斯〈共同体与社会〉的阐释》，载《道德与文明》，2017（6）：136页。

③ 龚浩宇、龚长宇：《道德共同体的现代建构：基于滕尼斯〈共同体与社会〉的阐释》，载《道德与文明》，2017（6）：134-139页。

呈枯竭之势，甚至变成了无意义的东西，家庭也是概莫能外。在奥斯丁生活的史蒂文森，联系紧密的家庭被赋予崇高的地位。"家"是由温情、关爱、责任等道德元素构成的共同体，给人带来心灵归属和安全感。家庭关系是维持社会的基础，对共同体意识的形成有着极其重要影响。而家庭关系不和谐则是对乡村共同体作为"人的意志完善的统一体的巨大威胁"。因为这些打破了"相亲相爱的人和相互理解的人长久地待在一起，居住在一起，安排他们的共同生活"① 的共同体规律。

　　《理智与情感》中詹宁斯太太两个女儿家里充斥着不和谐的音符。次女夏绿蒂活泼、开朗、待人热情，而帕尔默先生不苟言笑、妄自尊大，甚至在妻子怀孕的期间都没有给予一点温情，当众羞辱妻子。而大女儿米特兰顿夫人和约翰爵士夫妻二人性格迥异，夫人性格冷淡，自私自利，其夫热情好客，对人真诚，而这恰恰是妻子最嫌恶的，于是妻子口中，"他是我丈夫"，"我孩子的爸爸"成为二人夫妻关系仅存的联系。性情的分歧、对对方长期的不满让两个人渐行渐远。《劝导》里安妮的妹妹玛丽夫妇长期处于冷战状态，玛丽不断抱怨丈夫家人对其不尊重，丈夫则嫌弃妻子过于矫情。安妮父母在世时也是如此，母亲是一个有优秀思想见地的女性，面对丈夫的愚蠢、虚荣无力改变，便以迁就、回避，巧妙地避开丈夫。夫妻之间不能正常地沟通交流，这种家庭氛围着实压抑，也影响到了其他家庭成员之间的关系。

　　《曼斯菲尔德庄园》更有出身望族的一对姐妹为一花花公子亨利·克劳福德几近反目，后来，兄长病重，相继来到伦敦的姐妹却

---

① ［德］斐迪南·滕尼斯：《共同体与社会》，林荣远译，北京：商务印书馆，1999：58—73 页。

没有想着马上回家看哥哥，而是继续游玩享乐。这让贫寒的表妹范妮对两位表姐很是失望。《理智与情感》里的有着伦敦生活背景、深受城市商业价值观念影响的谋产者露西·斯蒂尔用尽卑劣狡黠手段嫁入豪门后，还不忘偷走一直相伴多年的姐姐身上仅存的一点钱，以至于姐姐拿不出回家路费。不仅如此，她还以极强的心机和手腕成功打入了以费勒斯太太为首的社交圈。费勒斯太太对她的态度前后大相径庭，由开始鄙夷其低贱出身，到后来欣然接受她献殷勤。费勒斯太太最终自食其果，露西勾引她刚刚取得继承权的幼子罗伯特向自己求婚，而愚蠢的罗伯特在妻子的怂恿之下与姐姐争夺母亲的遗产，毫不考虑兄长爱德华的生计问题。对金钱的追逐使之前由血缘关系建构的有机共同体被打破，过去曾将家庭成员凝聚在一起的力量微乎其微，原本成为社会支柱的家庭，如今变得空洞。奥氏所看重的文明、礼让、家庭之情、手足之爱就这样被破坏干净。家庭的前景和命运何在？奥斯丁不无担忧地预见家庭的危机。

《劝导》中弥漫着人与人彼此隔绝的氛围。凯林奇府的家庭成员少见感情交流，安妮很是感受不到家庭的温暖。父亲愚昧自负，姐姐自私冷漠，妹妹蛮横任性，备受家人冷落的安妮曾暗中观察，明显感觉到克莱夫人有意取悦父亲将会给家庭带来极其严重的后果时，立即向姐姐伊丽莎白表示担忧，姐姐却冷冷地回应道："我比你更了解她的思想。我可以告诉你，在婚姻这个问题上，她的思想是特别正统的。我的确认为，可怜的克莱夫人待在这里是万无一失的。"① 姐妹俩的谈话全是姐姐盛气凌人的反驳，句句以"我"开头，次数多达十一次，伊丽莎白强势的声音主导了一切。双方表面

---

① ［英］简·奥斯丁：《劝导》，孙致礼译，南京：译林出版社，2015：29 页。

上在进行对话，但因为安妮在家中没有发言权，二人话语权不对等，安妮无法获得平等的交流。安妮不仅在虚荣势利的家里形单影只，她在乡绅交际圈也常常陷入孤单的尴尬处境。再联系小说中时常醒目出现的"陌生""疏远"等现代性的字眼，这更显示出安妮作为孤独的个体与人际关系纽带瓦解之间的关联。她和一直以来将她视为己出的教母拉塞尔夫人也并非知无不言。关于安妮的内心活动有以下描写：

> 若叫安妮·埃利奥特说起来，那该具有向导的说服力啊！至少，她对早年炽热恋情的渴望，对未来的满怀喜悦和信心，是有充分理由的，而过去的谨小慎微似乎成了对奋争的侮慢和对上帝的亵渎！①

这一内心独白不仅告诉读者，心智成熟的安妮不再盲从教母拉塞尔夫人，也痛切地揭示出横亘于两代人之间的深刻隔阂。由于难以调和的观念分歧，或是顾忌对方的情感，情同母女的两人竟不能敞开心胸，彼此沟通。这种心理距离更是惊心，如坦纳指出，安妮所置身的社会处于"道德及话语高度分崩离析的状况"，她时时被"飘零无根"之感缠绕。无时不在的疏离感意味着传统社会习俗的巨变，社群不复存在。

《爱玛》里的老姑娘贝茨小姐遭人嫌弃，不仅仅因为其言语啰唆，更重要的是因为她的社会身份——家境困窘的单身女人。海伯里的乡亲固然有品行高尚、扶危济困的奈特利先生，然而毕竟鱼龙混杂，势利眼者比比皆是。爱玛作为晚辈都能在公开场合调侃她，并模仿其对邻居偶施小恩小惠时的神情，新贵埃尔顿太太更是以她

---

① ［英］简·奥斯丁：《劝导》，孙致礼译，南京：译林出版社，2015：25 页。

们一家的拯救者自居，话里话外都是对贫寒乡邻的不屑，这些都令贝茨的自尊心深受伤害。人人相敬相爱、亲如一家也只能在回顾往昔时找寻。

贝茨这一沦落到士绅底层人物的尴尬和伤感实则映射出巨大的贫富差距使英国乡村共同体岌岌可危的困境。一个有机共同体的延续，要依靠"精神、道德和情感传统"，如书中奈特利先生以"为他人"原则为基础的价值规范和他的绅士精神。以埃尔顿太太为首的工商业阶层对金钱的过度推崇，冲击了维护共同体内良好人际关系的诸多品质，如同情心、互惠互助等，人与人之间逐步冷漠疏远。而功利主义盛行、以财力取人的社会是不可能实现共同体目标的；邻里关系的不和谐是对地缘关系的挑战，人们地域观念的淡薄、对共同体的漠视，反映了英国传统乡村共同体在现代化商业文明的冲击下面临危机。

第四节　乡村情感认同减弱

乡村是一个以先辈和遗产为根基的共同体，"一般来说，乡村是封闭的、内敛的并保有一种持久的耐心，乡村生活被安静地束缚在一片固定的土地上，人们据这片土地确定自己的认同，确定自己的语言、风俗和起源"[①]。英国的庄园文化由来已久。早在诺曼征服之前，庄园就已经存在。经过几个世纪的发展，庄园逐渐成为"召唤英国符号时一个重要的历史文化象征"[②]。甚至可以说，庄园表现

---

① 汪民安：《现代性》，桂林：广西大学出版社，2005：19 页。
② 王烨：《石黑一雄长篇小说权力模式论》，重庆：重庆大学出版社，2018：35 页。

了传统英国社会的价值观念。贵族眷恋庄园，热爱田园生活，"一有机会总是尽量驻留庄园，享受庄园之乐"①。而且旖旎的乡村景观"给这个英伦岛国的民族想象共同体赋予了坚实的形状，使英国的民族——国家形象得到了清晰的表述"②。

工业革命前的英国乡村以庄园经济为主导，乡绅农民世世代代居住于此，对乡土的热爱、淳朴的民俗、深厚的邻里关系、互助互惠的生活实践都形成一个以庄园为向心凝聚力的共同体。乡村生活产生的依念之情衍生的集体无意识，产生了英国作家根深蒂固的乡村情结。

奥斯丁受本人生活经历的影响，对英国乡间田园生活有着无限的眷恋和热爱。她倾其笔力，为读者勾画了一幅前工业化时期带有田园牧歌情调的乡村文明图景，再现了前工业时期农耕文明的乡村生活之独特风韵。树木、绿地、河流、庄园交相辉映，具有浑然天成的和谐美感。生长于乡村的人们能更好地和大自然相处，遵循自然天性生活，不必为了金钱焦头烂额，疲于奔命。绅士生来就有田产可以继承，他们有充裕的时间去充实精神世界，交际，恋爱；淑女熟稔舞蹈、音乐，酷爱读书、旅行，追求美好的爱情，并获得幸福的生活。人与自然亲密接触，大自然的新鲜空气让人充满活力，情感在真实在自然面前更显真挚。乡村的确是一个顺由自然天性生活的世界，呈现出特有的和谐和安宁，体现出"强大稳定、恒久有序、保守内敛的传统乡村价值观"③

---

① 阎照祥：《英国贵族史》，北京：人民出版社，2000：279 页。
② 王烨：《石黑一雄长篇小说权力模式论》，重庆：重庆大学出版社，2018：35 页。
③ 王烨：《石黑一雄长篇小说权力模式论》，重庆：重庆大学出版社，2018：36 页。

自 18 世纪下半叶到 19 世纪中叶，英国的共同体转型真正迈开了大步，现代性的大门被打开。工业革命不但催生了曼彻斯特这样的大型工业城市，也导致了传统英格兰乡村的没落，蒸汽纺织厂取代家庭纺织机，圈地运动中，大量公地、荒地、适用耕种的露地等被侵占，令自耕农丧失了最重要的经济来源。另外，乡村的土地则逐渐被农业资本家圈占。庄园经济已经显露颓势，以土地为中心的生活、生产方式已是桑榆暮景。

举例来说，作为乡村社群领导阶层的乡绅深陷生存焦虑，与乡村产生了疏离之感。众所周知，作为乡中小土地所有者，乡绅的主要经济来源是地租产生的利息，土地可谓其赖以为生的生存资料。然而，随着城市化的不断推进和社会经济形态的转型，靠土地产生的收益已不足以维持其体面地位。这才有了托马斯爵士离开本土，远赴爪哇岛打理海外种植园借以维护曼斯菲尔德庄园的运转；沃尔特爵士更是主动放弃庄园及庄园带来的荣光，屈就在商业城市一公寓，充当子爵夫人的陪客，并为此得意非凡。他搬离庄园、主动卸掉一切社会责任感和功能，其中的意味不言自明。其继承人威廉更是将家族荣誉视作粪土，从未计划回归祖居执掌庄园，他更陶醉于城市挥金如土的生活氛围。祖祖辈辈放牧或农耕的世家子弟离开了庄园、农场这些村民们历代赖以维持生活的根本，对土地没有情感依恋，与农民建立的互助互济关系的载体、以忠诚换取保护的原则载体被破坏；共同体成员内部固守的仁爱精神遭到动摇，维系多年的邻里之情也日渐淡薄。这种远离故土的生活方式造就的漂泊感和无助感，必然淡化人们对乡村和集体的归属感，乡村情感认同岌岌可危。

如同将工业文明同城市相提并论一样，自然景色总与乡居生活紧密相连。对乡村风景的态度展现了人物的思想观念、情感波动或乡村共同体观念。奥斯丁的前期作品较少单纯描写景物，而往往在写景时注重体现这些景色对人物感情的影响。但《劝导》却一反常态，她细腻刻画了一个村庄的旖旎风光："那座庄园高墙大门，古树参天，古色古香，整饬优美的花园里，坐落着紧凑整洁的牧师住宅，窗外一棵树修得整整齐齐，窗户周围爬满了藤蔓。"① 厄泼克劳斯的庄园美景与自然风光交相辉映，映照出一派优美的乡村田园美景。而上克罗斯诗意盎然的秋游，莱姆河默默感应的款款深情，乡间幽径上的畅谈，更是流露深情、倾诉衷曲的篇章。诚如艾德蒙·威尔逊所说，这部小说"带有一股弥漫全书的感情力量"。

《曼斯菲尔德庄园》里也多次提及乡间风景。教区牧师府里聚起了一群年轻人，她们常在此举行各种宴会。这里风景如画，外加上活泼迷人的玛丽克莱夫特小姐表演竖琴演奏，与落地窗外的美景相得益彰，就像文中所说："窗户是落地大窗，面向一小块草地，四周是夏季枝繁叶茂的灌木林，此情此景足以令任何男人为之心醉神迷。这季节，这景致，这空气，都会使人变得温柔多情。"②

然而，有过伦敦生活经历的克劳福德小姐却对这派怡人的美景无动于衷，风景在她眼中一钱不值。她一再怂恿即将上任的埃德蒙按照上等人的标准对自然风景加以改造。对浑然天成的大自然不屑一顾，伦敦灯红酒绿的生活显然已剥夺了她体会与分享快乐的能力。她变得头脑空虚，思想愈加功利化，无法领略自然风光的优美

---

① ［英］简·奥斯丁：《劝导》，孙致礼译，南京：译林出版社，2015：272 页。
② ［英］简·奥斯丁：《劝导》，孙致礼译，南京：译林出版社，2015：57 页。

与乡居生活的幽雅。曼斯菲尔德的草地、树丛以及坐落其间的乡间别墅对于她来说是单调、落伍的地方，周围淳朴的村民也被她视为愚昧之人。如从浪漫主义角度审视，克劳福德小姐的漠然和对自然的疏离态度是城市与工业文明对人造成负面影响的典型症状。乡村共同体，它们往往作为城市工商业的对立面出现，其伦理道德、归属意识、社群意识等对照出城市的腐败、疏离、混乱。通过此，女作家寓意颇深地展现了人物情感和道德观的内在联系，突出了工业文明时代盛行的功利主义道德观的危害性以及对维系乡村共同体的不利影响。

由上面分析可以看出，乡绅地位的下跌、人际关系失衡、传统价值观念式微等都说明传统乡村共同体已见崩塌之势。简不仅敏感地回应了当时的共同体焦虑，也试图为遭遇工业化浪潮冲击下日趋松懈的乡村社群共同体寻求出路。

第八章
重构理想愿景

奥斯丁一方面立足当下，回眸农耕时代，对乡村共同体逝去抱有颇多眷恋，深怀感触，再现了世纪之交英国乡村共同体走向衰颓之势；另一方面又深刻思考社会转型之际的困境和出路，希冀在新的时代语境下建立和谐社会并通过婚恋故事，展望了一个共同体愿景。本节拟从以下四方面来展现作家对精神共同体的想象和重构。

第一节　倚重传统，倡导新绅士精神

一个有机共同体的延续，要依靠"精神、道德和情感传统"。传统是一种共同体的内聚力，它是指"崇尚过去的成就和智慧"以及"把从过去继承下来的行为模式视为有效指南的思想倾向"。①传统包括各种习俗、礼仪及制度化生活的参与方式。传统之所以重要，在于它延续了共同体的价值规范和道德理想。就传统英国农业社会而言，士绅文化可称作传统的代表，是延续传统的载体，自觉肩负了传承英国文化的使命，其所倡导的价值取向和道德理想的士绅文化引领了思想文化领域的前进方向。自中世纪肇始，士绅文化

---

① ［美］爱德华·希尔斯：《论传统》，傅铿、吕乐译，上海：上海人民出版社，2009：2 页。

在英国社会史和民族精神建构方面发挥了举足轻重的作用，绅士风度实际上成为英国优秀的文化传统而不断得以继承和发展。无怪乎伯克感慨道："在欧洲大陆的我们这一隅，我们的举止风范，我们的文明和所有与举止风范文明相关的美好事物长久以来都依赖两大原则结合的结果。我的意思是指绅士精神与宗教精神。对此我们深信不疑。"①

英国士绅阶层的权威主要体现在文化领域，譬如价值观、理想、生活品质。传统意义的绅士形象体现了教养、举止和品德的完美结合。奥斯丁小说中无不鲜明地体现了这一点，她的每一部小说都是探讨如何实践有关士绅的角色和品质的传统观念的寓言。② 传统乡村秩序的维系有赖于士绅阶级所代表的理性、平衡、节制、优雅和睿智等价值评判原则。在奥氏作品里，她一再强调礼仪道德的重要性，士绅责任感更是毋庸置疑地被加以颂扬。这显然是身处社会转型期的奥斯丁直面当时经济体制变更和城市工商业中产阶级利己主义原则对共同体的冲击，进而转向传统，形成了拯救乡村社会的艺术构想，这也反映出她鲜明的"共同体"意识。

（一）风度与礼仪

英国诗人霍普金斯曾自豪地说："即便英格兰民族不能给世界留下别的什么东西，单凭'绅士'这个概念，他们就足以造福人类了。"礼仪作为士绅阶层的一大标识，一般指所应遵从的基本礼仪规范，言谈举止、举手投足、性格品质等都要在一定的礼仪规

---

① 转引自王珏：《中产阶级的新绅士理想与道德改良——论 18、19 世纪英国小说绅士人物形象的嬗变及成因》，载《英美文学研究论丛》2008（1）：85 页。

② ［英］玛里琳·巴特勒：《浪漫派、叛逆者及反动派——1760—1830 年间的英国文学及其背景》，黄梅、陆建德译，沈阳：辽宁教育出版社，1998：165 页。

范内。

斯梯尔在其创办的《闲谈者》杂志中提出了他对新绅士风度的新界定，"当我考察一位优秀绅士的举止行为时，我想他应当谦逊而不造作，率直而不傲慢，殷勤乐助而不谄媚"。英雄所见略同，作为乡绅价值的代言人，奥斯丁也常常通过浓墨重彩的人物描摹、简练流畅的语言诠释士绅礼仪所代表的世界主流价值：礼貌文雅、慷慨大方等品性，这是几乎所有的理想人物形象都具备的。这种世俗推崇的礼貌教养在加强人们的"道德熏陶与教诲"，培育人们心中充满仁慈同情、善良纯朴的人道主义精神，维持人际关系和乡村秩序，追寻共同的利益，加强"共同体文化建设"时不可或缺。

换言之，礼仪是个体素养的表现，最能够展现一个人的道德情感；从社会语境来讲，他是一个时代文化传统的表征。对风度礼仪的推崇在奥斯丁小说中得到了体现，如"在奥斯丁的所有小说里，判断人物的依据都是其风度……在奥斯丁的时代里……他们的风度，或他们的缺乏风度，总是使他们被排斥在世袭贵族的迷人世界之外，对于奥斯丁这样一位表达地主士绅情怀的作家来说，风度实在是人的通行证"[①]。礼仪总是与道德捆绑在一起，品行端正的人，往往举止得体，品行高尚；而举措失当的人，多是自私自利之徒。

《傲慢与偏见》的达西具备"举止得体""谈吐优雅"等绅士必备的美德。伊丽莎白担心姐姐病情，匆匆徒步十英里赶去探望，当她衣衫被打湿，狼狈地出现在内瑟菲尔德客厅时，达西仅仅"望了她一眼，然后便悄悄走开了"；当宾利小姐出于嫉妒一再编排班

---

① ［英］玛里琳·巴特勒：《浪漫派，叛逆者及反动派——1760—1830 年间的英国文学及其背景》，黄梅、陆建德译，沈阳：辽宁教育出版社，1998：165 页。

纳特姐妹的低贱亲戚时，达西先生说什么也不肯附和；当与宾利小姐三人一起散步时，看到伊丽莎白落单，达西认为此行为太冒昧，于是说道："这条路太窄了，我们大伙不能一起并行，我们还是到大道上去吧。"同时，从小说中达西对伊丽莎白的维护上不难看出骑士风度中包含的品行的宽厚、心思的细腻及对女性的尊重和关照。绅士应该对女性给予更多的帮助和支持，即"女性优先"原则。

与之相似，达西的好友宾利先生性情温和，仪表堂堂，做事很有绅士派头，简和其深交后，发现他性情温和，宽容大度，不禁芳心暗许；谦逊和蔼的爱德华是信守承诺的谦谦君子；埃德蒙被初入庄园的小范妮视作善良、高尚的典范；"格兰底逊式"的奈特利更是如此，他无懈可击的风度令周围人交口称赞。温特沃思舰长虽然是新兴阶级，但他本人具备的绅士风度就连一向对风度仪态挑剔到极致的沃尔特爵士也只能够不情愿地承认他是"一个仪表堂堂的男子汉"。温文尔雅的行为、优雅精致的风度都是他们个人美德中必不可少的一部分。人物性格因其感情和趣味上的纯正、优美而显得卓越非凡。

粗俗的做派当然不被奥斯丁看好，如《理智与情感》中那位詹宁斯太太陈腐不堪、粗俗的谈吐，借埃莉诺和玛丽安的感受及评价得以揭露，喋喋不休的贝茨小姐，讲话总是随意切换话题，颠三倒四，令旁人不知所云，还有埃尔顿太太洋洋得意，大放厥词，伊莎贝拉的扭怩作态，罗伯特·费勒斯先生的自命不凡更是被毫不留情地嘲笑。

但是，奥斯丁所强调的举止风度，绝不是指轻易就能学得到的无懈可击的礼仪，而是一个人从内到外的优美纯正的趣味及真诚感情的散发。她主张以诚相见而不故弄玄虚，认为言行一致才是真教养，举止行为的表面优雅尚不足够。威廉·埃利奥特的举止虽符合奥斯丁早年认可的士绅阶级的礼仪准则，其待人接物无可挑剔，但他仍是一个性格低劣的小人。邱吉尔先生虽然表面上见多识广，风度翩翩，但实则作风轻浮，贪慕虚荣，完完全全是一位道貌岸然的伪绅士。还有一些新贵们附庸风雅，也往往假装自己有绅士风度，他们时时处处以贵族乡绅的生活方式和举止做派为模仿对象，正如伊丽莎白所说的那样："假装胸怀坦荡是个普遍现象——真是比比皆是。"显然，威廉·卢卡斯爵士就是这群人中的一个，这一刻意为之的温文尔雅举动，显得分外滑稽，是名副其实的"伪绅士风度"。士绅阶级价值的代言人奥斯丁借精练的语言、流光溢彩的人物维护利益所代表的 18 世纪乡绅主流价值。

需要强调的是，礼仪风度绝不局限于言谈举止雅俗之别，还包括行为是否得体、能否符合社会秩序等。换言之，举止礼仪是传统秩序的表现形式，又反过来规范交往，维持秩序，而用礼仪批评人物无异于弘扬传统秩序。[①]

18 世纪的英国社会仍以父权制为中心，人们极其崇尚秩序感，家庭生活一直是家长制的。家庭作为社会的基本元素，虽不及传统中家国同构的社会结构，但在秩序维护方面仍有着巨大的影响力，而父亲被视为家庭权力的象征，他借助维护传统和伦理确保权威和话语权的确立和行使。

---

① 王珏：《中产阶级的新绅士理想与道德改良——论 18、19 世纪英国小说中绅士人物形象的嬗变及其成因》，载《英美文学论丛》，2008（1）：83 页。

奥斯丁对于传统与秩序受到挑战和扰乱带有明显的焦虑感。"默斯格罗夫一家人和他们的房屋一样，正处于变化之中，两位做父母的保持着英格兰的旧风度，几位年轻人，都染上了新派头。"这一描写明显道出新旧代表力量的价值理念的分野。家庭环境描写暗示了新与旧的对比和冲突，"家里的两位小姐在四面八方摆设了大钢琴、竖琴、花架和小桌子，使整个客厅渐渐显现出一派混乱景象"。"有人竟然如此地不要秩序，不要整洁。"《曼斯菲尔德庄园》展现了父亲的权威和权力、传统道德和价值观及家庭秩序受到了挑战，最终是传统的权威使庄园恢复了秩序。

　　《曼斯菲尔德庄园》的排戏桥段颇有深意。当演戏正式提上日程时，以汤姆·克劳福德先生为代表的反秩序分子要在庄园中大干一场，还打起托马斯爵士的房间的主意，这时埃德蒙以捍卫礼仪的名义挺身而出："玛丽亚的情况也非常值得我们担心。"——她已经订婚了，这一身份再扮演未婚先孕的女主角非常令人尴尬，而且同亨利扮演的角色常有过于亲密的接触，显得于礼不符。出于对礼仪的遵守和对庄园秩序的维护，埃德蒙旗帜鲜明地发出了否定的声音。曼斯菲尔德庄园的和谐是以顺从和礼仪为外观的，随着埃德蒙无奈败北，旧的托马斯爵士主导的和谐和秩序的巩固性是不再有了。庄园内部成员间的相互尊重一去不返，玛丽亚和朱莉娅在争夺意中人时不顾姐妹情谊，汤姆的放荡不羁比以往更是有过之无不及。在父亲缺席的这段日子，庄园多年来稳健的秩序变得空洞，徒具躯壳。奥斯丁借曼斯菲尔德庄园的沉浮起落告诉读者"失序"时代礼仪和秩序的重要性。

　　托马斯爵士归来后大刀阔斧地对庄园进行整顿，"想要房子里勾起这段记忆的事事物物被消除，原有的秩序得到恢复之后，尽量抹去这不愉快的印象，尽快忘掉他不在期间他们对他的遗忘"，秩序不能被无视，权威不能被践踏。托马斯爵士感觉必须重申规矩，必须清除所有侵害孩子们价值观的东西。此举是对传统家庭秩序、家长权威的竭力维护，最终传统、秩序在爵士的强力推进下取得了胜利，忤逆权威、背弃传统之徒则四散而逃，被逐出庄园这块宁静的乐土。在此，作者呼唤秩序和传统回归的声音，这也是贯穿她所有作品中的若隐若现的主题之一。

（二）道德

道德亦是奥斯丁所在意的另一个重点。"道德是习俗中与是非密切关联的部分，是习俗中更为强制的部分。"① D·W·哈丁在《有节制的憎恶》中谈到《曼斯菲尔德庄园》时表示："这部小说写的是传统德行的重要性，彬彬有礼和正常的宗教感情的重要性。"② 美德被视作一种稳重和平衡的态度。"18、19世纪许多小说的主题就是——绅士与美德的关系。"③ 沿袭了奥古斯丁时代的思想和文风的女作家莫不对此产生深度认同感，其作品体现了18世纪的主流价值——乡绅价值观，即平衡、理性、谦逊和节制。

然而，在社会结构大变动的时代，传统价值理想在多元思想潮流中日益脆弱，甚至有瓦解之虞，女作家不无担忧地看到了这一点。出于对社会的责任感和精神上对维护平静乡村秩序的情感，奥

---

① 王晓焰：《18—19世纪英国妇女地位研究》，北京：人民出版社，2007：219页。
② ［英］D·W·哈丁：《有节制的憎恶》，象愚译，见朱虹，《奥斯丁研究》，北京：中国文联出版公司，1985：97-98页。
③ 黄梅：《推敲"自我"：小说在18世纪的英国》，北京：生活·读书·新知三联书店，2003：166页。

斯丁真诚地倡导士绅阶层代表的道德准则，她试图说明，英国的传统和生活方式可通过传统美德的力量，抵御法国大革命的血雨腥风，而士绅阶层的道德准则是美德传承的保障，乡绅阶级的美德能够起到及时雨之奇效。

《理智与情感》中的布兰登上校幼年好友遭纨绔子弟玩弄，未婚先孕，受尽冷眼，幸得布兰登上校及时施以援手，将襁褓中的女婴代为抚养；爱德华和埃莉诺的结合也受惠于布兰登上校的慷慨相赠；《傲慢与偏见》中的韦翰企图拐走达西的妹妹未遂，后带着莉迪亚私奔，之所以未酿成丑闻败坏家风，全赖达西的斡旋。理想化士绅具有的美德是解决社会矛盾的一大法宝。通过此，奥斯丁展示了蕴含自我纠错机制的传统具备的优越性。

而在曼斯菲尔德庄园内部，传统道德的缔造者无疑是托马斯爵士、埃德蒙和范妮。奥斯丁所写排戏这一桥段引起的轩然大波令今天的读者大惑不解，然而在崇尚礼仪的摄政王时代，此剧目不仅格调低俗，更重要的是肆无忌惮地挑战、触犯了礼仪秩序和道德准则。这也是秩序维护者埃德蒙坚决反对戏剧演出的根由。埃德蒙反对排戏的立场不是空穴来风，和奥斯丁同时代的约翰·济慈就声称，演戏是对自我道德的威胁，会破坏扮演者人格的完整，使其人格自我分裂和多样化。演戏将会使进入角色的演员产生代入感和共鸣，原有生活里遵循的行为准则都将受到前所未有的冲击，而踊跃参演的年轻人无非借此出一下风头，或者宣泄自己隐蔽情感，制造一些进入亲密关系的机会。

从这个意义上说，首先受到威胁的是伯特伦家族的大小姐玛丽亚，一个已有婚约的贵族少女。她在剧中扮演未婚生子的母亲，但这种行为已经触犯了基督教的道德原罪，于礼之失令人瞠目结舌。可这种令时人不齿的角色却由出身贵族、已有婚约的玛丽亚来扮演。而且，按照剧本情节设置，她要向亨利倾吐心曲，甚至与他搂搂抱抱。这种越轨行为就是对士绅礼仪的无视和颠覆。在索瑟顿庄园中，他们只能悄悄地进行私会密谈，此时却找到了冠冕堂皇的理由在众目睽睽之下亲热拥抱。如前所说，代入式扮演角色将会影响非职业演员人格的完整，那么接下来两起震惊乡野的私通事件显然是排戏影响使然。这使得玛丽亚和亨利一拍即合，置家族脸面于不顾。

而具体到当时情境也难以令人苟同。家长托马斯爵士远涉重洋，处境不乐观。晚辈没有牵挂之意，却乐不可支地排演剧目取乐，挪动爵士房中的摆设，这显然是不敬长辈、蔑视家长权威的表现。他们明白这一举措的失当，故在父亲回来时，他们才会惊慌失措、狼狈不堪，并且刻意隐瞒。果不出其然，爵士发现后勃然大怒，坚决制止。作为曼斯菲尔德庄园发号施令的当家人，托马斯爵士坚持的道德主张坚如磐石。相比埃德蒙的犹疑徘徊，范妮的胆小畏缩，爵士雷厉风行，更具魄力。甚至连玩世不恭的耶兹先生在托马斯爵士面前也不敢造次，爵士身上有着"凛然"的正气，令其不敢冒犯。

小说的结尾更像是一部人物命运的大宣判。违反习俗、悖逆传统的人都受到惩罚或者修正：突如其来的重病使汤姆重新审视自身，意识到过往生活态度的荒唐不可取，心性发生了很大的改变；聒噪自私的诺里斯太太和玛利亚被托马斯爵士遣走，安置他乡，她们将会与世隔绝地过完后半生；克劳福德两兄妹则是错失唾手可得的美满姻缘。而遵守传统和秩序的一派都有了较好的归属：埃德蒙终于走出了虚幻的爱情幻想，同时喜不自胜地意识到范妮对他的爱慕；托马斯爵士看到长子的转变甚为欣慰，二儿子埃德蒙和范妮结为伉俪，更是让他欣喜万分，他早已厌倦了唯利是图的婚姻，越来越意识到道德的高尚和性情完美弥足珍贵，急切地想用这一纽带去维系家庭幸福。小说的主旨呼之欲出：依靠传统道德的力量去维护庄园的安宁和共同体的稳定。托马斯爵士等人互相支持，一脉相承，从而使得他们所尊奉的秩序更加完善，曼斯菲尔德庄园大有代代相传的意味。出现这一系列富有生机的迹象归功于庄园主人托马斯爵士坚守并贯彻的秩序传统，做事有了准则，这才使代表着传统道德的曼斯菲尔德庄园成为对抗纷繁复杂生活肆虐的坚实壁垒。

（三）士绅责任感

英国绅士文化在早期发展历程中受到上流社会贵族文化的影响。贵族的权威有一定的历史根源，诺曼入侵之前，作为部落首领的贵族负责治理社会，战乱时则挺身而出，率领民众抵御外侮。在漫长的历史发展中，有着优越的主人意识和强烈的社会责任感的贵族逐渐成为"天然长上"，其言行举止成为表率。向贵族看齐成为社会各阶层的价值、审美取向。英国人尊重传统的民族心理加强了这种权威的基础。久而久之，史家所关注的贵族精神便形成了。

但绅士文化不完全对等于贵族文化，它是"英国社会各阶层在向上流社会看齐的过程中，以贵族精神为基础，掺杂了阶层的某些价值观念融合而成的。其保留了贵族文化具有积极意义的部分，即正直的人生态度，优越的主人翁意识和强烈的社会责任感"①。也就

---

① 钱乘旦、陈晓律：《英国文化模式溯源》，上海：上海社会科学院出版社，2003：286 页。

是说，绅士有维护社会秩序、促进社会和谐发展的责任感，应扶持和帮助生产、生活困难的弱势群体。否则，本阶层贫富两极分化将会削弱阶级力量，削弱贵族制的基础。

奥斯丁作为牧师的女儿，从小就潜移默化地受到所阅读的布道词灌输的关于社会责任的传统观念的影响，她的父亲乔治·奥斯丁还经常拜访教区，并慷慨施舍穷苦教民。实际上，绅士们接受了履行现实责任以换取既有权力的观念，他们适当出让当地社区最富有成员的利益，向本地穷人提供生活救济。而且，地方法官有确定当地工资和物价的名义权力，这意味着在困难时期他可以得到最低生活工资的保障。事实上，1795 年至 1817 年间，随着简·奥斯丁的成年，上流社会对穷人的传统责任被抛弃了。在她居住的汉普郡，她可以看到她的阶级应该受到批评的所有事情。英格兰南部工人阶级的困境，贵族甚至发达的自耕农的背叛，成为公众辩论的主题。[①]也正因此，奥斯丁希望唤起乡绅传统的社会责任感以缓和、改良不尽如人意的社会现状。

再看六部小说中关于贵族庄园的描写。在《傲慢与偏见》等写于早期的作品中，那些庄园地理位置优越，环境宜人，生机勃勃，房子又高又壮，看起来不同寻常，秩序井然，具有稳定性。坚固而美观的房子构造象征着士绅阶层稳定的社会地位和由其主导的庞大而有序的社会秩序。例如《理智与情感》中的巴顿庄园广阔无垠，巴顿山谷"美丽、肥沃、茂密、绿草如茵"，一切都井然有序，生机勃勃，宁静祥和……达西以优雅著称的彭伯里庄园更是让读者大

---

① [英] 玛里琳·巴特勒：《浪漫派、叛逆者及反动派——1760—1830 年间的英国文学及其背景》，黄梅、陆建德译，沈阳：辽宁教育出版社，1998：165 页。

开眼界，其中的土丘、小山、溪流、树林、奇异的水生植物、鱼类……有着不可计数的自然之美。蒂尔尼家族拥有的象征贵族阶层地位的诺桑觉寺也是如此。贵族阶层作为当时国家的掌权阶层，也肩负着保护庄园中弱势群体、贫困群体和平民百姓的社会责任。

充斥于小说中大大小小的舞会、宴会、拜访、打猎，乍一看似乎与外部变化万千的大世界不甚相干。其实不然，这些看似不起眼的社交活动绝不仅仅供有闲阶层打发时间，更重要的目的在于促进士绅阶层内部的感情交流。这在贫富相差悬殊的同阶级成员的内部关系上尤为明显。《理智与情感》中的约翰爵士主动关照无处安身的远亲达什伍德太太一家，以低廉的价格将房屋出租，还帮忙布置了各种设施和装备，并积极将他们引荐到当地社交圈。《曼斯菲尔德庄园》里的普莱斯太太与两个姐姐有嫌隙，甚至到了常年不相往来的地步。但当她因家事负担求告府上时，托马斯爵士不计前嫌，责无旁贷地收养了范妮，还尽力为其子威廉谋求海军军官一职。这不仅仅是出于慷慨的人品，更是对本阶级价值观念的遵循，爵士的治家原则是"遵循习俗"，带有浓浓的"人情味"。它避免了本阶级内部由于财产的多寡导致内部离心力的浮现，最终形成士绅内部的团结和稳定。

海伯里富绅奈特利先生可谓是当地主流社会的代言人，士绅阶级道德标准的典范，身为农场主和一个地区的执法官员，对待各类事务兢兢业业。他待人谦和，礼仪周全，绅士精神蕴含的理智、稳重与善良无一不得到生动的体现。不仅如此，他还完美沿袭了士绅所秉承的社会责任感。对老姑娘贝茨一家，关爱有加，真心实意地帮助她们，送苹果，送食物，派马车接送她们出席宴会，等等。这么做既出于关怀，又可排除年轻女性徒步夜行的安全隐患。通过这些琐事，奈特利展现了绅士的优良品德与风度，其代表的绅士美德——厚道与善良以殷勤对待妇女这一传统方式得到了充分展示，并有力挫败了一些功利主义之徒企图颠覆现有乡村秩序的妄想，此可谓维护共同体安全的重要手段。

"新绅士"奈特利先生对共同体的强化认同莫过于博克斯山出游前后他对爱玛的"劝导"。这场义正词严的训诫告诉读者，奈特利标举的不是徒具形式的繁文缛节、仪表风度之类，而是更看重在利他原则主导下的美德和责任感。正如麦金泰尔指出，奥斯丁注重区分友善美德自身及其表象，强调后者是风度和做派，前者乃是对待他人、对待我们存身的社会群体的本质态度。[①] 奈特利注重秩序、责任、尊严等传统价值观念，自觉承担起维护秩序、教育后辈的责任，借由绅士道德观巩固基于地缘的共同体。他一再要求爱玛扩大她的"共同体"疆界，尊重乡邻贝茨小姐，将贝茨和父亲一同视作共命运的"吾老"，以此抵制埃尔顿夫妻之流的嚣张气势。爱玛也对此做了深刻的反省，并亲自到贝茨一家致歉。而贝茨小姐也宽宥了其言语之失，为避免爱玛尴尬，有意将话题引向别处。贝茨的善良更表现在帮助经济更困窘的前任牧师助手一家，作为一个典型的小镇共同体，奈特利先生、贝茨小姐等人的行为彰显了共同体成员的互助互爱、守望相助的特质，他们齐心协力维护和谐有序的乡村秩序。这里不难看出奥斯丁绅士观念的价值内核体现出的共同体精神，也体现了她对社会与个人之间关系的独特认识。一个理想的乡村共同体应该是人们在社会地位、经济地位、情感和道德标准上都

---

① Alasdair MacIntyre. *After Virtue*，University of Notre Dame Press，1984：pp. 239-240，241.

能和谐共处的小型社会。

然而，在奥斯丁作品中，士绅多不尽如人意，奥斯丁对这种丧失社会责任感的士绅加以指责，这种指责源于"奥斯丁显然从一开始就意识到了，古老的制度被地主阶级自己瓦解的可能远远大于被外来敌人推翻的机会"①。停笔十几年后再创作的小说表现了贵族社会地位的变迁，英国当代文学批评家艾伦认为奥斯丁改变了先前认为愚蠢、失职和浅薄仅仅是滑稽可笑的态度，后期她认识到问题的后果而鄙视和憎恨上层阶级的蜕变。②士绅们已不再有荣誉感和责任观念，相反他们蝇营狗苟，公然追求物质利益。写于晚年的几部作品展现的都是治理者的退位。③例如《劝导》中的怒其不争的漫画式人物埃利奥特爵士这等败落的贵族不是偶然现象，贵族们已自身难保，遑论履行责任，象征家族地位和荣誉的庄园也只能自降身价沦为抵债物。奥斯丁对贵族士绅面临颓势和丧失责任感的伤感和指责，基于她对古老士绅责任的认同和坚守。

相形之下，晚期的《劝导》高调刻画的一批海军军官形象更有新意，更能够体现奥斯丁在共同体形塑方面的文化思想。

到19世纪初，层次分明的社会结构萌生了新的气象。随着工业革命的蓬勃发展和大英帝国海外殖民、海外贸易的大力推进，平民阶层获得了千年难逢的机遇，阶级体系呈现出一定的流动性，相关渠道开始拓宽。出身寒微的平民青年可以凭借个人奋斗逆天改

---

① ［英］玛里琳·巴特勒《浪漫派、叛逆者及反动派——1760—1830年间的英国文学及其背景》，黄梅、陆建德译，沈阳：辽宁教育出版社1908：1页。

② 朱虹：《奥斯丁研究》，北京：中国文联出版公司，1985：1页。

③ ［英］玛里琳·巴特勒：《浪漫派、叛逆者及反动派——1760—1830年间的英国文学及其背景》，黄梅、陆建德译，沈阳：辽宁教育出版社，1998：170页。

命，跨越阶级差别，实现自己的理想抱负。这群幸运儿融入了士绅阶层，也内化了士绅阶层的价值观念和道德原则。例如，主人公温特沃思靠自己的辛苦努力获得了财富和尊严，却依然谦逊有礼，拥有高尚的人品。他尊重女性，给予女性充分的理解和宽容，主动为安妮的旧日朋友史密斯太太做代理人，写诉状，重新帮她取回亡夫在西印度群岛的海外遗产，使她摆脱了眼前经济困境，称得上"无畏的男子汉和坚定的朋友"①；对刚上军舰的新兵理查德照顾有加，在他服役期间，叮嘱他常与父母寄家书，以免家人为其担忧，为此默斯格罗夫夫妇对其感激不尽，多次在人前对舰长的善行称赞不已。可见，名利双收的温特沃思等人完美地继承了绅士阶层的责任感，这种责任感不仅指代职业层面军人保家卫国的天职，也可视作源自中世纪传统社会骑士与底层民众之间以忠诚换取保护的关系，只是以另一种形式转换到军民之间。

奥斯丁没有铺陈笔墨颂扬舰长在对法战争中的赫赫战功，而是细致地刻画了他对一位失去儿子的母亲的抚慰，对生活几乎陷入绝境的丧偶女子的帮扶，对曾给自己带来伤害的旧日恋人安妮的真心关切。同时表明，与家庭伦理密切联系的忠贞、扶助妇孺、扶危济困等优秀品质，正在取代刀光剑影的封建时代的荣誉，成为全社会关注的焦点。他和安妮之所以能够相互吸引，原因之一在于他们对共同社会责任观的认可，并将这种观念付诸行动。从这个意义上讲，温特沃思这一人物既反映了中产阶级以美德改写出身的新绅士评判标准，也体现了不同阶层借助绅士的示范作用，进而调节、建构新型社群共同体道德规范的有益尝试。

---

① ［英］简·奥斯丁：《劝导》，孙致礼译，南京：译林出版社，2015：218 页。

正如英国历史学家克拉克所说的那样，19 世纪中期英国社会迅速变化，人们对仅靠阶级出身划定绅士或身份等级的做法产生怀疑，因而尝试使用"精神"和"道德品质"来完善绅士观念，而奥斯丁倡导的新绅士精神作为一种完美的理想人格的构成，其价值内核——风度、教养、品德中体现出的共同体精神是连接乡村所有阶层的桥梁。新绅士精神应以传统绅士价值观为核心，博采众长，积极吸收社会中下层的价值观的有益成分，使其相融相汇，通过双向流动，实现对乡村社会整体价值观的更新、整合，最终实现"和谐"的乡村共同体。

第二节　彰显女性话语权

《傲慢与偏见》的开篇语广为人知——"饶有家资的单身男子必定想要娶妻室，这是举世公认的真情实理。"① 这里传达的讯息很是耐人寻味。联系奥斯丁所处的时代和女性无继承权、受教育权等被视为"第二性"的现状，就会明了这一至理名言是在用反讽的形式道明世态真相——没有丰厚财产的女性，必须竭尽所能嫁一个富有的丈夫，夫唱妇随，一切以丈夫为中心，成为温驯顺从的"家庭天使"，当时主流社会心理便是"男人在女人心目中的地位犹如上帝在人们心中一样，是绝对权威的象征——女人必须崇拜、服从和依附于男人"②。正如伍尔夫所说，"如直到简·奥斯丁时代，此前

---

① ［英］简·奥斯丁：《傲慢与偏见》，张玲、张扬译，北京：人民文学出版社，1993：1 页。
② 刘慧英：《走出男权传统的藩篱——文学中男权意识的批判》，北京：生活·读书·新知三联书店，1995：111 页。

小说中的所有出色女性，不仅是给另外一性来看，而且完全是从其与另外一性的关系角度来看的"①。

聪慧的女作家自然不会苟同世俗成见，清醒的女性意识使她用最拿手的讽刺和幽默艺术巧妙地向男权社会发起控诉和挑战，其中最明显的故事背景设置便是"父之死"。即父亲形象的虚化，以及伴随而来的父权家庭走向消亡。

（一）"父之死"的频现

通观奥斯丁作品，不难发现小说里的父亲基本处于缺席状态。其处女作《理智与情感》是由两桩丧事开场的——诺兰庄园的主人约翰爵士和其继承人双双死亡，一对姐妹在无奈失去父亲的庇护之下展开了自己的人生之旅。《傲慢与偏见》中的班纳特先生懒散懈怠，跟妻子插科打诨，对女儿的教育不闻不问，在处理家庭问题上软弱无力。《爱玛》中的老父亲是一个叫苦连天的老病号，完全是一个只会念叨的糟老头子。《曼斯菲尔德庄园》里的父亲不仅缺席女儿的成长，而且是一个满身酒气、品行粗鲁的市侩，范妮甚至以此为耻。《诺桑觉寺》对父亲的描写也是寥寥数笔，其对女儿教育和成长的影响力微乎其微。在《劝导》中，安妮的父亲干脆沦为笑柄，成为一个只会揽镜自照的漫画式人物。

《傲慢与偏见》倒是例外地打造了一个学者父亲人设——班纳特先生。他整日埋首书斋，时不时口出警句隽语。然而，这位老先生在执掌家庭和处理对外事宜上却是不尽如人意，如在判断达西和威克汉姆个人品行出现的偏差显露出这位饱学之士判断人与事的能力似乎还欠火候。而这恰恰是奥斯丁在小说中褒扬的，在这一点

---

① ［英］弗吉尼亚·吴尔夫：《一间自己的房间》，贾辉丰译，北京：商务印书馆，2019：177 页。

上，女作家深受同时代思想家塞缪尔·约翰森的影响。后者的学说在18世纪英国文化界备受推崇，尤其是塞氏首推的认识力与判断力。因为这不仅关乎技术性能力，也关系到人物的道德品质，这也使看似机智的班纳特先生仍有提升空间。他伦敦寻女，未见进展，又疏于和家人联系，导致家人心急如焚。相比更有实干做派、能稳妥处理应急事务的内弟加纳第黯然失色。不仅如此，在其充当地方社群头面人物的朗博恩，更是没见他有任何令人称道的作为。乡绅出身的班纳特先生的无能、欠缺考虑和为人方面的瑕疵，无疑是对当时家庭角色和乡村社会秩序的挑战。

这一系列猥琐、虚荣、懒散、自私、不负责任，甚至负面的父亲代表男性权力的削弱与消解，极大地颠覆了父权制文化以父亲为中心建构起来的男性世界。

过去代表着男性权威的父亲掌握了社会资源和话语权力，并残酷剥夺了女性言说自己的自由权利。而如今，父亲已被放逐排挤出局，家庭的话语权不再被男性视为独有，他们已被"去势"。取而代之的是一群勇敢、坚毅且勇于承担责任的新型女性。玛丽安、爱玛和安妮这些令读者交口称赞的女主人公绝非两极化的"房间天使"或"恶魔"，而是思想领先时代，富有理性和强烈自我意识的优秀女性。她们有着独立的人格和高度的自信心，不甘做习俗成见的傀儡，努力挣脱男权社会的束缚和桎梏，显现出鲜明的女性主体意识和崭新的精神风貌。

《劝导》里的安妮就是一个具有现代意识的新女性形象，她兼具温柔善良、坚毅正直和理性果断的气质，对世事人性有细微的观察和深刻的认识。在人生逆境中，她不曾消沉或屈从世俗成见，而是构建坚强、丰富的精神世界。同时，她是一个漠视等级观念、思想富有前瞻性的女性，在社会动荡的大背景下，能够审时度势，与时俱进。她在为人处世方面更是令男子自叹弗如，治理家政远胜于一家之主的父亲；应付人际关系超过她妹夫默斯格罗夫，处理突发事件时表现出的沉着和指挥若定胜过在场所有的男性。她对爱情的执着也令见过大风浪的哈维尔上校等人油生敬意。

与之相仿的还有史密斯太太。她虽丈夫早亡，生活无着，贫病交加，但从不怨天尤人，而是努力在困厄的现状里寻找希望和生机，顽强地活下去。"无论是流逝的岁月，还是眼前的困苦，无论是疾病、忧愁，都没有使她意气消沉。"不仅如此，她自食其力，学得手工编制并以此维持生计，还不忘接济处境更糟糕的穷苦人。这种刚毅而乐观的性格，助人为乐的精神，较之靠婚姻猎取财富的男子韦翰之流，人品高下立现。

大致说来，奥斯丁并不认可所处时代褒扬的女德观念，反对将亦步亦趋地顺从和多才多艺视为女性闪光点，她更看中女性的理性能力、思想和心智的提升，而非肤浅浮夸的才艺培养。从埃莉诺、伊丽莎白、爱玛到安妮，这些优秀的新女性有思想、有见识，具有强烈的自我意识，她们的出现为文坛带来了一股清新的空气，并以独立的人格和不让须眉的理性精神向僵化保守的两极化女性形象进行挑战，闪耀着女性主体意识的光芒。这些自强、自立、自爱的女性在奥斯丁后期作品中并非个例，显示出她对两性角色和性别规范的深刻思考和理性评判。奥斯丁对女性智力劣于男性这一谬论嗤之以鼻，而且认为在道德建构、社会服务、家庭角色上女性都显示出了优于男性的能力和素质。

（二）女性与共同体构建（家庭角色　社会服务　道德建构）

1. 女性的家庭主人公地位

奥斯丁生活的年代，英国家庭模式处于"有限的家长制核心家庭"至"封闭亲密的核心家庭"的过渡阶段，中产阶级的家庭亦然。[①] 家庭始终是女性主要的活动地，男性的弱化和父权的旁落带来了女性身份强化的空间。虽相对狭小，然女性在这里由之前的失语者逐渐变成了主人翁，自主意识开始增强。处理家政、社会服务都是缔结共同体的活动。奥斯丁通过张扬女性力量、女子之间通力协作等情节，将个体经验融入集体经验，赞颂了女子引领的共同体理想。

《傲慢与偏见》中的班纳特夫妇悄然颠倒了传统的夫妻角色。班纳特先生足不出户，不理世事；而班纳特太太则成为家中事务的实际主持者，不仅操持家庭日常运作，也忙于为女儿们张罗婚事，并在青年人感情走向上有着精明的预见，绝非"愚人"可以一言以蔽之。对女子的新期待在奥斯丁后期作品中随着创作思想的成熟逐渐显山露水。

自十二岁起，自小丧母的爱玛担负起家庭的女主人这一职责，在日常生活的规划和安排以及代表家庭处理邻里关系时扮演着重要角色，是伍德豪斯先生家中最具话语权的人物。其父亲年事已高，身体衰弱，凡事依赖女儿。每周三次的家庭聚会也是由她一手筹办，为此她时刻留意父亲的情绪变化，协调参会者之间随时会出现的争执，确保在场主宾都能度过一个愉快的夜晚。在此，女性家庭

---

① 尤春燕：《18—19世纪英国中产阶级的社会生活》，呼和浩特：内蒙古大学硕士论文，2008年。

主人翁地位日益凸显，她们拥有和男性同等的智力，甚至表现出超越男性的能力和素质。尤其是在个人品德方面，年轻女孩哈丽埃特受到势利小人埃尔顿牧师的冷落，却不耿耿于怀，而是充满善意地替他们开脱，相比于一向标榜绅士风度的教区牧师，人品高下立现。由三代单身女人组成的贝茨一家能够在海伯里站稳脚跟，受人尊敬地、体面地活着，原因就在于贝茨善良和满怀感恩之心，并时常接济不如自己的贫民，这让她赢得了村民的爱护。女子善良的品质不断强化，并在社交方面发挥了越来越大的作用。

拉塞尔夫人常年关照挚友埃利奥特夫人故去后留下的三个女儿，给予了她们无私的关爱。安妮对这位教母怀着母亲一样的感情，在很大程度上弥补了因母亲过早离去而带来的情感空虚，拉塞尔夫人的存在使她能够不在意自私偏心的父亲对她的冷落。拉塞尔夫人精明强干，能够自如地应对生活的变化和起伏。沃尔特爵士陷入财务危机，她积极出谋划策，拟定了几项灵活实用的解决途径，帮助沃尔特爵士体面地解决难题。与懒散自大的凯林奇庄园主人沃尔特相比，孰高孰低不言自明。与之相似的还有克劳福德将军夫人。她的出现令人眼前一亮，不同于懒散成性的伯特伦夫人，她积极参与家庭事务，迁入凯林奇大厦后，她本着简约、实用的原则对旧地展开维修和管理。她驾驶马车巡视下辖的田产和佃户，深受好评。与不堪其任、徒有其表的埃利奥特家族相比，富有实干精神、忠于职守的将军夫人在履行领主职责方面更胜一筹。由是观之，女子试图证明她们不仅仅是言听计从地扮演家庭天使的角色，更可依仗自己的智慧和能力有效地保障家庭的运转，代表了女性在婚姻家庭中应有的地位，她们不甘于做陪衬或从属，她们的自主能力在不断地增强。

爱玛虽然缺点多多，但仍是一个"瑕不掩瑜"的角色。善良是她性格的底色。她女代父职做慈善访问，慰问当地贫困家庭，接济贝茨一家，很好地履行了女领主的职责。将一未嫁女子置于当地社交圈的领导地位，本身就具有不同寻常的进步意义——有评论家甚至认为这展现的是由妇女主导的世界。① 尤其是后来与奈特利结婚后，在居所的选择上，不是奈特利自家唐纳宁庄园而是爱玛父亲的家海伯里，这也暗示婚后的爱玛将继续主导海伯里的日常运转。奈特利对此无异议，而且考虑到已婚妇女的社交圈等优势，她的地位会因和奈特利的结合得到提升。事实也是如此，正是二人的婚约维持住了海伯里原有的秩序，冲淡了外来者带来的冲击。

而克劳福德夫人的智慧不止于此，她勇于担起部分本应由男性承担的社会职责，不畏艰难困苦，经历了生活的考验。她曾随丈夫辗转于各个舰艇，成为他最得力的助手。她和丈夫走南闯北，长期经受海风海浪、日晒雨淋，这些非但没有让其身体遭受伤害，反而练就了其健壮的体格。对于中产阶级妇女无涉猎、几乎属于男性专利的驾车技术，也是克劳福德夫人的强项，她总能在丈夫驾驶失误时挽救车子使其免出事故。这一特殊情节的设置显示了女性的重要作用。马车这一意象在此可视作婚姻的载体和象征，克罗夫德夫妇同心协力共同驾驶意味着夫妻地位的平等，克劳福德夫人不像毫无主见、随声附和的旧时女子，而是能及时给予意见，与丈夫共同承担婚姻的责任，并鼓励丈夫勇往直前的光芒四射的新女性。志趣相

① Claudia L Johnson. *Jane Austen*：*Women*，*Politics and the Novel*，Chicago：University of Chicago Press，1988.

投和相互理解尊重成了其幸福婚姻的保障。由此可见，奥斯丁对根深蒂固的男权思想进行了嘲弄和批判，肯定了女性具有非凡的能力来驾驭生活和家庭。

随着生活阅历的增长和对社会探索的深入，奥斯丁对女性的社会职能有了新的期待。她借《劝导》的安妮之口婉转表达了女性对外部世界的向往："我们实在没有办法。我们关在家里，生活平平淡淡，总是受到感情的折磨。"尽管奥斯丁清醒地意识到，囿于社会现实及文化传统，妇女肩负的社会角色和生存的社会空间固然有限，但并不意味着这一角色无关轻重。在人际关系和家庭生活中，女性所发挥的作用是不可或缺的。一个能把家庭打理得井然有序的女性决不可等闲视之。奥斯丁真切相信家庭是国家的缩影和基本组织元素，在维护社会现状方面发挥着关键性作用。奥斯丁尝试以女性为主角加强乡村共同体内部凝聚力的意图溢于言表。

2. 女性与传统价值维系

特里林曾以《曼斯菲尔德庄园》为例，将奥斯丁的政治立场归纳为：反对变化的保守主义者，盖源于这部作品描述了在由农业文明向工业文明转型时期，以曼斯菲尔德为代表的乡村受到的新旧文化价值观念的冲突和苟延残喘的境况，在此，奥斯丁表现出来对旧乡村秩序的怀恋及新兴工业文明对乡村秩序影响的不无忧心。小说中俯拾皆是的"改进"一词，形象地传递出作者对于变化的焦虑，这无异于对传统的反叛、背弃。具体而言，奥斯丁所关注的是，在抵御城市价值和生活方式冲击的同时，身处逆境的乡村社会如何在保有生存空间的基础上延续它们所崇尚的传统价值。

奥斯丁一生深受基督教教义的影响，有着极为强烈的宗教观念，其生命的最后一刻还坚持去教堂。"她的信仰在她的作品中是固有的：严格自律的生活美德，用爱心和道义履行责任，这些品质在她的信和小说中都有所体现。"① 奥斯丁忠诚于 18 世纪乡绅主流意识形态，维护一个由国教和乡绅价值观主导的社会，始终是她的政治立场。在《曼斯菲尔德庄园》中，她将士绅世代传承的美德通过范妮理性的追求和自觉的道德意识呈现出来，在此，奥斯丁表达了她对女性的新期待和对女性力量的首肯。

活跃在曼斯菲尔德庄园的青年群体里，被克劳福德兄妹所代表的城市价值所虏的不乏贵族子弟。庄园未来继承人汤姆是沉溺于声色犬马的享乐主义者，两个妹妹也不是端庄正派的大家闺秀，她们厌恶沉闷的乡间，艳羡放纵的都市生活，最终先后酿成了与人私奔的家庭丑闻。就连一向正直严谨的次子埃德蒙也是不能例外，一度迷失在克劳福德小姐光鲜亮丽的外表下，其个人经历最能体现城市生活对乡间传统的侵蚀和威胁。甚至可以说，《曼斯菲尔德庄园》描写的正是埃德蒙摆脱城市诱惑，向乡绅传统价值复归的过程。而在此期间，出身寒微、寡言少语的范妮作为传统乡村稳定力量和乡绅价值的继承者始终是其精神的支撑和情感的慰藉。

不同于托马斯爵士刻板抽象的道德准则，范妮的爱是细腻的、温和的，细水长流般地融于她对长辈托马斯爵士夫妇慷慨义行的感恩敬爱、对表哥埃德蒙的深爱以及对周围身边人的友善里。而这一力量打动的不只是思想保守的托马斯爵士一人，埃德蒙从最开始就特别珍惜表妹美好温柔的情操，在时间的长河里，这种情感已悄悄地由兄妹之情开始发生变化，当事人却浑然不知，只有范妮静默地

---

① ［英］弗吉尼亚·伍尔夫：《伍尔夫读书笔记》，刘文荣译，上海：文汇出版社，2006：143 页。

守护这份无望的情感。《曼斯菲尔德庄园》一书中最令评论家争议的情节在于亨利爱上了姿色平平的孤女范妮，这一情节看似突兀，其实有迹可循。亨利产生爱的火花是从与范妮分离多年的哥哥威廉来访开始的。威廉·普莱斯是在这个世界上除了埃德蒙外范妮最爱的人，是作为爱的力量进入曼斯菲尔德庄园的。骨肉重聚那刻，范妮身上的全部的爱都挥洒出来。世间还有什么景象比此刻更动人心魄呢，亨利当即被深深感动。从那时起，亨利被范妮的爱与善降服了，深深地爱上了范妮美丽温柔的心灵。在爱情的启迪和感召下，他自身发生了包括自己在内的所有人都始料不及的变化：之前放浪形骸的亨利开始反思起自己浮浪情爱的无聊来，重新萌生了道德意识。并对范妮的德行品质做出了相当中肯的评价——心地善良、贤淑而温柔、多情而聪颖，尤其还令人称道的是范妮性的情，"在这一家人当中，除了埃德蒙以外，哪一个不是在不断地这样那样地考验着她的耐性和度量呢？"除了埃德蒙，范妮长期寄居的曼斯菲尔德庄园从未有人客观、全面地审视和赞扬范妮的品质。亨利也受益于范妮代表的爱的感化，已渐入正途，树立起严肃的道德意识。范妮代表的爱和温情散发的魅力及影响力再次显现出来。

虽然埃德蒙担当了范妮成长道路的引路人角色，不同于其势利肤浅的姐妹，他对寄人篱下的小表妹爱护有加，范妮从他那里学会了不少为人处世之道。但埃德蒙在价值辨别和判断力、洞察力方面却不及范妮。范妮虽然从小寄人篱下，却养成了同时代女性难得的独立人格和智慧。在庄园里所有人都被克劳福德兄妹的活力四射、翩翩风度迷惑时，只有冷眼旁观的范妮洞察到了他们的真实内心。

关于如何对待玛丽亚公开奚落叔父混乱的私生活这一行为，埃德蒙曾征求过范妮的看法。"范妮想了一想说:'出了这么不妥当的事,难道你不觉得克劳福德太太难辞其咎吗?她不可能给侄女灌输什么正确的观念。'"①"想了一想"在此处并非闲笔,说明下面的话不是随口而出的,而是范妮有所意图的表达,意在提醒被爱情冲昏了头脑而失去了判断是非能力的表兄。亨利向其求婚这一情节最能体现范妮与众不同的个性魅力,但庄园几乎所有人形成了同一阵营。养父托马斯爵士则利用监护人的权威和亲情关系劝说范妮应允,甚至连埃德蒙也加入了游说者行列。即便如此,她也没有盲目屈从,没有忽视对方的道德缺陷和放荡自矜的性情,而是保持了自己的理智。在道德和情感双重因素的相互影响下,范妮做出了冷静、客观的认识判断,既不被道德束缚,又不任由情感羁绊,达到了道德感的成熟和认知、心智的独立。尽管玩世不恭的亨利对姿色平平、性情稳重的范妮本无爱慕之心,但后来他对范妮的感情却越发真挚,并向其求婚。这一情节虽有斧痕之嫌,有悖人情世故,但这更能彰显范妮美德、亲情等传统价值的感化力。既然纨绔子弟亨利都能被其感化,那么范妮也能承担起维护庄园道德原则的重任。而这使她最终获得托马斯爵士的认可,成为嫁入曼斯菲尔德庄园的基础。在朴次茅斯暂住期间,范妮也是尽己所能关爱家人,维护家庭秩序,给即将出海的威廉缝制衣服,教导妹妹苏珊读写和规范其行为礼仪,调和了两个妹妹之间的矛盾,来之前混乱的家庭氛围有了很大的改观。

排戏是全书中最热闹的场景之一,也是展现、检验人物道德品质的试金石。年轻人明知在托马斯爵士高举的传统道德标杆下,演

---

① [英]简·奥斯丁:《曼斯菲尔德庄园》,孙致礼译,南京:译林出版社,2016:56页。

戏是不被许可的，却不顾父亲远在海外，吉凶未卜，肆意取乐，甚至把爵士的房间改造成临时舞台，显然是挑战长者权威、不尊重长辈，还为了扮演角色争风吃醋、互相挤对。"当初随处可见的那种和谐与欢乐的景象，如今似乎不多了。除了发牢骚的人，似乎没有人愿意按指示行事。"和奥斯丁同时代的学者约翰·济慈认为，沉溺于戏剧是对自我道德的威胁，将会破坏扮演者人格的完整，使人格自我分裂和多样化，如私通、未婚生子的阿加莎无疑会给扮演者造成不良的影响。这个角色不适合这位未出阁的名门闺秀伯特伦小姐玛丽亚，也预示了日后已为人妇的玛丽亚和亨利的私奔这一可怕的后果。排戏使庄园的道德秩序陷入危机，破坏了托马斯爵士建立与恪守的秩序和原则。庄园内部也潜藏着暗流涌动的关系和变化，让人深感不安。

在范妮看来，这场"不可理喻"的戏剧活动是缺乏理智和自我节制的恶果的，大大背离了庄园固有的道德观和价值准则。人微言轻的她断然拒绝参与其中，因为她坚信自持、理智的重要性，表现出了对理性和道德观念的坚守。

有学者指出，范妮深沉的风格和喜欢思考的习性使她与厚重的传统文化完美契合，而缺乏记忆与历史。只关注当下的克劳福德兄妹以及浅薄的伯特伦小姐显然难当此任。[1] 由此观之，范妮与《爱玛》里的奈特利先生十分相似，都是本地维护乡绅价值的支柱和捍卫传统生活方式的中流砥柱。范妮的归来对古老的庄园意义重大，她才是曼斯菲尔德庄园精神的女儿，是传统价值观的继承者。

---

① 苏耕欣：《英国小说与浪漫主义：意识形态的冲突、妥协与包装》，北京大学出版社，2017：103 页。

范妮不在的这段时间，适逢多事之秋的人们愈发怀念她的爱和宽容友善。故如今的范妮，不再是大家的累赘，而是不可缺少的精神支柱。她不但使伯特伦夫人得到了真诚的安慰和陪伴，也使重病的汤姆得到了细心的照料。受到触动的更有庄园主人托马斯爵士，范妮在亨利求婚一事上表现出的道德判断力和理性被事实证明是正确的，这些令爵士格外赞赏。之后在遇到重大事务时，范妮的意见也被纳入考量范围之内，并且她逐渐成为庄园道德方向的主导。

小说的末尾，对传统价值构成威胁的人物均被逐出曼斯菲尔德庄园，代表高尚仁慈、友爱真挚、自尊自爱的主流价值人物，如以范妮为首的埃德蒙牧师、托马斯爵士等人守住了道德阵地。他们互相支持，从而使得他们所维护的道德体系在曼斯菲尔德庄园占据了正统地位，并大有代代相传的意味。而范妮也从在庄园生活多年的旁观者变成庄园精神的女主人，成了参与其治理的核心人物和传统价值的代表。她与表兄埃德蒙将在这里养育下一代，将秩序、温和、理性、均衡等国教"托利党"士绅的处世原则、价值标准传承下去。这对近亲缔结的婚姻颇耐人寻味，意味着秩序的延续，犹如庄园外部筑起的一道"防火墙"。曼斯菲尔德庄园成为世俗和纷争中守护宁静和谐的坚固堡垒，背后暗藏着作者的美好愿望：意在拯救岌岌可危的士绅阶层和其背后的 18 世纪主流意识形态，以此捍卫乡村传统价值及秩序。显而易见，奥斯丁对于乡绅阶级改良和重生的愿望主要寄托在以范妮为代表的优秀女性身上。

3. 女性与人际关系

在奥斯丁漫长的写作生涯里，除了获得家人的大力支持、鼓励外，也离不开与周围女性群体包括朋友、邻里的亲密的情感连接。

奥斯丁身边的"女性社交团"对她的作家生涯大有裨益。这种体现亲密情感连接的群体文化不仅淡化了传统女性观念的束缚，也一再强调女性能力和价值的自我认同感。

在矛盾迭出的排戏桥段，范妮和她的友爱力量在这场混乱中得到了彰显。排戏时期的庄园成员各怀鬼胎，私欲膨胀。亨利的情欲、玛利亚姐妹的争风吃醋、拉什沃思的虚荣、耶兹的发号施令等，这些势必造成相互冲犯，如果没有什么和这一切制衡，龃龉在所难免。好在有范妮，"大家身边常常只有范妮一个听他们说话的人。她一来，他们差不多都向她诉苦"。范妮目睹埃德蒙与玛丽亚之间的情感升温，不胜感伤，却能引而不发，淡然处之。作为旁观者耐心地接纳来自四面八方的怨怼，尽其所能地帮助他们，温柔地化解他们心中自私的念头和不满的情绪。发自女性的爱与良善又一次清晰地表现出她们的向心力和感召力。

在成书最晚的《劝导》里，奥斯丁着意表现女性之间的友情带来的支持、鼓舞。

史密斯太太中年丧夫，疾病缠身，一贫如洗，幸而在"热情无私、自我克制、英勇不屈、坚忍不拔和顺天从命"的卢克护士的关怀下历练了坚韧的品性，能够独自谋生，还常资助经济更困难的底层家庭。其高尚的品格并不是经济富足时的慷慨大度，而是自身境遇不如意之时依旧保持爱心和对弱者的垂怜。这一乐观的人生态度让安妮很受鼓舞。拉塞尔夫人思想豁达，通达权变，不同于虚伪冷酷的埃利奥特爵士父女，她积极支持安妮探望落魄的旧日密友，对安妮婚姻前后的态度表现出了开明的心态。本威克舰长沉默寡言，因未婚妻亡故悲伤得不能自拔，幸而得到了安妮的精神护理（交流宽慰），治愈了个体的创伤，并恢复了生活信心和对组建新家庭的希望。在此之前，哈维尔上校等人多次劝说无效，到安妮这里竟然出现意想不到的转机。莱姆事件后，路易莎突然摔伤，温特沃思和查尔斯等人虽久经战事，但当时却惊慌失措、六神无主。危急关头，是安妮力排众议，指挥若定，不但和有着丰富护理经验的哈维尔太太悉心照料路易莎，还劝勉沮丧的温特沃思。此时的安妮仿佛是一群失怙孩子中的成熟果敢的母亲。危急关头，必须重建秩序的重任竟然由一手无缚鸡之力的女子利落高效处理完毕。这番情形下，安妮的形象和莎翁早期戏剧《威尼斯商人》里青春妙龄女子机智果敢的鲍西亚不相伯仲。她适时的关切、抚慰，消弭了人与人之间因阶层出身、性格等产生的隔膜，为孤独者、无所适从者提供了精神支持。凡安妮等人所在之处，无不弥漫着温馨的人际氛围。

小说结尾，安妮将挚友拉塞尔夫人和史密斯太太郑重推荐给以温特沃思舰长为首的男性群体，也尝试结交海军界温特沃思的旧识，堪称是对打破个人生存状态、应对传统人际关系纽带崩解现实的有力回应。在一个战火纷飞的年代，《劝导》关注以安妮为首的蕴含着巨大力量但常常为人忽略的女性群体，适时地修正了战争时期男性独属的英雄主义观念，赞颂女性之间的情谊，赞扬和推崇了女性的力量。[①] 她们远离个人主义带来的邪恶的现代化和商业主义，并积极构建一个"有效的领导体系"，以维持社会的安定秩序。

玛丽·沃尔斯通克拉夫特曾倡言："既然一个男人被称作是一

---

① Peter Knox-Shaw: *Jane Austen and the Enlightenment*, Cambridge, Cambridge University Press, 2004.

个社会的缩影,那么家庭也可以被视为一个国家。"① 妇女负责子女家庭教育、照顾丈夫的日常起居、指导仆人的言行举止,其中的意义远超出柴米油盐的家庭事务,女性同样参与并创造了社会秩序。奥斯丁洞察到料理家事、管理田庄和维护乡村社会秩序的内在联系,通过对这一类坚强、独立、勇于承担责任的新女性形象的塑造,成功传递了她对女性自身能力的赞美和对女性在乡村共同体重构中所寄予的期望,认为她们才是传统乡村的依托力量。

第三节　情感与共同体维系

19 世纪,英国经历了工业革命和资本的全球化,传统阶级秩序和道德体系在小说中表现出行将解体的趋势,乡村社会维系方式已不以近亲血缘关系为依据,人与人之间变得疏离冷漠,向心力也逐渐减弱。有鉴于此,重建共同体的呼声越来越高。威廉斯认为,18 世纪之后的共同体不再像之前,"所有指涉社会组织(国家、民族和社会等)的术语,它(共同体)似乎总是被用来激发美好的联想"②。借助于联想,加强彼此之间的情感关联。不难发现,此时的共同体更重视人的情感因素。情感在奥斯丁建构英格兰乡村共同体的过程中扮演了重要角色。它超越性别、阶级甚至文化差异,不仅增强了社群内成员的精神交流和情感纽带,更使其融合成具有包

① Raymond Williams: *The Country and the City*, Oxford, Oxford University Press, 1973.

② Raymond Williams: *Keywords: A Vocabulary of Culture and Society*, Oxford, Oxford University Press, 1976: pp. 76. 转引自张秀丽:《〈威弗利〉中的情感与共同体建构》,载《安庆师范大学学报(社会科学版)》,2018(6):29 页。

容性的共同体，从而走出旧共同体崩解的困境，并对抗新价值观念裹挟而来的冲击和失序。

在讨论情感的效用之前，有必要提及 18 世纪英国思想文化界备受瞩目的关于情感主义的思想论战。

（一）情感的缘起

情感主义是 18 世纪英国文化界对"敛财逐利社会"的善意批评或某种应对之策。福柯认为忧郁的泛滥和"商人国家"、商业资本的迅速发展同音共律。[①] 情感主义思潮的先驱者是洛克的学生沙夫茨伯里伯爵，他明确反对霍布斯宣扬的人性自私论和"利益驱动世界"的流行观点。著名哲学家休谟和亚当·斯密等也持此观点，他们以传统农业文明和宗法制生活观念为鉴照，曾深入探讨人的感觉和感情，指出生活在以物质原则为圭臬的现代社会的人们之间不再以"爱的纽带"维系，人们沦为"彼此隔离的孤立个体"，于是就有了越来越多的思想家转向对情感的关注。个人感情得以强调，"善感"成为令人称道的优秀品行："现代的安定、闲暇和教育生成了某种细腻的感性和精美的德行……在更严峻时代被压抑的人类同情心，特别是对弱者和不幸者的同情，迅速地膨胀。"[②] 对情感的热衷更是催生了浪漫主义文学运动，如湖畔派诗歌里的忧郁情调、对大自然旖旎风光的沉醉、对中古历史的缅怀，这些情感主义趣味成为当时文化时尚的主流。理查森作品的走红和同时代的情感主义思潮，便是最有力的证明。

---

① 黄梅：《〈理智与情感〉中的"思想之战"》，载《外国文学评论》，2010（1）：184 页。
② 转引自：黄梅：《〈理智与情感〉中的"思想之战"》，载《外国文学评论》，2010（1）：184 页。

奥斯丁有着较强的时代敏感性，熟悉同时代浪漫主义作家及著作。小说也经常出现同时代的情感话语，被誉为"天鹅绝唱"的《劝导》弥漫着一种"萦绕于心"的怅然体验和哀婉情调。安妮·埃利奥特，是奥斯丁笔下年龄最大的主人公，她比以往的伊丽莎白、爱玛更为多愁善感。书中更有她同本威克舰长反复探讨司各特的《玛密恩》《湖上夫人》和拜伦的《异教徒》等著作的情景。奥斯丁不吝笔墨书写她感知青春逝去的悲伤心境，漫步秋日乡间小路欣赏林间美景的落寞，这种善感在之前的五部作品中是鲜见的。整部《劝导》甚至可以称之为女主人公安妮一波三折的情感复苏之旅，女作家也出乎意料地吟唱了一曲情感的赞歌。

（二）情感与共同体维系——情感的作用

1. 友伴式婚姻：对情感的忠诚与坚守

批评家坦纳曾指出，《劝导》见证了以士绅地主阶层为中心的英国传统等级秩序的解体。男女主人公缔结的婚姻不再以固定地产作为基础，也没有围绕着士绅的地产构建出一个稳定的共同体结构，而仅仅意味着他们之间的私人情愫。① 这一观点实与首次描述英国社会转型时家庭结构转变的历史学家斯通不谋而合。斯通认为，随着现代核心家庭的诞生，情感变得尤为重要，情感个人主义和友伴式婚姻备受推崇。

"在富有的诸阶层中，出现了一种夫妻之间的较亲密、较有感情、较平等的一种伴侣式的，夫妻之间彼此以教名相称呼的婚

---

① Tanner Tony: *Jane Austen*，Harvard：Harvard University Press，1986：pp. 208-249.

姻"。① 英国新教也主张"婚姻必须以感情为基础"，士绅阶层出身的奥斯丁显然也是认同这一教义的。于是，伊丽莎白拒绝了表兄柯林斯居高临下的求婚，尽管他是生长于斯的朗博恩的继承人；达西更是令固守世俗之见的姨母大吃一惊，向既无高贵血统又无丰厚嫁妆的伊丽莎白求婚。然而，囿于妇女的低下的社会地位，18世纪的英国在谈婚论嫁方面几乎是完全被动的：作为大家闺秀的简过于内敛、拘谨，不能表达自己的情意，以至于周围人认为她并未对宾利动情；伊丽莎白固然个性爽朗，慷慨陈词拒绝达西，但后来即使被达西吸引，也只能暗自嗟叹，被动地等待他再次求婚。后期的奥斯丁已具有足够的生活阅历和人生经验，思想立场较为复杂，对情感和婚姻的态度发生了明显的转变，一反常态地为情感留足了一席之地。

安妮在与海军军官温特沃思分手后的八年时间里，依然不能忘却旧日恋人，心扉再未向他人打开。当地仅次于埃利奥特家族的长子查尔斯·默斯格罗夫钟情于安妮，在真心关爱她的拉塞尔夫人看来，查尔斯相貌堂堂，又是家族长子，嫁给他是体面的，也是摆脱父亲偏见和冷漠原生家庭的最佳选择。安妮却断然拒绝，令其惋惜不已。凯林奇府的继承人，堂兄威廉·埃利奥特慕名前来，婉转地向其表示希望"埃利奥特这个名字永远不会改变"，也未能打动对故去母亲的一切怀有深厚情感的安妮。在归来的温特沃思上校对安妮毁约不能释怀、与路易莎感情暧昧之际，安妮的伤感无须多言，但仍坚定而又不乏柔韧地守护着内心无望的爱情，"对于记忆犹新

---

① ［美］戴维·罗伯兹：《英国史：1688年至今》，鲁光桓译，广州：中山大学出版社，1990：29页。

的感情来说，八年的时间几乎算不了什么"。正如她在与哈维尔上校畅谈两性差异时所宣称的那样，女性较男性强劲热烈的感情而言，可以"爱得更长久，即便希望已全无"。而对方温特沃思也是矢志情感的人，别后的八年里未曾追求过其他女子，在写给安妮的信中强调自己一直都爱着安妮，"从未朝三暮四"。在某种意义上，《劝导》是一部颂扬坚贞情感的作品，但这种坚贞并不是初坠爱河时发出此生忠于彼此的誓言，而是婚姻取消后，心有芥蒂且多年未曾谋面的情人仍然忠于彼此。二人虽经历诸多变化，然内心的善良、无私、忠于情感始终存在，最终这份弥足珍贵、旧日绵绵的情意使他们抛却顾忌和犹豫，排除了种种隔阂、猜忌，澄明心意，获得了真正的幸福。权衡利弊的理性审慎是扭曲人的本性的，只有发乎内心的感情才能让人感知幸福。在以情感为根基构筑的现代家庭，安妮将感受新时代的家庭生活，失而复归的爱情和来自温特沃思家族的深厚亲情足可以弥补安妮原生家庭未曾有过的父爱与手足之情。

2. 情感与道德判断

在《劝导》中，关于情感的认知不仅仅局限于爱情，还表现为一种个体所具有的道德力和判断力，规范着个体的行为，在维持社会秩序中发挥主要作用。沙夫茨伯里伯爵认为，人的情感本身具有道德判断的作用，休谟在《人性论》第三卷"论道德"中也对以上观点表示认可，甚至提出依靠情感来判断公正的观点："仅靠理智和抽象思维不能鉴别邪恶和美德，能够起作用的一定是邪恶和美德给我们造成的印象或者引发的情感，这才使得我们能够将它们加以区分。我们显然是通过观察和感觉来判断刚正不阿和腐化堕落。"① 在维持秩序、识人断物上，情感也能发挥不可多得的效用。

《劝导》里的安妮在生活中是一个善察人心的女性：安妮依据情感对其堂兄威廉·埃利奥特的精准判断令人叹而称奇。威廉谙熟世故，风度翩翩，"通情达理、为人谨慎"，颇具绅士风度，尤其是根据拉塞尔夫人标举的士绅礼仪准则。更重要的是优势不止于此，他是凯林奇庄园的法定继承人，如像拉塞尔夫人热切盼望的那样与其结合，安妮将会继承亡母的权利，以埃利奥特夫人的身份掌管凯琳奇庄园，这是《傲慢与偏见》等早期小说中完美的婚姻结合。然而，安妮却从初次见面就难以抑制地对他产生一种非理性的抵触情绪，因为相比于身边刚接触的海军群体哈维尔上校的"直率、坦荡和热情"，威廉却是喜怒不形于色，待人接物表现得过分克制，可在安妮看来这是一个缺陷，说明其"不够坦率"。这一感性的第一印象是否有事实依据呢？出人意料的是，这一疑问在威廉龌龊过往被旧交史密斯夫人揭发之后得到了证实。源自感性层面的情感判断却提供了有别于理性检验的品行和礼仪的另一种路径，换言之，"不坦率"实则不满意威廉情感的刻意隐瞒或缺失。18 世纪备受贬抑的情感获得了独立的地位，并且其地位提升到了令人惊讶的高度。奥斯丁认为唯有建立在真实情感基础之上的爱情才是值得信赖的。

3. 群体关怀：友谊交流与同情

情感不仅是个人的，更是社会的，需要交往方的互动和交流。

---

① David Hume：*A Treatise of Human Nature*. London：Penguin books，1984：p. 522.

在一定程度上，社会性可以说是情感最本质的属性。由情感衍生的美德，如友谊、交流、同情，有助于强化集体的道德感，凝聚人心和重塑乡村情感认同。奥斯丁描绘了同情、友谊等共有的道德情感，以此传递了不同阶层、性别的相通性，以达到超越差异、建构精神共同体的构想。

友谊不仅仅是启蒙心智和行为的道德引擎，也是公众社会生活的凝聚力，往往扮演着重要的社会角色。在亚里士多德看来，友谊本身就是共同体。《劝导》以哈维尔上校为代表的海军军官群体爽朗大方，热情好客，主动邀请到莱姆出游的安妮一行到家里做客，共进晚宴，尽管在狭小的客厅聚餐不能同贵族聚会的豪华气派相比，但上校夫妇的热情、友好、坦率和温馨的家庭氛围却带给客人一个欢愉的傍晚，让安妮心潮澎湃。"他们早应该是我的朋友了"，只有热情的水手"才知道怎么生活，只有他们才值得尊敬和热爱"。友谊和热情、好客成为整篇小说的主要美德。情感因素逐渐占据了主导的地位。与之相似，安妮情愿不随父亲奔赴繁华的巴斯而是借居在妹妹的大家庭，固然是由于被需要产生的存在感使然，但深层原因在于自己被默斯格罗夫一家"看作家庭的一员"，"受到真心诚意的对待"，家庭温馨和彼此的亲情关爱缓释了她内心的孤独。

同情则是诸多社会情感的共同底色，其核心是对他人的不幸产生的共情反应。德语中'Mitleid'的字面意义即悲悯，一同受苦。亚当·斯密在《道德情操论》中也认为同情是人之本性，具有积极的社会意义，"他人处于悲痛之中而产生悲痛，同人性中所有其他的原始感情一样，绝不仅仅局限于那些品行高尚的人"①，不仅仅旁观者能够设身处地去体谅当事人的痛苦，而对方也须调控自己的情绪，顾及聆听者的感受。通过双方的共同努力，情感的道德力得以扩展，凝聚力得以发挥。

《劝导》里一个最典型的例子见于厄泼克劳斯乡间聚会。温特沃思上校神采飞扬地回顾海上生涯，勾起了默斯格罗夫太太对早已亡故的儿子理查德的思念，她伤心不已。得知内情的上校"落落大方，又满怀同情"地走到默斯格罗夫太太身旁坐下，听她谈着她的儿子，对默斯格罗夫太太真挚的母子情感极为关切。尽管年老的太太讲话如同贝茨小姐那般无趣和缺少雅致，但是倾听本身就是同情心的体现，能够打通共同的情感体验和主体之间的情感流通，彰显冷静的理智更为强大的社会整合力量，是维系社会和谐的重要纽带。② 无独有偶，安妮不理会势利虚荣的父亲的强烈反对，常去探望贫寒的旧友史密斯夫人，和她回忆起年轻时的癖好和昔日时光的乐趣。同情心作为人际关系中的一种重要的情感力量，联结了处于孤立状态下的人与人之间的情感。安妮耐心倾听与她地位悬殊的人的遭遇，友谊和真诚是她交友的原则，体现了她对下层劳动阶级苦难遭遇的体恤和理解。关心别人的痛苦，设身处地地感受别人的痛苦，呵护他人的情感，也就具备了同情心。对史密斯夫人来说，安妮在其困厄之际表现出的友情与同情极大地宽慰了她，让她重新产生了对生活的希望。正是在情感的这种社会聚合作用力下，人与人

---

① ［英］亚当·斯密：《道德情操论》，蒋自强、钦北愚、朱钟棣、沈凯璋译，北京：商务印书馆，2015。

② 高晓玲：《"感受就是一种知识！"——乔治·艾略特作品中"感受"的认知作用》，载《外国文学评论》，2008（3）：16页。

之间不再如以往那般疏远、冷漠，情感共同体得以建构而成。

《劝导》中交流的情节主要发生在四个场景，分别是凯林奇大厦、乡舍厄泼克劳斯、港口城市莱姆和巴斯。在凯林奇和厄泼克劳斯，安妮是几乎没有存在感的人物。而让其得到群体的认可或接纳的是在接下来的莱姆和巴斯之旅。从若有若无的小角色到同行人的精神向导，再到共同体的核心人物，沟通交流发挥了不可多得的作用。

八年后再见温特沃思，安妮一时之间默默无语，虽然心中百感交集，此刻却只有礼节性的寒暄和问候。这意味着安妮处于交流困境，只能做个安静的倾听者，对妹妹玛丽一家的婆媳、姑嫂矛盾爱莫能助。

随众人莱姆出行时，这一情况得到了改观，安妮逐渐获得了交流的机会，并由此得到众人的喜爱。尤其在她与本威克上校的畅谈交流中，善良的安妮看到他沉浸于未婚妻早亡不能自拔时，积极地向他推荐道德家的作品、优秀文学家的文集和饱经磨难不屈不挠的伟大人物的回忆录，因为这些人"在道德和宗教上的忍耐做出了最高尚的说教，树立了最崇高的榜样"，借此鼓励本威克上校从诗歌阅读中汲取力量和勇气。本威克上校深受触动，一向沉默寡言的他主动地与安妮一起分享所喜爱书籍的体会，交流彼此的阅读感受。本威克舰长聚精会神地听着，对她话里包含的关心十分感激。由于产生了交流共鸣，使得安妮获取了信心和话语权威，这一现象让在场人钦佩不已，尤其是温特沃思，对她刮目相看，意识到不能用以前的旧观念评判安妮，他不再故意冷落安妮，而是平静地与其交流，二者也从原来的尴尬、局促不安到有了一定程度的交流，是一个不小的进步。

在巴斯，安妮有了更多的沟通交流机会。在情感忠诚、性别差异、男权社会的主流文化、教育上的性别差异等方面，安妮都可以公开地表达和讨论自己的观点，体现了她的聪颖、不凡的见解、格局以及人格魅力。这让安妮的信心与日俱增，并焕发出独有的光芒。

在与哈维尔上校就性别差异、男女受教育程度等问题的讨论中，安妮就女性感情的忠贞做了精彩的辩解："我认为我们的身体和精神状态是完全一致的。因为我们的身体更强壮，我们的感情也更强烈，能经得起惊涛骇浪的考验……男人比女人强壮，但是寿命不比女人长，这就恰好说明了我们对他们的感情的看法……我认为我们女人的长处，就在于我们对于自己的恋人，即便人不在世，或是失去希望，也能天长日久地爱下去！"这段话展示了安妮的智慧、洞察力和魅力，赢得了哈维尔上校的敬重，在为女性代言的同时，向心上人坦陈一己心意的意愿尽在其中，才使得温特沃思抛却顾忌和犹豫，排除了种种隔阂、误解，再次拿起手中的笔，时隔八年后向安妮求婚，获得了真正的幸福。其中，成功的交流功不可没，确保了人与人之间良好沟通的根本。安妮以细腻的体察和高度的同理心、对他人真诚的观照赢得了所有人的喜爱，创造了和谐、惬意、融洽的感情氛围，带来了美好的人生感受，这实际预示了沟通交流在打破孤立的、个体化的人际状态发挥的作用，传递了一种共同体生活的可能性。

除此之外，小说将乡村景观赋予独特的象征意义。奥斯丁所处的时代恰逢工业文明甚嚣尘上，以利益为主导的价值观念削弱了人与人之间深厚的情感。文学家对物质主义思潮不无焦虑感，开始将目光转向乡村，试图寻找他们的"英国性"①。此时的乡村更像被"赋予了一种重新定义英国民族身份、重塑英国民族形象的矫正和救赎功能"②。"景观更是人与人之间的一种社会关系，通过图像为中介而建立起来的关系。"③

奥斯丁体察到了"庄园"这一文化符号的象征意味，并自觉援引至创作中，借优美的庄园生活场景及浓郁的乡村风情展示其艺术主张和价值遵循。在她笔下，诺兰庄园、彭伯里庄园、诺桑觉寺成了田园牧歌生活方式的代名词，简迷著名作家毛尖在一篇读后感中曾这样写道："英国文学史上，使得乡村风景具有最大抒情功能的，奥斯丁是当之无愧的第一人。"此评语恰如其分，这位英国女作家以特有的艺术敏锐度捕捉到了乡村场景的可书写性。

庄园在人物成长历程和作品主旨的深化中意义重大。当年幼的范妮离开家乡，被送到曼斯菲尔德庄园生活时，这是她人生的转折点，庄园的优雅格调和生活方式为出身寒微的范妮脱胎换骨提供了未来的诸多可能。她在这里接受了礼仪教化，习得了知识，开阔了视野，内化了庄园的价值准则。长久以来，她对这座庄园产生了深厚的感情，不再有初来乍到的恐惧和不安，而是对"这座时尚、优雅的房子"由衷地喜爱，因为它给她带来了爱和信仰的慰藉。

《劝导》第三章的莱姆之行涌动着浪漫主义的暗流。莱姆静谧的自然风光如俊秀的峭壁、茂密的森林、连绵的原野、蜿蜒的小

---

① ［德］斐迪南·滕尼斯：《共同体与社会》，林荣远译，北京：商务印书馆，1999。
② 綦亮：《伍尔夫小说中的乡村空间及其文化内涵》，载《国外文学》，2015（4）：87页。
③ ［法］居伊·德波：《景观社会》，南京：南京大学出版社，2017：4页。

径、恬静的大海激荡起这群人的深层情感，让随行之人的审美体验达成共识，"兴致勃勃"，"惊叹不已"，形成一致的审美情感。个人的焦虑得到缓解，"海边清风一吹拂，让憔悴的安妮又焕发出青春的娇美和艳丽"，心情舒畅的她开始关注其他成员的感受。不善言谈、心境枯槁的本威克也在景致优美的大自然中打破尘封的内心，向真诚关心他的安妮敞开了心扉，倾诉自己的痛苦。乡村景观聚合了不同的个体情感，在积极的情感流动过程中产生了共鸣，进而凝聚成集体深层体验，有力促进了疏离隔阂的小团体向通达包容的共同体转变。

综上所述，共同体固有的分裂倾向使其不可避免地处于分崩离析中，基于情感联结的共同体成为应对旧共同体崩塌危机的有效手段。《劝导》展现了情感之于共同体作用的诠释，不仅对于深刻理解奥斯丁的乡村书写和共同体建构有一定的价值，也对我们思考共同体建构过程中情感所蕴含的力量和作用有一定的参照。

第四节　强化帝国扩张事业的认同感

对大英帝国海外扩张事业体现出的认同感也是奥斯丁试图构建乡村共同体的一大表征。英国左派批评家雷蒙德·威廉姆斯在其著作《乡村和城市》中提及：19 世纪英国小说浮现一层海外关系。[①]传统的学术观点往往将奥氏小说定位成"闺阁里的精雕细琢"，原因是其作品中罕有对时代变革的直接表现和展望，这其实是一种误

①　[英]雷蒙·威廉姆斯：《乡村与城市》，韩子满、刘戈、徐珊珊译，牛津：牛津大学出版社，1973：163-182 页。

读。关于所处时代的现状及社会发展趋势等问题，奥斯丁同样有着细致的观察与客观的评判。

例如写于英法战争期间的《曼斯菲尔德庄园》，奥斯丁曾坦承这是一部关于"等级"的小说。[①] 身居高位、财势两旺的托马斯爵士家人和来自朴次茅斯的穷亲戚普莱斯社会地位判若天壤。值得注意的是，除"阶级分野"这条明线外，小说中还隐藏了民族主义的暗线。17世纪初，英国统治者加快对外殖民扩张的步伐，殖民事业带来的巨大财富强有力地推进国内经济的发展，国人乐此不疲，纷纷去海外猎取财富，建立功业，为帝国事业锦上添花。而奥斯丁生活年代正值英帝国强盛时期，船坚炮利的头号海洋强国海外贸易极其发达，工业经济强盛；以制糖业发展为主要经济支柱的西印度群岛成为殖民者最为看重的殖民事业。英国经济学家亚当·斯密曾说"在十七世纪过了四分之三以后，我们的任何一个西印度群岛的殖民地甘蔗种植园的利润都要比欧洲或美洲的任何一种栽培作物的利润大得多了"[②]。安提瓜这块远在加勒比地区的聚宝盆，早在1632年就被英国占领，沦为殖民地，被迫向宗主国英国输入源源不断的财富。

在《曼斯菲尔德庄园》中，安提瓜自始至终都处于一种"缺场"地位。然而"能指"的不在并不意味着"所指"的缺失。安提瓜虽然很少被提及，但其实无处不在，它和曼斯菲尔德庄园的宁静和秩序是不可分割的，它象征了殖民时期无数个被统治、被奴役

---

① ［美］爱德华·W. 萨义德：《文化与帝国主义》，李琨译，北京：生活·读书·新知三联书店，2003：84页。

② ［英］J. H. 帕里、［英］P. M. 舍洛克：《西印度群岛简史》，天津市历史研究所翻译室译，天津：天津人民出版社，1976：150页。

的殖民地。作为托马斯爵士远在海外的固定资产，它定期缴纳的收益支撑起了曼斯菲尔德庄园庞大的经济开销，维护了托马斯爵士的权威和庄园的秩序。托马斯爵士的议员身份，也与殖民地种植园经济在背后的支撑密不可分。但种植园似乎并不太平，殖民者的横征暴敛激起了土著居民的愤怒和反抗，揭竿而起的暴乱事件时有发生，种植园的经营和收益大受影响。这就不难理解为何诺里斯太太会认为安提瓜是一个充满危险和变数的地方。故此地的任何风吹草动都会引起托马斯爵士高度的重视。而他起草改善奴隶的生活条件的文案和离开亲爱的家人亲赴西印度群岛处理产业这一情节则有着真实历史事件的映射：在1811年至1814年，英属西印度群岛曾经爆发过大规模的奴隶反抗和起义。反抗起义的奴隶无疑挑战了托马斯代表的权威，是需要解决的对象。尽管文中没有涉及爵士到达种植园之后的整治策略和相关部署。但从爵士回国之后，对庄园大刀阔斧地改造、重建了国内庄园的秩序这一行动，可以判断他在安提瓜种植园做的也是同样的事情，只不过那里的规模更大而已。

关于安提瓜庄园中"犹抱琵琶半遮面"的奴隶制度，虽然很难厘清作者的思想立场，但仍可以从她的代言人女主人公范妮身上找寻到蛛丝马迹。导演伊恩·麦克唐纳在电影版《曼斯菲尔德庄园》里为迎合了现代人的口味，将范妮界定为同情奴隶的废奴主义者。事实上，这与原著里的范妮的立场大相径庭，在范妮与埃德蒙的一番对话中可见一斑。她说："我想我比别人都古板，我喜欢听姨夫讲西印度群岛的事，我可以一连听他讲上一个小时。"[1] 由此观之，范妮是颇为欣赏托马斯爵士的殖民思想和行为的，她是赞同奴隶制

---

① ［英］简·奥斯丁：《曼斯菲尔德庄园》，孙致礼译，南京：译林出版社，2004：171 页。

的。奥斯丁对殖民统治和奴隶制的看法究竟为何，行文至此，法国大革命已是绕不过去的话题。若将观察的焦距再拉远一些，19世纪初期，英国国内舆论以民族国家的姿态对抗拿破仑统治的法国，"民族国家"的号角成为谋求社会共识的有效工具。同理，奥斯丁在《曼斯菲尔德庄园》中提到安提瓜时想到更多的是作为大英子民的身份，而不是那里辛勤劳作的奴隶。地理和权力之间已经实现了一种微妙的结合。虽然女作家并没有给予它像伦敦、乡间这些地理位置所获得的那样的重视，关于它的描写更不能与写曼斯菲尔德时的挥洒笔墨相媲美，但不得不说，曼斯菲尔德庄园的一片歌舞升平之中掩盖了殖民者的掠夺行径。在奥斯丁心中，大英帝国的分量及她对祖国的情感认同由此溢于言表。

而英帝国海外殖民地的扩张在很大程度上归功于海军，随着战船的远航征战，船坚炮利的英国征伐遍布世界。而总是和日不落帝国紧密联系的海军承载着来自英国各阶层的梦想与认同，从《曼斯菲尔德庄园》中的威廉到《劝导》中的温特沃思上校的身份建构明显体现这一点。出身寒微、一无所有的威廉十一岁登船做了海员。他到过地中海，到过西印度群岛，在七年时间里，他经历了航海和战争的形形色色的危险，也养成了勇敢、乐观、坦率的性格。他丰富的海上经历和人格魅力使富家子弟亨利·克劳福德也羡慕不已："对这位二十岁不到却已经历过这么多的磨炼，展露出如此胸襟的同龄人感到由衷的敬佩。"① 海军所代表的粗犷、乐观、奋进有为的男子气质与英国的海外扩张政策相契合，激发了来自各阶层成员的钦佩和人们作为帝国一员的自豪心理，从而获得了所有人的认

---

① ［英］简·奥斯丁：《曼斯菲尔德庄园》，梅海译，北京：人民文学出版社，2022：234 页。

可和喜爱。

但是 18 世纪下半叶的英国社会动荡不安，呈现出内忧外患的征兆。

随着拿破仑帝国军事实力空前发展，在其统一欧洲的强烈意愿下，自然把英国视为障碍，英法之间的交战在所难免，持续二十余年的英法战争便是最好的证明；国内环境也不太平，法国大革命的爆发和蔓延，劳资矛盾的冲突，政治的激进运动，更是使帝国屋漏偏逢连夜雨。面对这一现实，女作家显然意识到民族主义情感在英吉利民族内部的普适性和分量。相比于阶级流动所导致的向心力的减弱和人际关系的失衡，民族主义情感更容易唤起人们的共同体意识。当阶级矛盾激化到不可调和时，民族主义可以作为人们想象中的共同体将矛盾转移到非本族的"他者"，从而缓冲国内的阶级矛盾。这一策略使敌对双方撇开个人恩怨和利益冲突，将目光投向帝国海外事业。[①]

由此可见，海军可称作帝国的荣耀，承载着英国人的梦想与骄傲，大英帝国的魅力也随着听众的赞赏和认同逐渐渗透到越来越多的英国人头脑之中，并形成一种共同的向往和理想。曼斯菲尔德庄园里的人们包括像亨利这位纨绔子弟，无一例外地表达了对海军的钦佩和爱戴之情，肯定海军的贡献。威廉的母亲希望几个幼小的孩子也能像其长子一样登上战舰成为海军，远游海外，建功立业。这一愿望其实代表着平民大众对海外殖民的迫切向往，海上战争的连连获胜更是激发了英国民众的自豪感和内部凝聚力。大英帝国散播的殖民思想和帝国意识已经深深地烙在了帝国子民的思想之中，形

---

① 陈彦旭：《〈奥尔顿·洛克〉中的绅士愿景与共同体理想》，载《外语学刊》，2019（2）：117页。

成了一种共同的向往和理想。

《劝导》更是体现了一个女性作家的时代敏感性。海军地位再次得以拔高，男主人公不再是达西、奈特利式的庄园主人，而是一个生机勃勃、乐观自信、具有大无畏精神的海军军官。例如，克罗夫特将军胸怀坦荡，不拘小节，没有世俗陈腐观念，富有现代气息。他与夫人的婚姻是共同成长、共同勉励的典范。观看轮船模型直白地表现出他对战争的渴望。海军在海外冒险取得的巨大胜利，乡绅阶层未婚女子打破常规，远离庄园地产，下嫁海军军官，对克罗夫特夫妇、温特沃思这一系列群体的刻画，……奥斯丁对海军的赞美和敬重溢于言表，说明了奥斯丁小说并不拘泥于家长里短的闲谈或男婚女嫁，她也有着超乎阶层的视野和女性的敏感，关注国家前途和发展，而其作品展现了来自各阶层的人们对海军代表的英国海外殖民冒险精神表现出的认同和赞赏，以及民族凝聚力及归属感的进一步增强，这些都可以看作是民族主义情感能量在具体情境中的情感意象。其反复提及可调整一己情感，与之产生了步调的一致和"团结感"，揭示了帝国扩张意识浸润英国人心灵之深，也从侧面证实了学者萨义德一再重申的文化与帝国隐秘的"共谋"关系。

附录一

简·奥斯丁《劝导》的共同体书写

被誉为"英国小说之母"的女作家简·奥斯丁最拿手的莫过于"描写村庄里的两三户人家"，展现乡绅的生活状态、思想价值观念，描摹乡村固有的世态风习。其后期代表作《劝导》延续了其"二寸牙雕"小世界里绅士淑女的情感纠葛这一主题，以风景秀丽的厄泼克劳斯乡舍和凯林奇庄园为故事背景，由女主人公安妮和时隔多年再续前缘的意中人温特沃思上校之间的情感复苏之路为主线展开。但小说的意义绝不仅仅局限于动人的爱情描写和关于情与理的道德说教，而是通过主人公的情感复苏之路再现了世纪之交社会转型时期乡村地区独特的人文景观及内外交困背景下面临的诸多困境，聚焦了共同体意识缺失的焦虑感，暴露了平静如一湖春水表象下乡村的暗流涌动。

目前，学界对《劝导》的研究集中在女性主义、后殖民主义、叙事学等方面，而对其中流露的共同体情怀鲜有论及。威廉斯曾提出，英国小说的首要问题在于"对共同体实质和意义的探索"[①]。深究文本，不难发现，这部小说通过曲折多磨的爱情故事展现了在资本和商业经济冲击下的摇摇欲坠的地缘共同体和阶层共同体。与此同时，简·奥斯丁满怀深情地怀念农耕时代古老的乡村共同体，再现了文学家在历史变迁时期的"共同体情结"。文中还隐喻了

[①] 转引自：文蓉：《"找家"的书：〈霍华德庄园〉中的共同体重塑》，载《四川师范大学学报（社会科学版）》，2019（4）：119 页。

简·奥斯丁对一个新型共同体的想象和设计——构建一个超越地缘和血缘的，以友谊为核心的和谐、温情、有序的精神共同体。

一、前工业化时代的乡村共同体

德国社会学家滕尼斯在《共同体与社会》中谈及共同体这一概念时，联系人类社会发展历程，分别以古希腊城邦、近代欧洲资本主义国家为例，指代共同体与社会两种社会生活方式。相比于社会机械的构造和建立在理性主义原则基础上的组合，滕尼斯更推崇立足整体利益、基于情感、相互扶持的有机共同体：共同体代表着"人类意志的完美统一，意味着真正的、持久的共同生活"①。相比喧嚣不已的城市，滕尼斯认为乡村共同体更强大，更加生机勃勃。英格兰士绅文化形塑的乡村共同体便是基于地缘的共同体，乡村融汇了多重意义：古朴简单的生活方式、浓厚的重农亲土意识、强烈的家族荣誉感、相互帮扶的人际关系、根深蒂固的传统价值理念等，这与滕尼斯倡导的共同体理念吻合。乡村生活缔造了亲密无间的生活氛围和公共领域。

如同工业文明同城市相提并论一样，自然景色总与乡居生活紧密相连。《劝导》细腻刻画了一个村庄的旖旎风光："远观厄泼克劳斯庄园，高墙大门，古树参天，古色古香，整饬优美，窗户周围爬满了藤蔓。"② 静谧的庄园与自然风光交相辉映，映照出一派优美的乡村田园美景。主人公安妮常常流连忘返，顺着深深的田间小径悠然自得地漫步，吟咏几首描写秋色的诗篇，欣赏沿途的羊群、绿

---

① ［德］滕尼斯：《共同体与社会》，林荣远译，北京：商务印书馆，1999：33 页。
② ［英］简·奥斯丁：《劝导》，孙致礼译，南京：译林出版社，2015：30 页。

地和田地里农夫劳作的场景，人物、情感、空间融为一体，艺术地还原了早期农耕文明的具体样态，展现了人与自然和谐的状态。

更令简·奥斯丁赞许的是乡村社群生活践行的宽容友善、齐心协力的交往习俗，如通行的"睦邻"政策在书中得到了详细的展现。与埃利奥特一家比邻而居的拉塞尔夫人在好友埃利奥特夫人早逝后，一直尽心尽力地照看其三个年幼的女儿，这是愚蠢自负的埃利奥特爵士所不能比拟的。拉塞尔夫人对埃利奥特夫人的次女安妮关爱有加，在这位教母身上，安妮重新找回了缺失的母爱，很大程度弥补了在自私冷酷的父亲那里受到的冷遇。受益良多的安妮延续了这一传统，频繁来往于厄泼克勒斯，尽力帮扶体弱的妹妹料理家事，照顾两个年幼的外甥。互帮互助、走访问候在乡村社群生活里比比皆是，这些都是淳朴良善的乡村价值观的体现。对常年漂泊在外的温特沃思舰长来说，乡村对他有着极大的吸引力，年长者热情好客，年轻人情投意合，使他的访友计划一再延后。乡村文化友善互助的交往习俗，与滕尼斯倡导的共同体理念殊途同归，也表明了奥斯丁这位来自士绅阶层的淑女作家对本阶层立场和处世原则的深度认同。

尽管推崇农耕时代的传统价值观和生活方式，奥斯丁对其脆弱性和保守的一面同样有着清醒的认知，时代的变迁、阶级势力的演变使传统的农耕社会在新兴资产阶级文化的强力冲击下举步维艰，而阶层内部的离心力更是让情况变得雪上加霜，古老的乡村地缘共同体的分崩离析势不可免。细究文本，我们不难发现作品深层隐含着传统乡村与处在变革之中的工业社会的冲撞及传统乡村的衰退迹象：老牌贵族为灯红酒绿的城市生活抛却家族荣誉感；固守传统门第观念的名门淑女待嫁心切，却只能老死闺阁；视功利原则为圭臬的投机者浴火炎炎地觊觎庄园所有权，为达个人目的无所不用其极。血缘和地缘共同体被现代化进程打破，这些比比皆是的迹象暗喻了旧共同体走向崩解的困境。

二、日益凸显的共同体困境

（一）彼此疏离的亲缘共同体

滕尼斯将共同体分为相互交织的三类：血缘共同体、地缘共同体和精神共同体。在奥斯丁生活的时代，纽带紧密的家庭被赋予崇高的地位，家庭是构成乡村社群的基本元素，对共同体观念的形成发挥着重要作用，血缘是人类最基本的共同体构成形式，亲属代表了亲缘共同体内典型的人际关系。然而，这一由亲属关系建构的有机共同体却日趋薄弱。

《劝导》展现了日益疏离的亲缘共同体，随之而来的是深深的隔阂和孤独感。沃尔特爵士和长女伊丽莎白做出举家迁往巴斯这一决定时，同去的人选圈定了刚刚结识的出身低贱的克莱夫人，丝毫没有考虑次女安妮的感受和意愿，向来自私自利的伊丽莎白更是宣称妹妹无足轻重，"反正到了巴斯也没人会需要她"[①]。这种无视和冷漠令老友拉塞尔夫人愤慨不已，她认为这是对安妮的公然蔑视。安妮却对这种冷遇习以为常。"家"本是由温情、关爱、责任等道德元素构成的共同体，给人带来心灵归属和安全感，而这些是一盘散沙、鲜有交流的沃尔特爵士一家缺乏的。埃利奥特姐妹俩仅有一次谈话是安妮好意提醒姐姐提防其女友克莱夫人蓄意接近沃尔特爵

---

① ［英］简·奥斯丁：《劝导》，孙致礼译，南京：译林出版社，2015：28 页。

士一事，然而，由于话语权的不对等，从头至尾是由伊丽莎白盛气凌人的声音在主导，安妮却无法发出自己的声音，更没达成预期的设想。本应推心置腹的家庭成员的一次交流却不欢而散。以伊丽莎白为代表的唯我主义倾向不可避免地对共同体产生离心力，维系家庭内部成员的纽带功能日益减弱。

家庭关系不和谐则是对乡村共同体作为"人的意志完善的统一体的巨大威胁"①。因为这些打破了"相亲相爱的人和相互理解的人长久地生活在一起，安排共同的生活"②的共同体规律。再联系小说中时常出现"陌生""疏远"等现代性的醒目字眼更显示出亲缘关系的淡漠，人人相敬相爱、亲如一家的情景也只能回顾往昔找寻。安妮的孤独和伤感实则映射出使家庭共同体岌岌可危的现实困境。

（二）日渐衰颓的地缘共同体

地缘共同体建立在现有土地、耕地的基础上，由血缘基础上分化所致。其最直接的表现是乡民毗邻而居，共享传统生活方式、价值观念、道德理念，坚守代代相传的风俗习惯等。书中的凯林奇庄园就是基于亲属、邻里关系形成的一个以乡绅为中坚力量的地域共同体，爵士小女儿玛丽与查尔斯·默斯格罗夫的婚姻更是加深了凯林奇府和厄泼克劳斯两家人的关系。然而，随着18世纪工业革命的兴起和社会经济形态的转型，古老的凯林奇乡间也不可避免地遭遇强有力的冲击。

士绅价值观念式微正是这一时期共同体意识缺位的表征。《劝

---

① ［德］滕尼斯：《共同体与社会》，林荣远译，北京：商务印书馆，1999：87页。
② ［德］滕尼斯：《共同体与社会》，林荣远译，北京：商务印书馆，1999：73页。

导》里妄自尊大的沃尔特爵士主动放弃庄园及庄园带来的荣光，屈就在商业城市巴斯一公寓，充当子爵夫人的陪客，并为此得意非凡。他不理解士绅阶级肩负的使命和社会责任感，维护和延续其价值之说自然无从谈起，其继承人威廉更是将家族荣誉视作粪土，贪图享乐，追逐财富，是功利性群体的生动展演。从未计划回归祖居执掌庄园的他更是陶醉于城市挥金如土的生活氛围。祖祖辈辈放牧或农耕的世家子弟相继离开庄园、农场、土地这些历代赖以维持生活的根本，对土地没有情感依恋，与农民建立的互助互济关系的载体被破坏；远离故土的生活方式和追求享乐主义的价值观念造就的漂泊感和无感的状态，必然淡化人们对乡村和集体的归属感，传统价值的传承之链将有中断之虞，乡村情感认同岌岌可危。脱离了乡村土壤，共同体就不可避免地丧失了立身之地。

乡村维系多年的邻里之情也日渐淡薄，人与人之间冷漠疏远。当默斯格罗夫夫妇听说世代相邻的沃尔特一家要迁徙至巴斯时，反应漠然，极客套的几句敷衍，没有任何不舍的表现；两位年轻的默斯格罗夫小姐干脆视若无睹，甚至畅想即将到来的巴斯游历。安妮感慨人要明白换一个圈子自己无足轻重的事实。乡村内部成员间的离心力远大于凝聚力。这反映出地缘共同体维系的艰难，个体与群体关系的失调，而无时不在的疏离感意味着传统社会习俗的巨变，社群将不复存在。

三、精神共同体构想

滕尼斯认为，在基于亲属和邻里关系自发形成的血缘和地缘共同体之上，存有"一种本身充满生机的有机体，是真正的、持久的共同生活的保障"① 的精神共同体。这是真正属于人的最高级的共同体类型，它以友爱为核心，强调人心灵的联结，重视宽容和解，呼吁坦诚交流。显而易见，精神基于情感，以友谊为纽带，在人与人互动、交流中得以建立。

奥斯丁虽未提出明确的共同体概念，但在透视传统共同体困境、希冀在新的社会语境下重建共同体这一思想却与她之后的许多乡土作家如托马斯·哈代等人所见略同。正如威廉斯所言，18 世纪之后的共同体"似乎总是被用来激发美好的联想"②。情感在奥斯丁建构英格兰乡村共同体的过程中扮演了重要角色，不仅增强了社群内成员的精神交流和情感纽带，更使其融合成具有包容性的共同体，从而走出旧共同体崩解的困境，并对抗新价值观念裹挟而来的冲击和失序。《劝导》可视作一典型个案，与其说是男女主人公如履薄冰的情感复苏之路，不如说是作者极富寓意地构建一种基于情感和交流的新型精神共同体的积极尝试。

批评家坦纳曾指出，《劝导》见证了以士绅为主导的英国乡村传统等级秩序的解体。男女主人公缔结的婚姻不再依托固定地产构建出的一个稳定的地缘共同体结构，而仅仅取决于私人情愫。③ 由传统家庭向现代核心家庭转变过程中衍生了对情感的重视和友伴式婚姻的倡导，情感因素在现代婚姻家庭中所占的比重与日俱增。

（一）共同体的基石：情感

作为一部礼赞情感的作品，情感在《劝导》里首先是一种弥足

---

① ［德］滕尼斯：《共同体与社会》，林荣远译，北京：商务印书馆，1999：54 页。
② 转引自：殷企平：《西方文论关键词——共同体》，载《外国文学》，2016（2）：76 页。
③ Tony, Tanner. *Jane Austen*. Harvard：Harvard University Press, 1986：p. 208.

珍贵、坚不可摧的感情力量，对爱情的忠贞和坚守是作品的主基调。婚约中断后，双方在多年未曾谋面时仍然忠于彼此。这份弥足珍贵、旧日绵绵的情意使他们抛却顾忌和犹豫，排除了种种隔阂、猜忌，澄明心意，获得了真正的幸福。唯理性是从的审慎和权衡利弊悖逆了自然本性，唯有发自内心的情感才能使人感知幸福。情感不仅是个人的，更是社会的，需要双方的互动和交流。在一定程度上，社会性可以说是情感最本质的属性。由情感衍生的美德如交流、同情，均有助于强化集体的道德感，凝聚人心和重塑乡村情感认同。

共同体的一个基本前提是人与人之间的深度沟通交流，即个体参与群体中分享共同的情感状态。巴斯的白哈特旅馆流淌着欢乐的气息，人们三三两两地闲话家常，气氛热烈。一旁的安妮与哈维尔上校就性别差异、男女受教育程度等问题展开讨论，安妮就男女迥异的感情观做了以下辩解："男人比女人强壮，但是寿命不比女人长，这与他们对感情的看法一致……女人的长处就在于她们对于自己的恋人，即便人不在世，或是失去希望，也能天长日久地爱下去！"① 这段精彩的阐释在为女性代言的同时，也向心上人坦陈了一己心意的意愿，彰显出无可比拟的情感力量，神奇地化解了横亘在旧情侣之间的冰冻，致使温特沃思抛却顾忌和犹豫，排除了种种误解，再次拿起手中的笔，时隔八年后向安妮求婚，获得了真正的幸福。这其中成功的交流功不可没，是确保人与人之间良好沟通的根本。

同情也是一种重要的情感动力，可加强不同个体之间的情感关

① ［英］简·奥斯丁：《劝导》，孙致礼译，南京：译林出版社，2015：204页。

联，起到黏合的作用。德语中"Mitleid"的字面意义即悲悯、一同受苦。亚当·斯密曾在《道德情操论》中谈及同情时指出，同情是出于人的本性，当看到"他人处于悲痛之中而产生悲痛"①。同情不局限于道德情操，是人性中所有原始感情的一种，意为旁观者能够将心比心地去体谅当事人，而当事人也须控制自己的情绪以照顾旁观者的感受。通过双方的共同努力，情感的道德力得以扩展，共同体的凝聚力得以发挥。

同情心在《劝导》中体现为一股不可忽视的情感力量，可视作女作家借此以联结处于孤立状态下人与人情感的有效手段。一个最典型的例子见于厄泼克劳斯乡间聚会。温特沃思上校神采飞扬地回顾海上生涯，勾起了默斯格罗夫太太对早已亡故的儿子理查德的思念，使她伤心不已。得知内情的上校"落落大方，又满怀同情"，走到默斯格罗夫太太身旁坐下，听她谈起她的儿子，表达了对默斯格罗夫太太真挚的母子情感极为关切。尽管饶舌的老太太讲话如同贝茨小姐那般无趣，但是倾听本身就是同情心的体现，它能够打通共同的情感体验和主客体之间的情感流通，彰显比清醒的理智更为强大的社会整合力量，是维系社会和谐的重要纽带。无独有偶，安妮常去探望贫寒的旧友史密斯夫人，耐心倾听眼前地位悬殊人的遭遇，并予以情感的抚慰。对史密斯夫人来说，安妮在其困厄之际表现出的友情与同情极大地宽慰了自己，让她重新产生了对生活的希望。正是在情感的这种社会聚合作用力下，人与人之间不再如以往那般疏远、冷漠，情感共同体得以建构而成。

---

① 张秀丽：《"斯图亚特神话"的建构与解体——论〈威弗利〉中的苏格兰情感共同体书写》，载《外国语文研究》，2020（2）：54 页。

（二）共同体的纽带：友谊

与此同时，维护共同体的纽带——友谊的作用也得到深刻呈现。小说展开了对新友情模式的探讨，友谊超越了血缘关系的桎梏，形成了更广泛、更深入的社会关系，成为维系人际关系的纽带，在构建深层共同体中发挥了举足轻重的作用。以哈维尔上校为代表的海军军官群体慷慨大度，热情好客，主动邀请到莱姆出游的安妮一行到家里吃饭，尽管房屋空间狭小，但上校夫妇的热情、友好、坦率和温馨的家庭氛围却带给客人一个欢愉的傍晚。安妮更是心潮澎湃："他们早应该是我的朋友了。"① 友谊和热情好客成为整篇小说的主要美德。与之相似，安妮主动提出留在附近妹妹家，根源就在于自己被默斯格罗夫一家"看作家庭的一员"，受到真心诚意的对待，彼此的关爱和温情缓释了她内心的孤独。友谊微妙地影响了人物之间的关系，凝聚了公众生活，可看作是对社会关系的调整和重塑。

在巴斯期间，以安妮为中心的白哈特旅馆俨然一个新续建的其乐融融的大家庭，成员们相处融洽，亲如一家。"（安妮）被看作她们家庭的一员。而作为报答，安妮也像平常一样关心她们、帮助她们。"② 在差异中寻找共同性的友谊协调了不同的声音和阶层，预示了其在打破孤立的、个体化的人际状态，传递一种共同体生活的可能性，最纯洁地体现了真正的帮助、相互支持提携的共同体精神：人类和而不同的精神家园。奥斯丁借此表达了对人与人之间构筑情感连接和深厚友谊的美好期许。

---

① ［英］简·奥斯丁：《劝导》，孙致礼译，南京：译林出版社，2015：83 页。
② ［英］简·奥斯丁：《劝导》，孙致礼译，南京：译林出版社，2015：190 页。

四、结语

简·奥斯丁关注农业文明向工业文明过渡的转型焦虑，再现了传统农耕时代共同体岌岌可危的困境，同时借女主人公安妮·埃利奥特的畅想，彰显了对美好乡村未来的期许和以情感关怀为中心的共同体构建的深刻思考。从共同体角度切入《劝导》，不仅能深刻理解奥斯丁的乡村书写，也能促使我们思考共同体建构过程中情感和友谊本身蕴含的力量和价值。

（《宿州教育学院学报》2023 年第 5 期）

附录二

《劝导》中的认识论解读

简·奥斯丁是英国摄政王时期杰出的女性小说家。她家道小康，终生未婚，在人世间仅仅走过了四十二个春秋，却留下了六部万古流芳的作品，以此在文学史上占有一席之地。与同时代的大多数作品相比，奥斯丁更关注人物的心智成熟，作品的主要情节就是描述主人公如何正确地自我认知，认识他人和社会的过程。这与当时盛行于英国文坛的洛克辩证主义认识论遥相呼应，尤其是在最后一部作品《劝导》中，奥斯丁将她独特的艺术手法与唯物主义认识论的创作主旨完美结合，取得了思想性和艺术性的高度统一。欲探究《劝导》的思想内涵，我们有必要了解 18 世纪英国文坛所推崇的辩证主义认识论。

一、洛克辩证唯物主义认识论内涵

西方世界自文艺复兴以来，人摆脱了宗教的桎梏，开始奇伟地站立起来，先进的人文主义者在文学艺术和自然科学方面取得了巨大的成就，这使得哲学家们把认识世界的眼光从中世纪的独尊上帝转移到注重人的自身研究。17 世纪英国著名的唯物主义思想家约翰·洛克便是其中之一，他撰写了多部对人类思想和社会进步有积极意义的著作，尤其是 1670 年出版的《人类理解论》中关于认知的真知灼见。为达到这一目的，洛克严谨地阐释了认知的概念及其来源，并指出人在出生之前意识并不存在，更没有先天思想之说，这一时期人的思想意识如同未曾书写的白纸一样，后天的成长经历、生活环境才是白纸所涵盖的内容。尤其需要指出的是，"白板论"并非将心灵视作仅能接受感性器官的接收器，也不是视之为思想升级的转化器，而是认为心灵本身存在主动性，它会依据时空的变化在实践中修正已形成或正在酝酿的观点；不仅如此，心灵的认知过程伴随人的一生，无穷尽。由是观之，洛克认识论始终贯穿着一条清晰的辩证论主线。这一划时代的唯物主义论断，不仅颠覆了由来已久的宗教界宣扬并灌输于世人的人之原罪观念，也为西方民众争取自由民主平等的政治权利提供了思想武器和理论支撑。

《人类理解论》对启蒙运动时的英国社会产生了巨大的影响，文学领域也是概莫能外，文坛耆宿塞缪尔·理查森在他出版的世界首部英语大词典里，谈及洛克及其思想长达 1674 次；亨利·奥斯丁也曾透露塞缪尔·理查森是奥斯丁生前最崇敬的作家。而且，奥斯丁本人酷爱读书，富有敏锐观察力，且处于可塑年华的她对于这一先进的思想应该并不陌生。由于《人类理解论》发行了多种版本，在当时应很容易被购买或接触到。事实上，奥斯丁用她的文学作品也探讨了这一问题。例如，《诺桑觉寺》《傲慢与偏见》和《爱玛》这三部反讽的喜剧，作品的中心议题是主人公如何正确认识自我的问题：凯瑟琳怎样才能摒弃对现实生活不正确的看法？伊丽莎白怎样才能学会更公正一些？爱玛怎样才能更合理地评价自己？在这三部小说中，人人都有一个自我认识的问题，人人都难免有被生活嘲弄的可能。尤其是被称作"天鹅临终前之绝唱"的《劝导》，这部小说中的男女主人公性格变化及发展过程正是洛克认识论关于学习和认知过程的艺术阐释。认识到这一点，有利于加深对奥斯丁关于这一理论的深刻理解和灵活运用。

二、《劝导》辩证唯物主义认识论之体现

《劝导》是奥斯丁的最后一部作品，直到她去世之后才得以出版，自问世以来就因思想和感情的深度被一些评论家视为奥斯丁创作的最好作品。"全书中，弥漫着一股淡淡的哀愁。"小说述说人物认知过程可谓煞费苦心，不但解析了认知过程的复杂性和反复性，而且用唯物主义认识论的方法对一些普世性的话题做出了叹为观止的艺术解析。可以说，此书是奥斯丁用艺术形式对唯物主义认识论所做出的艺术解读，尤其是在男女主人公和劝导者拉塞尔夫人身上做出了生动的演示。

（一）安妮的认知过程：持续性、修正性

故事是这样开始的：贵族小姐安妮与年轻气盛的海军军官八年前一见倾心并很快私订终身。但由于男方既无贵族头衔又无必需的财产，故安妮虚荣又自负的父亲和姐姐竭力反对此事，安妮虽未在无嫁妆的威胁下动摇，但还是在教母的劝阻下取消了婚约。深受伤害的温特沃思上校黯然离去，安妮同样痛苦不已，并一直无法忘却这段感情，更无法接受其他追求者的求婚。抑郁伤感让她的青春之花过早地凋谢。八年后，上校衣锦还乡，凭借财富和地位成为热门的夫婿候选人。当这对有情人再次相遇时，双方状况恰恰相反：安妮的父亲因挥霍成性导致家境衰败，且仍有两个大龄女儿待字闺中，安妮本人也已是心灰意冷、面容憔悴，在婚姻市场上已没有太大的卖点，无怪乎温特沃思与她邂逅之时，感叹"变得几乎认不出

来"①。令安妮感到悲伤的不止于此：妹夫查尔斯的两个妹妹都向旧情人表示了倾慕之情，而后者由于对安妮的愤恨未消，周旋于两个姑娘之间，并声称绝不与立场不坚定的女人结婚，这无疑是对余情未了的安妮的巨大打击。

面对这一状况，安妮并没有自怨自艾，推卸责任，或埋怨教母拉塞尔夫人。作为一个有着高度文化修养且在伤痛中煎熬了整整八年的女子，她已经具备了所必需的认知能力。应当注意的是，安妮的正确认知并非一蹴而就，而是经历了一个缓慢的长期的过程。但这不能说明安妮软弱和无主见，恰好说明了认知的多面性和复杂性。《人类理解论》也秉持这一观点，认为由于人自身存在的局限性，倾听他人的看法并非不合时宜或有失体面。所谓兼听则明、偏听则暗便是这个道理。而且，一个涉世未深且思想单纯的少女没有理由拒绝聆听前辈的谆谆告诫，更没有理由凭借自己的情感用事。采取偏激的手段，这无疑会使家门蒙羞。把个人意愿喜好放在次位，置家族利益和外界忠告于首位，这在崇尚道德风范的维多利亚时代是较明智的做法。而且，18 世纪英国继承法规定只有长子亨利有继承权，所以即便出身富有家庭的次子也要自谋生路，较现实的选择便是娶一位有丰厚嫁妆的女子以保证无虞的生活，安妮深知极力反对此事的父亲绝不会给自己嫁妆，如自己孤行一意，势必将温特沃思和自己置于经济弱势的地位，影响温特沃思日后的发展。

当然，安妮也从此事吸取了教训，岁月的流逝带走她妍丽的姿容，使她留下了一份成熟理性和沉稳优雅。在落寞的独身生活中，安妮不断通过学习充实自我，对世事和他人逐渐有了明达的见解和

---

① ［英］简·奥斯丁：《劝导》，孙致礼译，南京：译林出版社，2015：50 页。

敏锐的观察力及判断力。安妮的洞察力可谓犀利，虽然安妮亲眼看到昔日恋人另择佳偶的表象，并且亲耳听闻他们对自己的指摘，但仍能从温氏不经意的言谈举止中准确判断出他同样余情未了。关于这一点，布卢姆曾给过极高的评价，他认为这种几乎无差错的全方位的观察力，环视优秀文学作品，只有莎士比亚《皆大欢喜》中的罗瑟琳可与之媲美。正是由于这种理性的认知力，即便回顾当年不幸，甚至遭到误解和屈辱时，安妮也能用一种遁世、和解的眼光看待是非，而不是怨天尤人。安妮的自我认知恰好演示了认知论的一个基本规律，即认知的过程是不间断的、反复修正主观思维的过程。

(二) 温氏等人的认知：主观性、片面性

与之相比，另外两个人物的思维过于狭窄和片面化，这恰恰犯了主观片面的认知错误。洛克在《人类理解论》中反复阐述如下观点：人应该在理性的指引下客观地考虑事物，多采集来自他人的不同意见，吸取有益的部分。可是，奥斯丁小说中的人也有不少所谓的"智"者犯下此类的错误，比如爱玛、伊丽莎白、凯瑟琳等，爱玛凭借自己的聪明和地位，完全凭借臆想为他人保媒，虽然动机是善意的，但结果却是灾难性的。她自以为是地将密友史密斯小姐视为绅士的女儿，却无视她只是一个没有社会地位的私生女的事实，拆散富农马丁和史密斯这对般配的恋人，险些贻误他人的终身幸福。《爱玛》所呈现出的认知问题导致发生错误和误判的案例，在《劝导》中的温特沃思身上更有明显的体现。温特沃思一味沉溺于一己感情上的伤害，对安妮耿耿于怀，很明显，上校过于依赖感觉判断能力，没有设身处地地考虑当年的客观情形，更谈不上进行理性的深思和权衡，便粗率地做出了判断。

　　由是观之，温特沃思的爱情观和思维方式难脱狭隘自私之嫌，他的记忆一直停留在八年前的那一刻，试图用过去的经验和看法来分析时空方面都已变化了的现在，他不明白今天的名利双收代替不了八年前的落魄卑微，丝毫不考虑一个前程未卜、经济拮据、不具备成家立业条件的下级军官，仅凭借满腔热情就非要马上结婚，却不承想万一他战死沙场，留下一对孤儿寡母仰人鼻息将是何种惨淡的情形，这难道是一个负责任的男子汉应有的态度？安妮迫于无奈的抉择就没有一点道理吗？今天处于财富等地位高地上的他就可以对昔日爱人评头品足吗？简言之，温特沃思在看待过去时，并没有做到从实际出发，而是固执地用今天的标准来衡量过去的事件，完全可以说是主观唯心主义的表现。事实上，内在的性格缺陷和认知方法的偏差正是上校险些再次失去幸福的原因，最后温特沃思也承认他之所以和安妮破镜重圆，根本原因还在于其理性意识的复归。透过和安妮几个月来的接触，他发现安妮当年的悔婚的确有着身不由己的苦衷，正是安妮的忠贞不渝才有了八年的等待，才打动了思维混乱的温特沃思，使他具有了认识错误、改正错误的动力，故上校不禁感慨万千，"我也在考虑过去，脑子里浮现出一个问题：我是否有一个比那位夫人更可恶的敌人？我自己"①。这种类似于自我批评的态度同样是认知方式提高的一种方式。

　　小说中作为男女主人公爱情对立面的拉塞尔夫人显得十分苍白荒谬。她对温特沃思和埃利奥特的判断出现了严重的失误：她瞧不起没有家产和地位的温特沃思，武断地判定他没有什么发展前途，

---

　　① ［英］简·奥斯丁：《劝导》，孙致礼译，南京：译林出版社，2015：213 页。

丝毫没有意识到一个生机勃勃的年轻人的内在潜力，就将其全盘否定。这种墨守成规、自以为是的做法使她的被监护人在痛苦中煎熬了整整八年，并险些贻误终身幸福；后来又极力为安妮撮合虚伪势利的小埃利奥特，在她看来，埃利奥特先生举止稳妥得体，温文尔雅，正合她的心意。故断定他必定是一位教养有素、卓有见识之人。直到这个伪君子的真实面目暴露时才尴尬得无地自容。

由是观之，这位贵妇人违背了洛克所阐释的正确认知须在多次、多方求证的条件下方可产生的必然性。拉塞尔夫人的思维一直停留在第一印象里：根据所谓的贵族风范判断一个人的人品修养。她的认识最终未能上升到认知的高级阶段，即理性认识。对于这一现象，洛克曾做过如下解释：很多人喜欢沉浸在最初观点中，就像喜欢第一个孩子一样，既然有了就会坚持最初的判断，而不改变现有的认知去追求真理，拉塞尔夫人即是如此。所以，在铁的事实面前，只有承认她完全错误。这位贵族夫人之所以出现判断连连失误的窘状，关键原因还在于其思想的主观性、片面性以及认知能力的缺失。

总而言之，无论是温特沃思，还是拉塞尔夫人，都违反了洛克所宣扬的反复感受多方求证的认知过程，他们固守一己偏见，用自己的思维定式去分析事情，而不是冷静下来重新审视自己先前的道德判断。奥斯丁借《劝导》准确地演示了认识论的一个基本规律，即认知的过程是一个持续的反复修正主观片面思维的过程，正确的观点只能在多方求证、不断验证的情况下存在。

三、结语

通过对《劝导》小说人物的解读和分析，我们可以更清楚地认识到认识论的实质和准确性，也了解到奥斯丁对于先进理论的深刻理解和灵活运用。奥斯丁显然是在告诫我们：人对自我的认识不仅受到客观外界事物的牵制，也受到来自个人主观判断的制约。奥斯丁每每通过个人判断的失误来打破人们精神上的优越感和安宁感，迫使人们用更复杂、更立体的眼光来审视自我与现实。奥斯丁借助婚姻故事的形式，提出了人的自我认识、自我发现的问题，这使她超出了一般社会风俗小说家或婚恋小说家的意义。美国学者特里林曾在《"爱玛"与奥斯丁的传说》一文中高度评价了这一点。他说："简·奥斯丁尽管她保守、守旧，却看出了伴随民主社会的建立而发生的深刻心理变化的性质——她意识到个人的心理负担，她理解有意识地给自己下定义和自我评价的新的必要性，对现实做个人的判断的必要性。而没有一个现实像关于个人的现实那样使现代人感到没有把握和焦虑不安。"[①]

(《哈尔滨学院学报》2016 年第 5 期)

---

① 转引自：郭征难：《奥斯丁和她笔下的女性》，《辽宁工程技术大学学报（社会科学版）》，2001（3）：8 页。

附录三

成长小说视角下的《曼斯菲尔德庄园》

作为简·奥斯丁受争议最多的一部小说，《曼斯菲尔德庄园》具有丰富的内涵和意蕴。有论者把它看作是奥斯丁的第一部完全成熟的小说，称赞它"写得如此完美动人"；当然，也有人认为它"情节单调"，对其评价不高。可是，这些并不能影响《曼斯菲尔德庄园》成为一部伟大的作品，其伟大在于"它有开罪众人的力量"。评论者对《曼斯菲尔德庄园》的研究常从语言特色、典型形象、结构和作品的精神内涵、帝国主义情怀、道德价值判断、后殖民文化批评、复调表现、缺场叙事等细小的切入点来谈，而很少有人将它看作一部成长小说，或从成长小说的角度分析这部作品。

一、成长小说含义

成长小说（Bildungsroman）最早起源于 17 世纪的德国，德语中"Bildung"则有教育、修养、发展的含义，诗人歌德在 1778 年创作的《威廉·麦斯特的漫游时代》被视为成长小说的典范之作，并很快由欧陆学者传至英陆。英国文学具有源远流长的现实主义传统，这就决定了对个人成长体验的普遍关注，并将它上升为一个文学主题，使它在文学史上长久地占有一席之地。具体而言，几乎每个时期都有优秀的具有时代特色的成长小说出现，如班扬的《天路历程》、菲尔丁的《汤姆·琼斯》等。

与此同时，英国文学史并没有忽略对女性成长的关注，作为成长小说的一种类型，女性成长小说从无到有，从无足轻重到影响深远，体现了女性成长小说的不断壮大。女性成长小说研究近年来也引起了人们越来越多的重视，其研究也愈加全面和深入。女性成长小说代表作 18 世纪有《帕梅拉》《克拉丽莎》等，19 世纪有《傲慢与偏见》《爱玛》《简·爱》和《小妇人》等。

奥斯丁是英国文学史上第一位以女性视角来观照女性成长的重要小说家。但她关注的不是爱情故事本身的缠绵悱恻，而是注意表现女性爱情观念的形成和变化，更多注意到人格发展和成长的层面。通过小说人物爱情与婚姻生活的悲欢离合，奥斯丁开创了女性成长小说的一个普遍模式：女性青少年的成长困惑和她们的爱情婚姻有密切关系。道德观、婚恋观的形成与发展，成为女性成长小说的共同特点。

纵观英美各国经典的成长小说，可以归纳出成长小说基本特征：成长中的主人公，成长引路人以及呈现道德观念和婚恋观提升的成长阶段。以下拟从成长小说的角度分析《曼斯菲尔德庄园》，探讨范妮在成长中的困惑及如何走向成熟，对女性成长主题的研究亦不无启示。

二、《曼斯菲尔德庄园》的成长小说特质

（一）成长中的主人公

巴赫金曾将成长小说强调为"人的成长小说"。人物的形象尤其是性格和性格的变化发展是成长小说着力关注的，甚至可以说，成长小说区别于其他大部分小说的首要特征在于"这里的主人公形

象，不是静态的统一体，而是动态的统一体"①。由此可知，凡成长主人公的性格必须随着故事的发展而不断发展变化，这种变化包括获得重要的知识或者经历重大的心理转折，主人公的命运也会因此而发生变化。

范妮·普莱斯毫无疑问是一个动态的人物，在范妮来到曼斯菲尔德之前，托马斯爵士就在她和两位伯特伦小姐之间早已划定了严格的身份界限，范妮完全是一只"丑小鸭"，敏感拘谨、害羞胆小、孤陋寡闻，使她在年幼时期如同"村姑"一般隐没在表姐的光芒下。然而到了小说的结尾，范妮却成长为一个行为正直、笃信宗教，且对世事有着明达见解的完美女性，几乎成为庄园精神的主人，与初到曼斯菲尔德时几乎判若两人。黄梅曾赞叹道："范妮获得了伊丽莎白·班纳特们所没有的深度。"② 在小说中，范妮经历了从无知到成熟的巨大心理变化，心理变化是成长小说的一个显著标志，因此，范妮是一个典型的女性成长小说主人公。

（二）成长模式和引路人

成长是指青少年经历生活的磨砺和考验之后，获得独立应对社会和生活的知识、能力和信心，从而进入人生的一个新阶段，青年人也由懵懂无知变得成熟老练。不容忽视的是，每个人的成长都会受到外在环境的影响，这其中免不了某些他者会施加影响，尤其是一些引路人，他们代表社会的善端和良知，是成长着的楷模。在成长小说中，引路是必不可少的，他们或以启蒙者的身份出现，在主

---

① ［俄］巴赫金：《教育小说及其在现实主义历史中的意义》，白春仁译，石家庄：河北教育出版社，1998：127 页。

② 黄梅：《笨嘴拙舌的范妮》，载《读书》，1990（5）：96 页。

人公迷茫时为其指明前进的方向，或以主人公同伴的身份出现，见证其成长，正是由于此类人物的存在，方突出主人公成长的现实性，也使成长小说获得现实品格。

关于成长模式的定义，更是众说纷纭。芮渝萍教授把这种成长过程归结为"诱惑—出走—考验—迷茫—顿悟—失去天真—认识人生和自我"①。事实上，并非每一部成长小说的主人公都要经历这一过程，但是她们都必须经历从无知到成熟的心理过程。女性与男性同样要经过磨炼才能够成熟独立找到自我。稍不同的是，由于时代的局限性，18世纪的英国女性不可能远离家庭，实现独立谋生，而只能在家庭内部发现自我，寻找心理和道德的成熟。基于此，《曼斯菲尔德庄园》是一部发生在家庭的成长小说。范妮的成长历程可简化为：无知—顿悟—成熟。

范妮十岁的时候就离开自己的亲生父母，以养女的身份来到了曼斯菲尔德庄园，在范妮到来之前，托马斯爵士给她设定了严格的身份界限，使得少言寡语的范妮蒙上了一层忧郁的色彩，庄园里的一切都令范妮惶恐不安。在这样一个陌生的环境里，她完全处于一个不受人重视的边缘地位。而且，大家认为她没有什么特别讨人喜欢之处，范妮简直是一个被随意驱使的女仆，姨妈们指挥她做各种事情，表姐和大表哥也常常欺辱打骂她，势利眼的诺里斯姨妈更从精神上折磨她，时刻提醒范妮不要忘了自己卑微的身份。可心地善良的灰姑娘从来不曾反抗这种不公正待遇，心底深处的自卑情结和对恩人的感恩戴德让她认为这是理所当然。这种错误的思想使范妮失去了反抗的理由和勇气。

---

① 芮渝萍：《美国成长小说研究》，北京：中国社会科学出版社，2004：89页。

就在她最孤苦无助的时候，她得到了埃德蒙的帮助。埃德蒙在范妮的成长历程中起着至关重要的作用，在他的帮助下，范妮逐渐开始了人生的转变。他非常同情处于弱势地位的小表妹，真心实意地想要帮助她。埃德蒙的关爱令范妮的心灵得到了庇护和慰藉，在埃德蒙的鼓励引导下，范妮博览群书，获得了见识和学识，道德境界提升。不容忽视的是，"奥斯丁笔下的女性虽然从男性'导师'那里获得了指点与帮助，但奥斯丁从来不对男性权威表示过分的信赖"，"她的女主人公们可能在经济和社会地位上较之于男性处于劣势，但她们却从不放弃独立的人格"，[①] 同时她们进行了生活和自我的思索，这些都促进了她们的成熟，使她们达到了成长的"顿悟"。

"顿悟"原为宗教术语，指的是上帝曾在世间向东方三博士显灵，以昭示其现实存在。詹姆斯·乔伊斯认为顿悟是一种突发的精神现象；通过顿悟，主人公对自己或者某种事物的本质有了深刻的理解和认知。在成长小说中，顿悟是主人公成长的重要环节，是主人公从天真走向成熟的转折点。芮渝萍认为："成长小说中的顿悟主要有两种形式，一种是主人公在日常小事中产生的感悟；另一种是生活中震撼性事件在主人公精神上触发的感悟，这种震撼性事件通常是可怕的悲剧性的事件。"[②]

范妮的顿悟属于"在日常小事中产生的感悟"，但仍成为她的成长道路的一个巨大转折点。一方面，她感受到了伯特伦家贵族气息的感染，所以回到家后深刻察觉出环境差异给人们带来的教养差异的问题；另一方面，她也见证了伯特伦家贵族们所表现出来的种

---

① 钱春芸：《当代成长小说及其叙事结构》，载《江苏行政学院学报》，2010（5）：129 页。
② 芮渝萍：《美国成长小说研究》，北京：中国社会科学出版社，2004：98 页。

种丑恶，明白了高贵的出身并不等同于高尚的品性。范妮这位灰姑娘的华丽转身，很大一部分原因就是她正确的自我定位和自我品质的提升，当然，在这其中避免不了与周边人的冲突。

在实现顿悟之后，冲突是无法避免的，冲突也是成长小说内容上的一个特点，它是小说发展的前进动力。小说主人公的成长过程不可能是一帆风顺的，必然经历一些艰难，与其他人或外界的冲突，主人公通过不断战胜这些冲突而成长起来。在"戏剧事件"中，一群年轻人谋划排演有伤风化的戏剧时，甚至连埃德蒙也抵制不住爱情的诱惑，搬出一些冠冕堂皇的理由，来掩饰自己决定出演安哈尔特的真实目的，这个时候只有范妮拒绝参演，保持冷静的头脑，坚守道德深处的一方圣地。索瑟顿庄园游那日，范妮虽目睹了亨利与两位伯特伦小姐的调情和意中人的爱情倾诉，可一贯隐忍的性格让她继续保持沉默，竭力维护表面上的和谐。但是范妮把事情看得很透彻，她明白亨利的虚伪和轻薄，始终不肯接受花花公子亨利对她的追求。她坚决拒绝无爱的婚姻，绝不拿自己的幸福做交易。虽然她明白，找一个"免于挨挤受冻"的储藏室对于无财无势的自己是何等的迫切，面对亲人和朋友的规劝，甚至连最严厉的托马斯爵士都骂她忘恩负义时，她还是默默坚守着自己对埃德蒙的爱，并不放弃自己对真挚爱情的信念。她欣赏并追求那种建立在互相尊重、互相平等基础上的志同道合的理想婚姻。当然她的性格和地位决定了她没有像简·爱那样捍卫自己的权利，她只是默默地坚守着，实在熬不住的时候就在属于自己的小屋中躲避和发泄一下。其实她早就看清玛丽了，可是她的善良性格使得她无法在埃德蒙面前说她的是非，她只是在心里默念埃德蒙不要陷入不好境地。她对痛苦的自我调节和一心为他人着想的善良品质使她和她的两位表姐、克劳福德小姐形成鲜明的对比，她对于正义的坚守是别人难以企及的，她对于爱和信念的执着追求最终使得她穿上灰姑娘的水晶鞋。范妮的成熟并不在于她形象和心智的成熟，而在于她的理智和道德观念的优越性。尤其是到了后来，范妮在感情上已不再依附埃德蒙，后者居然要靠范妮为其指点迷津，拒婚和拒演戏是范妮情感和道德观念的成熟。

如前所述，范妮的成长完全符合成长小说的模式：无知—顿悟—成熟，整部小说以范妮的成长作为主线，以时间维度描述了范妮漫长的成长过程，符合"成长小说"的特征，也从侧面反映了奥斯丁对女性成长主题的关注。女作家意在通过小说表达女性有理性的判断力和自控力，有充分的学习潜力，能够从无知到有知，从挫折中学会自我认识，因而具有普遍而深远的意义。这部小说也具有超越时代和地域的文学与艺术价值。

（《唐山师范学院学报》2014 年第 1 期）

参考文献

一、中文文献

著作：

［1］奥斯丁. 傲慢与偏见［M］. 张玲，张扬，译. 北京：人民文学出版社，1993.

［2］奥斯丁. 理智与情感［M］. 孙致礼，译. 南京：译林出版社，2007.

［3］奥斯丁. 诺桑觉寺［M］. 金绍禹，译. 上海：上海译文出版社，1997.

［4］奥斯丁. 曼斯菲尔德庄园［M］. 孙致礼，译. 南京：译林出版社，2004.

［5］奥斯丁. 爱玛［M］. 孙易译，祝文光，译. 海口：南海出版公司，1997.

［6］奥斯丁. 劝导［M］. 孙致礼，译. 南京：译林出版社，2015.

［7］滕尼斯. 共同体与社会［M］. 林荣远，译. 北京：商务印书馆，2013.

［8］朱虹. 奥斯丁研究［M］. 北京：中国文联出版公司，1985.

［9］桑德斯. 牛津简明英国文学史（修订本）［M］. 谷启楠，

等译. 北京：人民文学出版社，2006.

[10] 威廉斯. 乡村与城市 [M]. 韩子满，刘戈，徐珊珊，译. 北京：商务印书馆，2013.

[11] 斯通. 英国的家庭、性与婚姻 1500—1800 [M]. 刁筱华，译. 北京：商务印书馆，2011.

[12] 勃里格斯. 英国社会史 [M]. 陈叔平，刘城，刘幼勤，等译. 北京：中国人民大学出版，1991.

[13] 阎照祥. 英国贵族史 [M]. 北京：人民出版社，2000.

[14] 龚龑，黄梅. 奥斯丁研究文集 [M]. 南京：译林出版社，2019.

[15] 龚龑，黄梅. 奥斯丁学术史研究 [M]. 南京：译林出版社，2019.

[16] 张京媛. 当代女性主义文学批评 [M]. 北京：北京大学出版社，1995 年.

[17] 钱青. 英国 19 世纪文学史 [M]. 北京：外语教学与研究出版社，2006.

[18] 刘慧英. 走出男权传统的樊篱——文学中男权意识的批判 [M]. 北京：生活·读书·新知三联书店，1995.

[19] 侯维瑞. 英国文学通史 [M]. 上海：上海外语教育出版社，2002.

[20] 殷企平，高奋，童燕萍. 英国小说批评史 [M]. 上海：上海外语教育出版社，2001.

[21] 李维屏. 英国小说艺术史 [M]. 上海：上海外语教育出版社，2003.

[22] 朱虹. 英国小说的黄金时代：英国小说研究（1813—1873）[M]. 北京：中国社会科学出版社，1997.

[23] 斯密. 道德情操论 [M]. 胡乃波，译. 北京：中央编译出版社，2008.

[24] 奥斯丁. 信 [M]. 查普曼，编. 杨正和，卢普玲，译. 北京：新星出版社，2007.

[25] 莱恩. 简·奥斯汀的世界——英国最受欢迎的作家的生活和时代 [M]. 郭静，译. 海口：海南出版社，2004.

[26] 罗宾·阿伯特. 简·奥斯汀：将梦想嫁给文字 [M]. 周善宾，译. 大连：大连理工大学出版社，2008.

[27] 巴特勒. 浪漫派、叛逆者及反动派——1760—1830 年间的英国文学及其背景 [M]. 黄梅，陆建德，译. 沈阳：辽宁教育出版社，1998.

[28] 恩莱特. 简·奥斯汀的绝妙睿语 [M]. 傅天英，译. 北京：东方出版社，2007.

[29] 黄梅. 双重迷宫——外国文化文学随笔 [M]. 北京：北京大学出版社，2006.

[30] 黄梅. 推敲自我——小说在 18 世纪的英国 [M]. 北京：生活·读书·新知三联书店，2003.

[31] 苏耕欣. 英国小说与浪漫主义 [M]. 北京：北京大学出版社，2017.

[32] 卢伯克，福斯特，缪尔. 小说美学经典三种 [M]. 方土人，罗婉华，译. 上海：上海文艺出版社，1990.

[33] 洛奇. 小说的艺术 [M]. 王峻岩，译. 北京：作家出版

社，1998.

[34] 马尔库赛. 爱欲与文明——对弗洛伊德思想的哲学探讨 [M]. 黄勇、薛民，译. 上海：上海译文出版社，1987.

[35] 伍尔夫. 论小说与小说家 [M]. 瞿世镜，译. 上海：上海译文出版社，2000.

[36] 波伏娃. 第二性 [M]. 陶铁柱，译. 北京：中国书籍出版社，1998.

[37] 沃斯通克拉夫特. 女权辩护——关于政治和道德问题的批评 [M]. 王瑛，译. 北京：中央编译出版社，2006.

[38] 鲁宾斯坦. 从莎士比亚到奥斯丁 [M]. 陈安全，高逾，曾丽明，等译. 上海：上海译文出版社，1987.

[39] 殷企平. "文化辩护书"：19 世纪英国文化批评，上海：上海外语教育出版社，2013.

[40] 伍尔夫. 一间自己的屋子 [M]. 王还，译. 北京：生活·读书·新知三联书店，1989.

[41] 乔以钢. 多彩的旋律——中国女性文学主题研究 [M]. 天津：南开大学出版社，2003.

[42] 王晓焰. 18—19 世纪英国妇女地位研究 [M]. 北京：人民出版社，2007.

[43] 李银河. 妇女：最漫长的革命 [M]. 北京：中国妇女出版社，2007.

期刊：

[1] 郑佰青. 超越召唤——克拉丽莎的"战争" [J]. 外国文学，2007（6）：101-107.

［2］邱瑾. 论《回忆录》与"简姑妈"神话［J］. 外国文学, 2008（1）：101-110, B0.

［3］金琼. 维多利亚时代女性文学与中国现代女性文学［J］. 外国文学研究, 1999（2）：104-108.

［4］邹广胜. 西方男权话语中的女性形象解读［J］. 外国文学研究, 1999（3）：8-12.

［5］吴卫华. 试析《傲慢与偏见》的女性写作立场［J］, 外国文学研究, 2000（3）96-100.

［6］王敏. 论简·奥斯丁的男性观［J］. 长沙大学学报, 2007（4）：86-87.

［7］苏耕欣. 意识形态的诱惑：评理查逊与奥斯丁小说中的女性人物描写［J］. 国外文学, 2002（4）：70-80.

［8］周颖, 亲密关系中的自我成长：《爱玛》里的教育话题, 《外国文学动态研究》, 2023（4）：5-20.

［9］王帆, 黄春梅. 从卢梭到马克思：近代共同体思想的发展历程［J］. 南昌大学学报（人文社会科学版）, 2019（3）：14-23.

［10］张秀丽.《威弗利》中的情感与共同体建构［J］安庆师范大学学报（社会科学版）, 2018（6）：26-30.

［11］黄梅.《理智与情感》中的"思想之战"［J］外国文学评论, 2010（1）：175-192.

［12］姜仁凤, 李维屏. 英国文学中的命运共同体跨学科研究——李维屏教授访谈录［J］广东外语外贸大学学报, 2021（4）：5-13.

［13］殷企平. 西方文论关键词：共同体［J］. 外国文学,

2016（2）：70-79.

［14］刘斐.《劝导》中的认识论解读［J］. 哈尔滨学院学报，2016（5）：66-69.

［15］刘斐. 奥斯丁笔下的牧师形象分析［J］. 文学教育（上），2014（1）：50-51.

［16］刘斐. 成长小说视角下的《曼斯菲尔德庄园》［J］. 唐山师范学院学报，2014（1）：82-84.

［17］刘斐. 简·奥斯丁《劝导》的共同体书写［J］. 宿州教育学院学报，2023（5）：89-93.

硕博论文：

［1］安琦. 简·奥斯丁研究中的若干焦点问题［D］. 长春：吉林大学，2018.

［2］占志燕. 简·奥斯丁小说中的日常生活叙事研究［D］. 南昌：江西师范大学，2020.

［3］张恩华. 跨文化语境中的奥斯丁——作为经典的奥斯丁及其在中国的接受［D］. 天津：南开大学，2000.

［4］刘斐. 淑女视域中的男性角色——奥斯丁小说形象研究［D］. 济南：山东师范大学，2012.

［5］尚晓珺. 简·奥斯丁笔下的成长型女性［D］. 济南：山东师范大学，2019.

二、英文文献

［1］Gillie. *A Preface to Jane Austen*［M］. London：Longman Publishing Group，2005.

[2] Faye. *Jane Austen's Letters* [M]. Oxford: Oxford University Press, 1995.

[3] Raymond Williams. *The English Novel from Dickens to Lawrence* [M]. London: Chatto &Windus, 1973

[4] William Baker, *A Critical Companion to Jane Austen: A Litenary Reference to her Life and Work*, New York: Facts on File, 2008.

[5] Ferdinand Tönnies. *Community and Civil Society* [M]. Trans. Jose Harris and Margaret Hollis. Cambridge: Cambridge University Press, 2001.

后 记

"人生如逆旅，我亦是行人"，至此收笔，颇多感触。

首先感谢我的家人多年来对我学业持之以恒的支持。尤其是父亲给予了我很大的鼓励、督促和关怀，在本书写作过程中，每当焦虑、沮丧、灰心之时，是父亲的一次次勉励让我有继续前行的力量，也使我顺利完成写作任务。也感谢我先生给予我的理解、包容；感谢陪着我一同成长的小女儿，你的天真乖巧和温情陪伴让我体验到为人母的骄傲，也让我对未来饱含热情。

当然，尤其要感谢的是我的研究对象——简·奥斯丁。初读《傲慢与偏见》时的我那年十七岁，正读大一，依稀记得是在一个冬日的午后，阳光暖暖地透过图书馆米杏色窗帘映射到身旁高高的书架上，漫无目的闲逛的我顺手拿起光晕下的那本书，正是《傲慢与偏见》。多年后，还常常不经意间回想起那一幕。年少的我能够遇见奥斯丁是我的幸运，常常在其构造的艺术世界流连忘返，也愈加坚定了研究奥斯丁小说的决心。读研期间，我有幸夙愿得偿，将其作为自己的硕士论文题目。转瞬已过十余载，世事变迁，可无论思绪飞得多么遥远，也会不由自主返回奥斯丁艺术世界兜兜转转，算是一个资深"简迷"。时至今日，简·奥斯丁仍是我最喜爱的作家，她使我领略到了文学所带来的充溢的生活激情，她的人生轨迹、作品、思想见解也对我的成长产生了影响。初识不知曲中意，再听已是曲中人。十几年漫长的岁月里中，她一直陪伴着我，也将永远，永远。